雪域情

乔元忠诗文集

西藏人民出版社

图书在版编目(CIP)数据

雪域情 : 乔元忠诗文集 / 乔元忠著. -- 拉萨 : 西藏人民出版社,2013.11

ISBN 978-7-223-04062-4

Ⅰ. ①雪… Ⅱ. ①乔… Ⅲ. ①诗集—中国—当代②散文集—中国—当代 Ⅳ. ①I217.2

中国版本图书馆 CIP 数据核字(2013)第 218466 号

乔元忠诗文集

编　　著　乔元忠
责任编辑　王剑箫　央　拉
封面设计　李　峰
出版发行　西藏人民出版社(拉萨市林廓北路 20 号)
印　　刷　西藏山水印务技术有限公司
开　　本　850×1168　1/32
印　　张　8.5
字　　数　200 千
版　　次　2013 年 11 月第 1 版
印　　次　2013 年 11 月第 1 次印刷
印　　数　01-1,000
书　　号　ISBN 978-7-223-04062-4
定　　价　18.00 元

目　录

散文集

诗歌集

序

罗松多吉

《雪域情——乔元忠诗歌散文集》出版发行，是值得庆贺的一件喜事。再不惯用"郑伟元"笔名，首次实名选编这本诗歌散文集之际，我谨作序以表祝贺。

乔元忠同志是一位优秀的进藏干部，先后在我区多个重要岗位担任主要领导职务，并担任第九届中共政协西藏自治区委员会党组副书记、副主席，是我工作和生活中的良师益友。他长期从事文秘、行政、经贸和党务工作，为人谦和、稳重大方、博学善思、睹物愫情。酷爱现代文学艺术，以诗词和散文的形式，创作了一批览高原万里山河、赞雪域瑰丽风光、荡藏家生活激情、聚民族同胞情谊、看西藏巨变画卷的佳作，或言志、或言情、或言舞……美不胜收。

改革开放前，乔元忠同志在党中央发出全国支援西藏的感召下，带着祖国各兄弟民族的重托，同大批优秀的汉族干部、知识分子一道自愿来到西藏，把西藏作为自己的第二故乡，支援经济建设、保障改善民生、促进社会和谐，为西藏发生翻天覆地的变化奉献了青春、抛洒了血汗、作出了贡献。正是基于对雪域圣地的挚爱，对雪域儿女的同胞情谊，他创作和发表的《雪域情——乔元忠诗歌散文集》，写出了这个时代的主题，唱响了新西藏、新生活、新变化的主旋律。文集牢牢把握时代发展脉搏，紧扣西藏沧桑巨变的本来面目与具象，准确拿捏创作尺度和表达技巧，充分发挥艺术性和想象力，由浅入深、由表及里，立意深刻、手法多样，字里行间透露出他走进西藏、扎根西藏、热爱西藏的厚重积淀，映衬出他漫步雪域细心观察和生动实践的个性色彩，体现出他过硬的理论功底和精湛的文学造诣，在经意与不经意之间散发着西藏独特无限的自然美、人文美。

捧读《雪域情——乔元忠诗歌散文集》，如身临其境、大获甚解，有一股久违却荡气回肠的诗芳文香。这也许就是爱上一本好书、感知一派诗情、品味一番意境，皆源于同作者修缘相惜的本能、认知和共鸣吧！

乔元忠同志创作和发表的《雪域情——乔元忠诗歌散文集》，不仅仅是他自己的，也是我们大家的，更是我们这个时代的。他写出了雪域儿女对伟大的党、伟大的祖国的无限热爱；写出了雪域儿女当家做主、安居乐业的幸福生活；写出了雪域儿女为全面建成小康社会、构建"六个西藏"、实现中华民族伟大复兴"中国梦"不懈奋斗的美好愿景。

衷心祝福乔元忠同志身体健康、艺术长青、扎西德勒！

2013 年 8 月 26 日于拉萨

散 文 集

爱情的感悟

爱情是一个古老而又颇具生命力的话题。古今中外的文人,不论是大家还是初学者,也不论是科班出身还是半路出家者,对此都有许多论述,读来联想颇多。但要给爱情下一个结论,确实智者见智,仁者见仁。作为初学者,我不敢对爱情做出概括或论述,只能讲几个小故事,当作是语文作业或资料,供读者参考。

爱情是神圣的

古往今来,为了追求神圣的爱情而与父母断绝关系者有之,为了神圣爱情的圆满割脉断指者有之,为了实现爱情成功而不惜男女双方同归于尽者也不乏志士仁人。每逢听到这样的故事,无不令人胆战心惊,发人深省。

那是上世纪的一个夏天,我所在单位的那位张家姑娘爱上了赵家的小伙儿,两人肩并肩上班,手挽手下班,亲如兄妹胜过兄妹。消息传到双方父母的耳朵里,遭到了双方老人的强烈反对。当时的女方父亲是车队队长,男方父亲是汽车修理厂厂长,两个年轻人又同在油库工作。父权在没有打开国门的那个年代是至高无上的,不仅可以决定儿女的生活,而且可以包办他(她)们的婚姻,如果加上父母手中的行政权力,那就可以不费吹灰之力,任意决定儿女们的职业和一生的命运了。

不知道是时间还是命运故意捉弄这对年轻人,恰恰在这个时候,男女双方父亲管理的单位都分来了一批大学生,有南方的,有北方的,有小伙子,也有大姑娘。大自然决定了水往低处流,人往高处走,虑事自然也就往好的方面想得多了些。双方父母把儿女们婚姻的目标都锁在了这些大学生身上,对他们原有的自由恋爱采取坚决反对的态度,也就不难理解了。一对年轻恋人爱得如胶似漆,坚持继续在一起,双方父母便采取了限制人身自由的措施。女方父亲利用手中的权力把女儿调入自己管辖的车队,以安排工作为由把女儿关进了汽车配件仓库；男方父亲则利用工作之便把儿子调回自己管理的汽车修理厂，安排在修理车间，并委派一位老师傅严格管教。女大当嫁、男大当婚是天经地义的事，为人父母没有不关心的。调整好儿女的工作后，双方父母便紧锣密鼓地托人从大学生里面给儿女们挑对象，千方百计利用单位学习、开会等机会安排他（她）们见面。但爱情这东西不是商品，买回来就可以用；也不是地里种的蔬菜，挖回来就可以吃。爱情是神秘的，是男女双方自愿才能够成就的。尽管双方父母费尽心事撮合，媒人竭尽全力说服，但这对年轻人在大学生们那里始终没有找到感觉，心里仍然牵挂着对方。于是，便不约而同地进行了一系列抗争，"罢工"、绝食、自杀，由于单位里人们看管严密，虽未得逞，但也打破了双方父母一厢情愿选择大学生的美梦。不久，大批汉族干部内调，双方父母只好分别带着儿女调回了内地，一对恋人就这样被拆散了。后来听说，那个男孩儿冲破家庭的封锁从皖南调到了苏北，去寻找她梦中的情人。可那个女孩儿为摆脱封建家庭的压迫，已经投河自杀了。从此，那个男孩儿眼睛失去了光泽，他站在河边上，望着滚滚东去的新沂河水绝望了，环顾四周没有人，就一头栽进河里，再也没有回来。双方父母知道后，都哭得死去活来。他（她）们后悔了，可这个世界上没有后悔药啊，早知如此何必当初呢！

每逢想起这件事，我都深深地感到爱情神圣的可怕，甚至不敢想起爱情这两个字；我为双方父母的糊涂而伤心，社会进步了，还照老皇历办事，成就一场噩梦值得吗！我为那对年轻恋人的无知而懊恼，战场上面对敌人的子弹视死如归重于泰山，为抗争父母的封建思想而死身价几何呢，为什么不能选择一条生路呢？此后，我又遇到过几对热恋中的年轻男女，他（她）们同样遭到父母和亲友的反对，我都劝他们学着孙子兵法中的"三十六计、走为上计”了。逃婚不能不算是一个进步，或者一个明智的选择。说是进步，是因为这个选择是务实的。因为人生在世爱情固然重要，但不是全部。倘若只为爱情活着，那爱情未必伟大、高尚和神圣。

恋爱应该是沟通和理解的过程

也许上帝造出男人和女人是为了让他们相爱，但未必所有男人和女人们都学得会沟通，都能够做到相互理解。再说，不论是在家里还是在单位，不论是上下级之间还是同事之间，做到绝对的沟通和理解是不可能的，否则，就不会有“误解”这个词的存在。特别是男女之间，如果什么事都能够毫不保留地沟通和理解，也就没有了爱情的神秘。男女之间谈恋爱的过程，本身就是互相沟通和了解的过程，如果没有沟通和理解，便没有恋爱可言。上世纪九十年代初，一位藏族姑娘看上了她的上司，叫我给她牵线搭桥。我告诉她：“你的这位上司老家有妻子和孩子，不能和你谈恋爱”。她不赞成我的意见，认为在爱情上谁都有权利去追求，坚持和这位上司交往。也许这位姑娘对她的上司感情很深，这位上司在大会上讲话，她巴掌拍得比谁都响亮；上司出差开会，她紧随其后；上司打个喷嚏，她就要感冒发烧；上司给其他女同志布置工作，她就会吃一大坛子醋。后来，这位上司的夫人进藏探亲，知道了这位藏族姑娘的心事，利用一次逛公园的机会，在柳树下与这位姑娘进行了一番详谈，不仅谈到了她丈夫的缺点和身患的多种疾病，还谈了长期卧床不起的公婆和家中捉襟见肘的经济状况。并且坦率地告诉她：“你要能够承担这些责任，把你的上司和他的家人照顾好，我愿意主动让位，由你来管理这个家”。此后，这位藏族姑娘慢慢地疏远了她的上司，也不再不分场合地吃醋了。在一个星期天的下午，她走进我的办公室，悄悄地告诉我：“不要再给她牵线搭桥了”。我问她为什么？她不好意识地说："我过去没有真正了解我的上司，也不能包容他的那些缺点，更负担不了他家里那些负担。"说完，她低着头走了。是啊，没有真正的沟通和了解，没有足够的思想准备包容对方的缺点，就没有爱情的基础，盲目追求的爱情是没有好结果的。

爱情的背后是奉献和服务

爱情不仅需要沟通和理解，更需要奉献和服务。建立在爱情之上的婚姻具有浪漫色彩，但这不是空中楼阁，而是构筑在现实社会基础上的实际生活。要使婚后生活幸福美满，男女双方都需要经常沟通，相互理解对方的心态和困难，相互包容对方的缺点和错误，努力克服自己的弱点，更好地关注对方的需求和愿望，努力为对方服务，为家庭多作贡献。反之，只图索取和享受，不讲奉献和服务，家庭就不会和谐，生活也就不会幸福。有一位中年妇女，在工作岗位上是先进工作者，年年被评为先进，多次获得自治区和地市级奖励。在家里是一把手，做饭洗衣、照管孩子，既不讲价钱，更没有怨言；对丈夫更是百般的照顾和体谅，正视优点，包容缺点，从不计较个人得失；对老人细心呵护，吃饭穿衣、治病健身，样样精心安排；邻里和睦相处，同事团结友爱，人人称赞是个好媳妇。丈夫在单位不管分管什么工作都干得很出色，是本行业的业务骨干；在家里不摆男子汉架子，下班放下公文包就做家务，打扫卫生、洗衣做饭，样样都干；对妻子精心呵护，对老人细心照顾，对孩子百般关心；脾气温和，宽宏大度，俩口子结婚几十年，从来没有红过脸。谈恋爱时手挽着手逛公园，结婚后肩并肩到农贸市场去买菜，年过半百后搂着肩膀逛商店，日子过得比蜜还甜。特别是在花钱上，两口子凭心办事，男方家庭困难女方争着去寄钱，女方家庭困难男方抢着去安排，从来没有因为给谁家寄多少钱而生气拌嘴。两口子需要增添新衣服时，丈夫先想到妻子，妻子先想到丈夫，从来没有各顾各的时候。街坊邻居们无不夸奖他们的这种服务和奉献精神。是啊，如果都有这种精神，谁家的日子过不好呢！

有情人未必终成眷属

古人常说有情人终成眷属。就正常情况而言也许是对的，但在特定环境中未必成为现实，这绝不是说他不爱她，或者她不想和他成为夫妻，而恰恰是因为他(她)们之间爱得太深了。一位七十年代走进西藏的大学生，他和高中时的一位同班女生相爱，考上大学后又恋爱四年，原想大学毕业后就结婚，共同经营美满的小家庭。后来，这位男同学到西藏，女同学留在老家从事教育事业。因为西藏地处高原，交通不便，严重缺氧，年老体弱者在这里生活困难；女方家里既有年老的母亲需要照顾，又有兄弟姐妹需要人管教，男同学不忍心牺牲女友的家庭利益，没能叫女友进藏，又不忍心自己的心上人在千里之外守活寡，就含泪放弃了热恋八年的女友。当下的西藏，通信十分困难，他们没有、也不可能及时沟通，直到几年后，他(她)们各自建立了自己的小家庭，也都有了孩子，才见了分别后的第一面。当时，女友对他恨之入骨，男同学伸出手来给她握手，她没有理睬，因为她太恨他了。那位男同学一句话也没有说，正是因为他太爱她了，才不忍心让女友跟着他吃苦受罪。这是恶劣环境造成的悲剧，他还能说什么呢！还有一位大学同班女同学也爱上了这位男同学，毕业时她送给他一条花布枕套，背着老师、同学和父母悄悄定下了终身。因为这位女同学是江南城市中的独生女，上有年迈的父母需要她在身边侍候，加上女友本人身体欠佳，这位男同学担心她受不了高山缺氧这份苦，也没有把他拉到自己身边。特别令女友生气的是，同班另一位男同学追求她时，她征求他的意见，这位男同学毅然含泪同意女友与追求她的那位男同学结为夫妻。不久，那位男同学到西藏帮助工作，一年后女友带着他们的孩子来西藏探亲。

与老同学见面时，一肚子的酸甜苦辣想说出来，但谁也没有说一句话。老同学请他们两口子吃饭，女友强装笑脸应酬着，仍然一句话没有说。她恨他，但他真心地爱着她，都是因为那艰苦的环境使他(她)们最终没能在一起；再说了，生米已经煮成熟饭，还有什么可说的呢！

现在想起来，爱情虽然神圣，但不能脱离现实，离开现实的爱情是毫无意义的；对待爱情不能异想天开，要着眼于实实在在的生活，既要善于沟通，注重理解，多点包容，更要乐于奉献和服务，如果一味地索取，换来的爱情恐怕只能是颗苦果；处理爱情不能盲目草率，要面对现实，既要考虑男女双方的条件和愿望，也要考虑环境等客观因素，一味地强调主管因素，不考虑客观环境，结出的果实也会是酸涩的。

巴松湖趣闻

巴松湖是国家4A级旅游风景区，位于工布江达县境内的巴河上游。传说在很久很久以前的某一天，一位山神发怒，用拐杖打碎附近的山头，山石塌下来堵塞巴河而成；也有人说，是在数万年前，此处发生强烈地震，山石伴随着暴雨从5000多米的高山上坍塌下来，形成大规模泥石流，堵塞河道而成。不管说法多少，也不管有无史料验证，恐怕值得信赖的还是后者。

巴松湖虽在海拔4000米以上，但由于它处在藏东南地区，气侯湿润，植物茂盛，氧气充足，奇花异草、神山圣洞遍布湖区，成为植被保护最好的自然风景区。巴松湖开发前，我曾乘车在崎岖的山路上颠簸三个多小时到达湖边，后又陪同内地客人多次亲临景区观光，那一个个别致的景点、一串串迷人的传闻趣事，给我留下了难以忘却的记忆，十多年过去了，至今仍然记忆犹新。

看透的苍天

每次光临巴松湖景区，都不能不到湖心岛上看看。湖心岛距离最近的岸边不过200多米远，两岸之间过去没有木板搭建的浮桥，只有一根钢丝绳拴在两岸之间，几根细麻绳把钢丝绳和木筏子连接起来，起个稳定作用。游客要到湖心岛上去，只能踏上几块木板连接起来的这种木筏子，靠人力拉着，晃晃悠悠地驶过深蓝色的湖水，走上岛去。

湖心岛上有座很小的寺庙，靠着那湖水把它与人世间隔开，使其成为人迹罕至的仙境。特别是在公路没有修通的那些年代，除了附近的善男信女在朝佛季节前来朝拜外，平时很少有人光顾此地，使这里成为神灵独居的境地。只是到了公路修通、对外开放后，旅游者纷至沓来，才打破了那片宁静。

小庙前面摆着两个木头刻成的生殖器官，左边是男性的阳器，右边是女性的阴性器官。我怕破坏当地风俗，也怕戳穿那份神秘，只是看看，不敢询问其中的奥秘。后来，一位当地藏族老乡见我来的次数多了，便告诉我："这是'看透的苍天'，不论是人间还是天堂，一切生灵都是如此"。我听后点点头，没有说话。他看我似乎没有听懂他的话，又解释说："在外面摆上这种景观，寺内维修佛像的时候，即便是缺胳膊少腿，信教群众也不会怪罪"。我笑着点点头，他看我笑了，似乎也听懂了，又兴致勃勃地说："到这里来看一看，人的心都会敞亮很多，灵魂也能够得到净化，平时想不通的事也都会想开的"。

听着这位老乡的介绍，望着那雕刻的并不精细的"看透的苍天"，我浮想联翩。我想到，人降到世上时，赤身裸体，一无所有；离开人世时，没了灵魂的躯体化成一把灰烬，还是一无所有，还有什么事能让人想不通呢？我想到，荣誉、地位、金钱都是身外之物，生不带来、死不带走，还有什么私利铸成的烦恼值得去思考、去珍惜呢？那些因个人利益违法乱纪者，又有什么意义呢？我也想到，人来到世上只是一个匆匆的过客，既然来了就不能白来，为何不像李素芝、孔繁森那样，为后人多做点好事呢？我还想到，祖传的面子观念在“看透的苍天”面前还有多大价值呢，不论是团员还是共产党员，不论是大人还是小孩，又有什么事不能在组织和家人面前坦言的呢？

也许是这位老乡的解说有一定道理，也许还有更精确的诠释，我不清楚。但在后来的多次陪同团队参观中发现，游客们没有了我初来的尴尬，都大大方方地站在“看透的苍天”跟前照相留念，我也坦然地和男男女女的“老乡们”交流自己的看法。当他们听懂我那个“不能白来人世”的想法后，都向我竖起大拇指，爽朗地笑起来。这笑声是对我理解“看透的苍天”的认可，是对一切善举的支持，也许还有对人生更深刻的感悟！

送子洞

听说在紧靠巴松湖边的山坡上有一个山洞，里面供奉着一尊送子观音像，故取名送子洞。传说这送子洞很灵，想生孩子的年轻夫妇，只要爬上山坡进到洞里，虔诚地朝拜一下菩萨，再摸摸那尊慈祥的佛像，来年想要女孩生女孩，想要男孩生男孩。这传说是真是假说法不一，但随着景区对外开放的扩大，一传十、十传百，却引来了大批游客朝拜许愿。说来也不奇怪，年轻夫妇既然已经结婚，谁不想早得贵子呢！

这是龙年的那个夏天，我爱人应邀陪同一个旅游团去巴松湖景区观光。这个团里有两对年轻夫妇，一对姓胡，一对姓张，都完婚两个春秋，还无子女。时逢龙年，按内地迷信话说：“龙年得子，前途无量”；又听说这巴松湖景区的送子洞特别灵验，朝拜送子洞的兴致更高，特别是那两位年轻女性看到求神灵保佑早得贵子的良机就在眼前，兴奋的脸都笑成了牡丹花。这天正下着小雨，为了保证客人安全，我爱人劝她们不要去朝拜送子洞。盼子心切，哪能听劝，不用吩咐，那两位年轻男子已经租好了船和救生衣，男女青年们穿戴停当，向海上救生员一样乘船疾驶而去。下船后，她们踏着泥泞的山路，艰难的爬进洞里，点上香，磕了头，又摸了摸送子观音像，才满意地踏上返回的旅程。或许是人生传宗接代的大事已经完成一个重要步骤，也许是有些累了，在返回的途中那两位急于当妈妈的年轻女性都含着微笑睡着了。她们笑得很甜，似乎在梦境中已经见到了她们期盼的孩子！

次年夏末，那对胡姓夫妇真的生了个男孩。“龙子”降临，乐坏了全家老幼，他们急忙利用电话、短信、网络等一切手段告知所有亲朋好友，摆了数十桌宴席，隆重庆祝“龙子”降生。随后，又准备行囊，马不停蹄地带着那些盼望早得贵子的年轻夫妇们再次来到巴松湖。胡姓夫妇此行目的是还愿，想为人父人母的年轻夫妇们则按照胡姓夫妇拟定的程序，亦步亦趋地爬进送子洞，虔诚地朝拜送子观音，直到全部程序进行完毕，才满意而归。

张姓夫妇却没有那么幸运。在回到老家的一年多时间里，想当妈妈的女性天天抚摸自己的肚子，想为人父的男性也时常趴在夫人的肚子上去听，想从中找出点吉祥的征兆，结果却什么动静也没有发现。小两口灰心了，吵架了。起初，只是互相怀疑对方心不诚，后来相互埋怨给菩萨供奉的礼品少，再后来又都怀疑对方生孩子的功能是否有效。吵闹频率越来越高，几乎到了要分手的地步。不久，要好的一位女同学知道了小俩口的变化，借口到同学家串门叙旧来到张姓青年家，打开话茬后就劝她们到大城市里的医院检查一下身体，并说：“如有点小毛病，叫医生处理一下就好了”。开始，小两口口头答应，可心里并不情愿，迟迟没有动身。这时，老父老母坐不住了，请来家族里的老辈们，给张姓夫妇上了一堂“家庭政治课”，在传宗接代的思想压力下，小两口才来到了北京的一家医院。医生把男女双方有关的几个“零部件”检查一番，发现女方输卵管不通，做了个小手术，拿点消炎药就回家了。

又是一年过去了，张姓夫妇生下一对龙凤胎，一男一女，长得非常可爱，谁见谁夸，人见人爱，可把张家老少乐坏了。父母做主办了场宴席，热热闹闹地庆祝了一番，狠狠地给张家增了回脸面。这年秋天，乡里举办物质交流会，小两口又在老母亲陪伴下抱着两个孩子风光去了。半路上正好遇上那位要好的女同学，同学间还没来得及问声好，那位女同学就接过孩子过起了当妈妈的瘾。她摇着抱在怀中的女孩，边夸孩子长得好，边冒出了一句话："观音菩萨不给咱们送，咱们还不是生出来了，干什么事都得靠自己、讲科学。"说话者无意，听话者可受不了啦，张姓小俩口羞得脸红得像块大红布似的，恨不得找个地缝钻进去。那位要好的女同学看到这个尴尬局面，也后悔自己嘴上没毛、办事不牢，干嘛在同学面前揭人家的短呢？站在小两口后面的老母亲是农村的厚道女人，文化不多，口快心直，马上插话说："可不是吗，新社会菩萨管什么，还是科学管用，医生一捣鼓，咱女人的本事就来了，这不……"老母亲正想继续往下说，儿媳妇红着脸不好意思地拽了拽母亲的手，母亲的话停住了。四个人互相看了看，都笑了。

从张姓小俩口生下"龙凤胎"那天起，十庄八村的人们好像换了个"脑壳"（思维），盼望早抱孙子的老太太朝佛求子时犯了嘀咕，不敢把赌注全押在菩萨身上了，只想图个心里踏实。青年男女想生孩子时，却想不起来去拜菩萨了，即便被父母催着出门进庙，大多数也改进了医院。笃信迷信的人们陷入了郁闷之中：他们怀疑科学那东西走到菩萨前面去了！

财神的苦与乐

在我从事外贸业务的那几年，经常接待来自东南亚的贸易伙伴。他们跑遍全世界，生意做得很大，我问他们有什么诀窍，一位宋姓商人回答是"信奉财神"。我是个无神论者，对他的回答不敢相信。因为我年幼时，在古老的村庄里见过不少供奉财神的人家。那些人家的老人们每天早上起来，别的事不干，先给财神爷烧香、磕头，不能算不虔诚，也从来没有听说过财神爷不领情，可那些人家的日子过得并不富裕。因此，我对贸易伙伴的信仰不敢恭维。此后，他信他的迷信，我信我的无神论，两者虽在生意上合作，却不在信仰上同道。

第二年夏天，发生了亚洲金融危机，受害者首当其冲的是东南亚国家，宋家生意也遭受了严重的损失，股票缩水接近一半。宋先生又来到西藏，我去机场接他时，见他完全变了一个人，像个霜打的茄子，一点精神也没有。我问他："财神不帮忙了？"他说："别提了，它不管用了。"说着，他无奈地摆了摆手，钻进车子里。

从机场回来的路上，为了打破沉闷，我有一句无一句地与他聊天，他一句话也不说。一会儿，他看我也不说话了，自觉不好意思，从来不抽烟的他向我要了一支烟，点着抽了一口，咳嗽半天才给我讲起他供奉财神的故事。他说：我从小就学着老人的样子供奉财神，从来都是虔诚的，不光给它烧香、磕头，还把每次做生意赚回来的钱，大把大把地放进它面前的木箱里。前些年，财神还帮我，托它的福，我生意做得不错。可这一次金融风暴一来，我怎么给它磕头、烧香，把成捆的钱放进它面前的木箱里，它也不帮我了，我的生意一落千丈，赔惨了。一气之下，我停了给它烧的香，断了给它供奉的水果，收走了放进它面前箱子里的钱，也不让家人给它磕头了。这还不过瘾，我还狠狠地搧了它两个耳光，然后把它锁进了黑黑的木柜里。第二天，我就坐飞机进藏了。听完宋先生的话，我出于对他信仰的尊重，既没敢笑，也没说什么，只是暗暗地想：假如菩萨能帮你做好生意，还用你东奔西跑去忙活吗？假如哪位财神是个有血有肉的真人，看到金融风暴给你带来那么大损失它能不发愁吗，你搧它的那两个耳光它能不发火吗？可惜啊，它只是个泥胎，是个被你崇拜的五体投地的泥塑！

宋先生休息半天后，我们开始谈药材出口生意，并决定第二天签合同。可当天晚上九点多钟他给我来电话，我知道他变卦了，说什么第二天非要我陪他到巴松湖朝佛。后来我才知道，不知道是哪位假冒的导游还是商人给他出了个馊主意，他花十万元人民币从八廓街地摊上“请”了一尊“开过光的财神”，并说戴上这尊财神到巴松湖这个“神仙的老家”告别后，带回家中供奉起来才真正管用。我怎么说这样做不管用，他也不信。为了做成生意，我不得不违心地陪他去了一次巴松湖。

到巴松湖后，他以两倍的价格租了两艘豪华旅游船，叫上随员，双手捧着“请”来的财神，绕湖游了一圈。每到一个山包、一个拐弯处，他都叫随员们双手合拢朝着山的方向磕头，并向湖水里撒硬币，以表示他向诸位山神、财神们告别了。这还不算，船到湖中心他嘴里还念起了当地信教群众根本听不懂得经文，我问他的随员是什么意思，他们告诉我：宋先生祈求诸位山神、财神在遥远的巴松湖祈祷它的财神一路平安，祝福他“请”的财神显灵，保佑他度过难关。此后，他用哈达把财神包好，放进自己携带的航空箱里，办完公务后亲手提着箱子转机飞回故乡，把那“请”来的财神供奉在堂屋的正位处。

在机场送别宋先生以后，不知怎的，我对那笔生意没有多想，也许是因为大环境还不算好吧。相反，我却不能忘记他“请”的那尊财神，我断定这尊财神的“待遇”一定会比那尊被关禁闭的财神优厚很多，但宋先生的生意下一步会怎么样，这尊佛像将来会不会挨耳光，恐怕连那尊宋先生自信会显灵的财神也说不准！

又是一年过去了，我和宋先生签订的药材生意作了一半就停下了，获润不多，以后也没再联系。两年以后，各国采取措施，度过了金融危机这个难关，经济开始复苏了。一天早上，天还没亮，宋先生突然给我打来电话，他告诉我："财神显灵了，帮了我个大忙，我的生意火起来了"。说完，就在电话里哈哈大笑起来。他笑得是那样的畅快，那样的尽兴，像是掉进了蜜罐里；又是那样得可怜，可怜的什么都不懂了，只会供奉那尊财神了！

拜师学艺

在那个交白卷都能上大学的年代里，我经过考试跨进了大学门槛，但那时的教育改革却荒废了许多美好时光，渴望学习知识的愿望终究变成了泡影。至今想起来，仍感到惭愧和遗憾。

那个时期的大学里不论是文科理科，主要任务都是革命。因此，上至学校领导，下到各个班级的辅导员，再到学生党支部的委员们，张口闭口必须讲"革命"二字，如果不这样做，他们在那个位置上就呆不住。课程安排必须保持高度统一，上午看大字报，下午抄大字报，即便负责任的老师传授点专业知识，也必须把革命的帽子戴得高高的。比如，讲授写作的要以《人民日报》发表的批判文章为样本，讲授戏剧的要以样板戏为标准，讲授诗歌的实在找不到参照的样本，就只好讲授"小小老虎灶，尾巴翘得高"了。这能怪谁呢，既不能责怪领导和老师，更不能怪罪同学和基层党组织，这是那个时代的产物啊！面对这样的尴尬局面，同学们渴望学点专业知识是没有希望的，不得已只能采取一些隐蔽措施。比如，有的同学钻进学校图书馆将一本文学名著拿出来，想悄悄看一点，结果被管理人员发现，背上了偷书的罪名，挨了处分；有的女同学悄悄地找到授课老师，想请教一些专业知识，被扣上了男女作风不正的帽子，压得这些同学抬不起头来；有的同学写了一篇解放军抗洪抢险、舍己救人的故事，拿给辅导员修改，被扣上不讲阶级斗争的政治帽子，穿着小鞋度过了四年大学生活。在忍无可忍的情况下，我和几个同学一起走出了校门，在黄宗英老师的指导下，边开展社会调查，边偷偷摸摸地读点书，学习些专业知识，写点儿专题报告或者文学作品。说实在话，这样的学习又能够学到多少知识呢？

动乱结束的那年，我们带着大学里的那份遗憾和悔恨，走出了校门，走上了工作岗位。七十年代末那次会议的召开，如同一场春风吹暖大地，又像一股甘露滋润着每个人的心田。不久，紧闭多年的那扇国门敞开了，人们开始思考改革、发展和稳定的大计，各个行业在外部市场经济的飓风和内部期盼发展的热浪撞击中，不断地发生着巨大变化。这时，内地的同学们纷纷进入大学深造，我羡慕他们，但由于西藏人才少，一个萝卜一个坑，抽不出身来去读研，就连在行政岗位上报考技术职称，政策也是不允许的。我们这些在学校里本来就没有学到多少知识的学生们，面临着前所未有的挑战，都在思考同一个问题：怎么办，是知难而退，还是勇敢地迎接挑战？

这时，老一辈革命家“改造我们的学习”的呼声又在耳边响起，那位老人喊出的“团结一致向前看”的号召催促着国人奋进，在我的心里激起排山倒海的巨浪，使我久久不能平静。正当我面临人生道路重大选择的时刻，这天晚上，老局长走进我的房门，看完我写的那篇讲话稿，语重心长地对我说：“形势变了，需要的知识越来越多，该拜师学艺了。”送走老局长，我回到书桌旁，点燃一支香烟，陷入了久久的沉思。我想起了身体不太好的父亲，不论刮风下雨，都会牺牲所有休息时间，孜孜不倦地给徒弟们传授木工技术的情景；想起了那几位徒弟不论白天黑夜，也不管逢年过节，都废寝忘食地学习木工技术的场面；想起了毛主席他老人家讲授的学习方法，想起了古人那种“头悬梁，锥刺股”的学习精神，想起了区党委领导对我们这些学生的那番忠告，便狠下一条心，决定拜师学艺。

拜书本为师，多读多看。那时我已由宣传干事转为机关秘书，不仅负责领导讲话和重要文件的起草，还肩负着所有发文的修改定稿工作，终日忙得不可开交，这些工作，不仅涉及本行业的行政管理，还涉及所属部门和企业的业务，知识面涵盖了整个流通领域。在这种情况下，我不能只学习六种业务知识，而是需要学习涉及商品流通的所有知识。因此，拜师就不能只拜一位老师，必须拜多位师傅，这在当时的西藏是办不到的。更现实的问题是，拜师学习不能离开岗位，只能在职学习。在这种形势下，唯一的办法只有多买书、多读书，没有捷径可走。于是，我委托熟悉情况的同学，利用休假、出差、开会的机会，给我代购有关商业财务、会计、物价、计划、统计和市场营销、企业管理、海关监管、商检业务等方面的书籍，到书店选购百货、五金、交电、化工、针织、纺织、食品、医药、粮食、石油等方面的商品学。然后，把这些书分为八个类别，制定了学习计划，坚持“五个一点儿”，挤时间学习。即结合起草文件学一点儿，下班以后学一点儿，睡觉之前学一点儿，节假日休息时间学一点儿，出差、开会时学一点儿。整整用了八年时间，读完了这些书。说句实在话，读书也是一种享受，当你通过学习书本知识，把一个问题弄懂后，就像战争年代攻克一个山头一样，具有令人兴奋不已的成就感。读书如同打麻将一样，也是有瘾的，那几年我迷上了专业书籍，捧到手里就丢不掉。因此还发生过两次小失误：一次是那天晚上我在烧水，把水壶放在电炉上，推上闸刀就看起了那本市场营销学，看得着了迷，就把烧水的事忘掉了，看到厨房里发出红光才想起来，拉下闸刀冷却后一看，把壶底烧穿了。第二次是一天中午我在做饭，淘好米放进高压锅里，推上闸刀就开始看书，结果把做饭的事忘得一干二净，闻到一股浓浓的焦糊味时才想起来，走近厨房一看，高压锅的塑料把柄已经烧焦，冷却后打开锅发现里面的米饭也成了一堆黑锅巴。就这样，我着迷似地学了几年，把那些书读完了，脑袋里专业符号多了，才逐步由外行变成了内行。

拜能者为师，多听多问。读书能学到很多知识，但并不能解决所有问题，有些名词需要结合实际来理解，有些疑难问题则需要在新的实践中不断探索，才能够解决。为了使书本知识更好地和实践相结合起来，做到融会贯通，我就拜那些老商业们为师，向物价局长学物价，向财务处长学财务……找不到处长找科长，找不到科长找干事。总之，谁有空儿就向谁请教。那时的拉萨没有像现在一样名目繁多的娱乐项目和场所，上班时间老商业们都忙着业务工作，不能打扰，只能在工间操时间或者下班路上请教问题。晚上，处长们喜欢约几个同事在家里打麻将，年轻一点儿的科长们则喜欢甩扑克，也不好意思打扰，除非进入他们的娱乐圈。由于各处室工作忙闲不均，时间安排也不均衡，不论是打麻将的，还是甩扑克的，都会有三缺一的时候，给我提供了进入老商业们的娱乐圈的机会。为了有个方便请教问题的学习机会，我下决心学习打麻将和甩扑克。有一天晚饭后，处长们的麻将桌旁出现了三缺一的机会，物价局长给我打电话，我便带上爱人一同上阵。那个时候打麻将不赌钱，只是娱乐，没有什么顾虑和负担，就放心大胆地陪着处长们学了一个通宵的麻将，战绩虽然不算优良，却也赚了个合格的资格。此后，只要麻将桌上三缺一，处长们就给我打电话，我只要没有加班写材料的紧迫任务，就带着不懂的问题来到麻将桌上，边打麻将边请教。麻将打到兴奋的时候，处长们就批评我老是谈工作，我就停止请教问题，待到兴奋点一过，我又提出不懂的问题，处长们你一句、我一句，就给我解开了。就这样，在麻将桌上我从处长们的脑袋里掏出了许多带有实践经验的新鲜知识，装进了自己的脑袋，丰富了我的专业知识。久而久之，我的麻将水平虽没有提高多少，业务水平却明显见长。

元旦、春节、藏历年三大节日临近，商品购销进入旺季，处长们工作繁忙，打麻将的机会少了。夏季从事商业调查和规划的几位科长大功告成，工余时间甩扑克的机会相对有所增加，我又加入了科长们的娱乐圈，开始带着不懂的问题学习甩扑克。当学习甩扑克兴趣正浓的时候，局里接到政府下达的任务，组织工作组到昌都地区调查粮食购销情况。工作组由粮食局长、购销科长和我组成，还有一名驾驶员，既有业务骨干，又都喜欢打扑克。我接到通知后，就带上粮食购销、储存、调拨等方面的书籍，买了两幅扑克，跟着工作组出发了。不论是在路途中，还是在工作期间，我都利用工余时间读书，局长想打扑克时，就带着粮食工作方面没有弄懂的问题参加，边打扑克边请教疑难问题。就这样，在一个月的时间里，我通过向粮食局长、购销科长请教，把粮食收购、调拨、销售、储存、年终核算等方面的问题，弄了个一清二楚。此后，我又根据组织安排，跟着海关、商检部门的工作组三次到阿里、五次下樟木，边工作边学习，逐步熟悉了海关、商检两个部门的业务知识，并在工作中有了自己的见解。

拜群众为师，在实践中总结群众创造的新鲜经验。在地广人稀、交通不便、服务机构不健全的农牧区，如何发挥基层供销社的作用，为广大农牧民群众提供更多的服务，既是农牧民的迫切希望，也是当下西藏商业面临的一个重大课题。经组织安排，我和基层商业处的同志到山南地区开展试点。期间，通过认真调查乃东县颇章乡供销社鼓励农牧民用鸡蛋、青稞换食盐、茶叶的以物易物交换活动，亚堆乡供销社销售灯泡、兼顾安装电灯的做法，隆子县日当乡供销社销售衣服面料、兼营服装加工的经验，概括出了面向市场、服务群众、开展多角经营的经验撰写了《把基层供销社办成综合服务中心》的论文，在全区推广，并为十年后的供销社改革提供了借鉴。此后，我和基层商业处的同志又深入自治区、地区、市县批发商业企业开展调查研究，详细了解批发企业现状、成功经验、存在的问题和困难，认真总结日喀则市工业品门市部从厂家直接进货面向市场销售、乃东县食品门市部收购活猪宰杀后销售新鲜猪肉，以及拉萨市副食品门市部在三大节日来临之前，从藏北收购牛羊赶到拉萨附近宰杀，向市民供应新鲜牛羊肉的做法。同时，利用接管阿里地区商业业务的机会，认真总结阿里地区商业部门从新疆就近调拨商品的经验。概括提炼出减少环节、降低成本、开展直销、方便基层的批发商业的改革思路，撰写了《关于批发商业改革的思考》的论文，在自治区有关商业企业中推广，并为十多年后商业批发企业改革提供了参考。

实践证明，坚持不懈地向书本、向专家学者和广大人民群众学习，是获取知识的重要途径，只要长期坚持，必有重大收益；同时也证明，坚持实践，不断总结，也是人们走向成功的光辉路程，只要长期坚持，就能到达胜利的彼岸。

三十多年过去了，三十多年走过的路是一条拜师学艺的路，所拜的师傅有前人几十年甚至数百年实践经验汇集成的书本，有当下从事批零商业的专家学者和企业家，有众多几十年如一日在基层从事购销活动的实践者，他们用自己的血和汗水浇开了民族商贸的灿烂之花，铸就了那个时代的辉煌。三十年在人生中是短暂的，但人类社会发展是漫长的、多变的，新事物新知识不断出现，要适应不断发展和变化的新形势，就要不断地学习，不断地实践和创新。因此，人的一生可以说就是努力学习的一生，不懈探索的一生，勇于创新的一生。从这个意义上讲，拜师学艺就成了终身必须做好的重要工作。人的一生不可能都有伟大的创举、宏伟的业绩,大都在平淡的生活中做着平凡的工作,尤其像我们这些在事业上划完句号的人们,更是如此。唯一能够让自己欣慰的,就是拜一辈子老师,学一辈子知识,在学习中寻找些无穷乐趣啦!努力吧,年老的新朋友和年轻的老朋友们!

朝圣者的困惑

不论是沿青藏公路进藏,还是顺着川藏公路旅游观光,都会发现许多沿着公路磕着长头到拉萨朝佛的人。他们都是虔诚的佛教信仰者,视释迦牟尼为佛主,拉萨为圣地。所以,每年秋收结束,就把全家人组织起来,用架子车拉上羊毛编织的藏被、炒熟的青稞磨成的糌粑和从牛羊奶中提炼出来的酥油,再带上一些佛教用品,就磕着长头往拉萨进发。磕长头的人身上围着围腰,腿上套着护膝,手上套着轮胎皮或帆布钉住的木板,两手捧着一块石头作为标志物,双腿跪地,两手捧着石头往前伸去,直到全身扑地,才把当标志物的石头放在最前面,算是磕完了一个长头,然后站起来,再跪下去,重复前面的动作。就这样,一会儿趴地,一会儿站起来,不停地磕下去。早中晚三顿饭,都由拉架子车的人选择适当地点,提前烧好酥油茶,准备好糌粑,磕长头的人到达后准时开饭。夜间宿营,也由拉架子车的人选择地点,条件好的支起一顶小帐篷,在帐篷里铺上毯子、展开藏被,就在上面舒展地睡上一夜;条件差的大都选择一个避风的地方,展开藏被,盖上全身的衣服露宿。

说起磕长头来,藏族老乡告诉我:磕长头既是朝佛的一种形式,也是对信教者体能和毅力的考验。为了展示对佛教的虔诚程度,不少家住四川、云南、青海、甘肃等省的信教群众,都要选择适当机会,携家带口磕着长头去一次拉萨,以期来世升天,过上好日子。据说,近几年来,由于门户开放程度不同,观念也发生了一些细微变化，在同一批磕长头的人群中，希望各有不同；老年人大都盼望来世过上好日子，而立之年的青壮年男女则主要期盼今生有个好生活，正在上学的中学生则希望佛主保佑考个好学校。因此，磕长头选择的路线和用的时间也不一样，有的选择从青藏公路进来，经川藏公路返回，转一个大圈儿，祈求祖祖辈辈幸福平安；有的则选择从川藏公路进来，再从川藏公路中途返回，转一个小圈儿，祈求时来运转，过上好日子即可。因而，花费的时间也不同，少者数月，多者半年或一年。但不论时间长短，消费财物多寡，那种虔诚劲儿是不用说的。每当我看到信教群众虔诚朝佛的场景，我都由衷地敬佩他们，不仅敬佩他们的执著、他们的毅力，而且敬佩他们的认真和细致。每当这个时候，我都想到如果共产党人都用这种虔诚笃信马克思主义，都用这种执著和毅力奉献于民族和国家事业，当下是没有任何困难不能克服的；如果每个人在期望未来幸福安康的同时，集中精力谋划今生的发展与美好，小康生活与和谐社会也是不难实现的，打开门户三十年的变化不就证明了这一点吗？

升天也自然。不能否认，不论是从川藏公路进来，还是经青藏线出去，也不论是乘汽车还是坐火车进出西藏，都是十分辛苦的，更不用说磕着长头从遥远的地方到拉萨，再从拉萨荣归故里了。但是，朝佛的人们没有一个后退的，不管结果如何，它们都是会坦然面对现实的。记得那是十多年前的一个冬天，一个黑龙江省土生土长的农民六十多岁，他笃信唯物论，坚信山东人能够闯关东，温州人能够闯世界，他也能够进入地处高原的西藏。那年，他独自一人徒步从老家出发，入山海关，出西部塞口，跨过界山大阪，进入阿里地区，又沿着阿里地区通往日喀则的公路向仲巴县方向走去。这时已到隆冬季节，一场大雪把他堵到了没有人烟的帕羊乡西部的草原上，他就着雪吃完了仅有的一点糌粑，拼尽全身力气往前走，却始终没能走出被大雪覆盖的一望无际的白色草原。第二天，他倒在了雪地里，再也没有爬起来。后来，旅行社的车队发现了他，通知日喀则地区旅游局后没有与他的家人联系上，只好委托旅行社料理老人后事。在整理老人衣物时，发现他上衣兜里装着一张纸条，上面歪歪斜斜地写着几个字："升天了，圆满了。"旅行社的同志似乎明白了什么，就；架起一堆干柴，浇上一些柴油，把那位老人的干瘦躯壳放在柴火上面，随着一缕青烟腾空而起，实现了老人升天的愿望。这位老者升天了，他来时一无所有，走也干净利索，没有可挂念的，显得非常洒脱、非常自然。

活着的人常有这样的说法，前者走了，后有来者，天堂里也没有寂寞，这话是真是假，活着的和死去的人都不知道，只有天知道。说来也巧，第二天，田队长带队到格尔木接车，反回五道梁时遇上一支朝佛的队伍，就指挥车队放慢行车速度。朝佛队伍中有一位老年妇女，年近七十，一只眼睛失明，另一只眼睛视力也很差，双耳又失聪，当车队缓缓行驶到她跟前时，这位老人突然横穿公路，一头撞在了田队长的汽车上，当人们扶起这位老妇人时，发现她已经咽下了最后一口气。她儿子说："老母亲的愿望实现了！"说完就将母亲抬到了路边的一个山坡上，田队长和车队的同志们取出一件皮大衣，浇上一些柴油，把老人放在上面，儿女们给老人磕了几个头，点燃了那件浇了柴油的大衣，随着一股股浓烟升起，老人升天了。田队长掏出五万元钱，交给老人的儿子，说完安慰的话，踏上了返回单位的路程。儿子手捧着钱，望着青烟飘去的方向，拱了拱手，劝慰老母亲走好。此时，老人走了，她走得也是那样自然，如同烟灭一样，没有惊天动地的动作，甚至连一点轻微的脚步声都没有留下，余下的只有儿子满脸的茫然。

成也如愿，败也如愿。迷

信不同于宗教，却常常与宗教混在一起，令信仰宗教者不知所措。这年，小扎西该高考了，老父亲对他的学习非常重视，一天到晚都督促他做作业，一分一秒都不想让孩子浪费。盼得是将来小扎西考上名牌大学，毕业后分配个好工作，扎西家族也好出人头地，在街邻四坊面前说得起话，挺着腰杆过一辈子。现在到了高考的关键时刻，老扎西睡不着觉了，他连续几天都不停地忙活，不是修理架子车，就是买藏式被子、酥油和糌粑，还给小扎西买了一大把圆珠笔。收拾停当，第二天一大早就叫上小扎西去拉萨和日喀则朝佛去了。他们磕着长头，一路走来，每到一处，遇寺就进，见佛就拜，特别是走进拉萨和日喀则市这些佛教圣地，更是逐个寺庙朝拜诸位菩萨，不仅往灯里加酥油，给佛像献哈达，而且还叫小扎西在佛像前法器中放置圆珠笔，并虔诚地祈祷许愿，期盼儿子考个好成绩。就这样，老扎西带着小扎西整整转了一个多月，返回老家时学校已经开学，小扎西便急忙钻进学校，拼命地学习。高考开始了，小扎西满怀信心地参加了考试，可是考试成绩公布后小扎西哭了，他没有考好，连上中专学校的希望都没用了。本来用在学习上的时间，却被老扎西强迫儿子用在了朝佛上，小扎西后悔莫及，老扎西不当回事儿。在他看来，老扎西父子两个在菩萨面前尽到心了，命运是菩萨安排的，成绩好坏都如愿了。

小扎西在老师安排下，又复读了一年。这一年，从春到冬，小扎西没有再听从父亲的安排，也没有再去那些佛教圣地朝佛，而是集中精力学习，各科成绩蒸蒸日上，心里很高兴。这年高考，小扎西因基础扎实，临场发挥也好，以优异成绩考入了内地名牌大学。接到入学通知那天，街坊邻居们都来表示祝贺，小扎西有一种说不出来的高兴。小伙伴们问他有什么经验，他毫不保留地讲了相信科学的道理。大家看着盖有大红印章的通知书，都信服地连连点头。只有老扎西蹲在一边抽闷烟，他感到一种从未有过的困惑。祖祖辈辈一直信奉的菩萨怎么就不灵验了，听老师说的话都是对的吗？他想不通、道不明，除了一脸的茫然，还是满面困惑。

八月下旬这一天，不足二十户人家的小村庄出现了一大堆喜事；村子后面的小寺庙举行佛事活动，村委会的会议室里举行科普展览，村东头的小尼玛结婚，村西头自己家的儿子出门上大学。老扎西催着儿子拜个菩萨再上路，小扎西笑着对父亲说："你拜吧，我走了。"儿子走后，老扎西就往寺庙走去，可是没走几步，他又回过头来，看了看儿子远去的方向，带着一脸困惑，不知不觉地走进了村委会的科技展示室。

大本营的不眠夜

大本营是攀登珠穆朗玛峰的第一号营地，位于西藏定日县境内，距离县城约 150 公里，海拔 5200 多米。在中尼公路没有实现黑色化的年代，从拉萨到大本营需要两天时间，第一天住定日县，第二天才能到达大本营。现在虽然交通方便了，但要到大本营看看，也要用两天时间才能返回拉萨。

我和大本营结下不解之缘，是在日喀则服务的那几年。那时，我虽然不分管体育服务工作，却因为管着人们吃的、用的商品，登山探险的人们离不开，加上分管人员经常另有任务，我又年轻，就经常兼顾登山服务了，那个时候，我光顾登山大本营的次数不能说比体育部门的人们多，和登山队比起来我却是最多的。因为每个登山队完成一次登山任务就可以撤下来，不可能长年呆在那里，我却不然，这个登山队走了，那个登山队又来了，不管谁来，我都要配合体育部门做些服务。即便登山队走完了，我还要带些人员到大本营拣拣垃圾，清理一下场地，使那里的环境保持清洁。即便没有登山探险队伍在那里活动，大本营一旦遭受水灾或者雪灾，观光旅游的人们被困在那里，我也要前往哪里抢险救灾，尽管我不是登山运动员，那几年却成了大本营的常客。

八十年代第七年五月，中国、日本、尼泊尔三国联合在大本营扎寨，开展从南北两个方向跨越珠穆朗玛峰的登山活动，我协助自治区主管部门从事地方服务工作。这天，三国登山运动员成功登顶，实现了各国开展登山运动以来从未实现过的梦想，准备在大本营隆重庆祝一番。接到体育部门的通知，我立即带上哈达、蔬菜等物品，和定日县的孔副县长一道，火速赶到大本营。下午，迎接完从二号营地撤下来的运动员，各国登山队就忙着准备庆祝活动的有关事项。三国联合横跨珠峰活动大功告成，如同一场大戏进入高潮，各方人员都忙得不亦乐乎，上至政府官员，下到部门领导，不论职务大小，都像演员一样，争着上镜头：有的接受记者采访，有的发表演讲，有的拟草喜报，有的忙着总结经验，却把现场祝贺的大事给忘了。面对这种情况，我和孔副县长作为珠峰所在地的官方代表，只好变通执行指挥部的计划，见缝插针开展慰问和现场祝贺活动。

那天晚上，我们首先走进日本登山队的帐篷，代表日喀则地区行政公署和定日县人民政府，向日本山岳会负责人和登山队敬献哈达，赠送了蔬菜等慰问用品，祝贺他们横跨珠穆朗玛峰成功。随后我们又走进尼泊尔登山队的帐篷，向一直与我国保持睦邻友好关系的邻国登山队表示祝贺，赠送慰问品。最后，我们才来到中国登山队的帐篷，向时任国家登山协会副会长的曾曙生和队员们敬献哈达，送上慰问品，对成功横跨珠穆朗玛峰表示热烈祝贺。我国登山队队员多数是藏族同志，其中多数又是日喀则地区的农民子弟，他们中间，大部分是拉孜县人，少部分是谢通门县的放牛娃。听说我和孔副县长代表家乡父老乡亲前来祝贺，激动地流下了眼泪，我给每个人献上洁白的哈达后，大家就拥抱在一起，激动得说不出话来。时任国家登山队副队长的张江援同志，抹了抹眼泪，紧紧地握住我的手说了三句话："感谢日喀则地区行政公署和定日县政府对登山队的支持，没有你们派出得力的高山协作队伍，这次横跨珠峰就很难成功；感谢你们培养出了杰出的登山人才，没有日喀则农民兄弟参加，国家登山队不会创造如此辉煌的业绩；感谢商业部门多年来对国家登山队的大力支持，没有商业部门在物质上的无私支援，国家登山队也不会有今天的光辉业绩。"说完，他拿出一张小纸条给我看，原来是一张三年前我给国家登山队批售冻猪肉的条子，登山队还保存得如此完好，我看后也很感动。我说："那么点小事，不要挂在心上。"说着就想把条子撕掉，张江援同志立即要过去，握住我的手说："这是地方支持国家登山事业的见证，不能毁掉。"说完，他细心地装进上衣兜里，再次握住我的手激动地流下了眼泪。

原来打算完成了现场慰问和祝贺活动，我和定日县的同志就返回县城，准备第二天在县里举行的庆祝活动，可因国家登山队领导不让走，要求我在大本营住一晚，给地县派出的高山协作人员布置好撤离营地的事宜，第二天再回去。当天晚上，我召集高山协作人员研究好撤离大本营的后续工作，已是夜里十二点，就住进了高山协作人员的帐篷里，这时大本营的气温已经降到零下20多度，忙着的时候还不觉得太冷，停下不久感到浑身没有一点热乎气，肚子也饿得咕咕叫，才想起来还没有吃饭呢。孔副县长立即吩咐高山协作人员打酥油茶，抓糌粑。正准备吃糌粑，张江援同志端着一盘水饺，提着一瓶江津老白干走进我住的帐篷，要求我就着水饺喝一口，暖暖身子。他从协作队员小尼玛的提包里掏出两个玻璃酒杯斟上白酒，端起来给我碰了一下，就扬起脖子倒进了肚子里，随后他钻出帐篷，安排登山队员就餐去了。我怕水饺凉了，就招呼孔副县长赶快吃。

连喊两声他没有反应，这时我才发现老孔斜躺在协作队员的被子上，张着嘴呼哧呼哧地喘粗气，知道他高山反应加重了。我马上叫来随从医生，又叫登山协作人员把氧气瓶推进帐篷里，接上管子，把氧气面罩扣在了老孔的脸上。医生给老孔测量完血压，服了点抵抗高山反应的药，他静静地闭上眼睛睡着了。这时，我借着那杯白酒烘起来的温度，吃了几个开水烫热的水饺，才守着孔副县长坐了一会儿。

深夜三点左右，一阵急促的咳嗽声把我吓了一跳。我立即站起来，喊了一声老孔，他呻吟着向我摆了摆手，没有说出话来，我看了看氧气瓶上的压力表，发现氧气没有了，老孔高山反应很厉害，整个脸开始由红变黑，我叫驾驶员把他扶起来，让他喝了点儿开水，立即把他扶进我乘坐的汽车里，因为登山队员们都已进入梦乡，怕影响他们休息，我没有给任何人告别，就拉着老孔离开了大本营。

现在想起来，大本营那个夜晚，我虽然没有睡觉，但却收获很多。第一，从老孔身上第一次看到了高山反应的痛苦和危险，使我懂得了如何应对这种反应。第二，从登山队员们身上学到了那种不畏艰险、勇攀高峰的大无畏精神。老孔身强力壮，平时连个感冒都不曾患过，可在大本营这样的地方他倒下了，那些身体较弱的人们怎能在大本营生存呢？然而，登山队员们就是在这样的恶劣环境中，从一号营地步行到二号营地，再由二号营地爬上三号营地，最后从三号营地攀登到海拔 8000 多米的珠穆朗玛峰顶端的。生命学家曾经告诉我们：当海拔高度达到人类生存极限时，每前进一步都要付出很大的代价。老孔在大本营发生了呼吸急促、不能入眠的高山反应，应该说是到了人类生存的极限了。但是，从这个极限到达珠峰顶端还有 2800 多米，攀登这样的高峰还要付出多大的代价呢？我说不清楚。但我知道登山队员们是伟大的，他们征服了世界第一高峰，那种勇攀高峰的大无畏精神，和珠穆朗玛峰一样崇高和伟大！

三个小时候以后，我和孔副县长乘坐的汽车翻过迦雾拉山，驶上了中尼公路，这时的海拔已经降到4300米左右，孔副县长醒了，也不再因高山反应而头疼。后来，他调回内地工作，再也没有了享受高山反应的条件和机会。但是，他不会忘记大本营那个不眠之夜，因为他不仅亲身感受过大本营可怕的高山反应，而且亲眼目睹了登山队员攀登珠穆朗玛峰的壮观场面，怎能不崇拜登山队员们的大无畏精神呢。

德吉小街

刚到拉萨的那几年，我最喜欢到德吉小街漫步。每天吃过晚饭，收拾好碗筷，就穿过布达拉宫前面那条宽阔的马路，走近那条小街。

说是小街，其实像个小巷子。南北长两百米，宽二十米，南端有外运车队，大小车辆可以通行。再往里面走，就变成了小胡同，一面是干打垒的土墙，一面是青一色的铁皮顶土房子，除了富丽堂皇的布达拉宫外，这些铁皮房子是当下拉萨的现代建筑物了。铁皮房子尽头是一条小路，连着那片芦苇塘。这就是那时德吉小街的轮廓。

别看这条小街狭小、破旧，却有着许多引人瞩目的地方。晚上，小街南头经常有人躲开城市管理人员推出各种小吃，有馒头、汤圆、水饺、油条、豆浆、鸡蛋饼、卤肉，等等。假如你没有吃饭，花几毛钱就可以填饱肚子；如果你想解解馋，也可以花一毛钱买根油条或者鸡蛋饼，来抑制住即将流出来的口水。小街上还有两个缝制衣服的流动小车，你拿来自己喜欢的布料，或者参照摊主儿携带的面料样品选好喜爱的面料，说明样式，让摊主儿给你量好尺寸，过几天就可以取回自己满意的衣服或裤子。那个年代，拉萨商品经济不发达，除了市被服厂可以缝制衣服外，其余就是德吉小街上的服装加工摊儿了,大人小孩为了贪图便宜和方便,都到这里来做新衣服;摊主儿虽然一天到晚忙个不停,却也落个生意兴隆、财源茂盛的名称,不大的钱包终日都是鼓鼓的,常令那些囊中羞涩的人们羡慕。再往小街深处走,没有了各种各样的小摊儿,露出了那片长满芦苇的湿地,显得格外的宁静,便成了年轻人谈情说爱的好去处。一对对情侣坐在芦苇塘边的土埂上,互相依偎着,说着各自的知心话,显得特别亲近。那个年代的人们思想保守,把男女之间的交往看成是不轨行为,所以都悄悄地接触,尽量避免被人看到。他们选择连星星都几乎看不到的地方进行交流,虽显得有些欠雅却也多些安全,偶尔有人经过,情侣们就把头缩进脖子里,用衣服盖住脸,一声不吭。其实,过路的人们大都是过来人,都装作着没有看见,不想打扰他(她)们。

外运车队是这条小街的主户。更多地靠着那个"外"字抬高自己的身价,另一个原因是每逢下雨下雪,车队拉来很多沙子铺在泥泞的路面上,使小街变得格外干净清爽,能够使更多的人聚集到小街上,因此对外运车队也就高看一眼。我之所以喜欢到小街上漫步,一是因为这里多了些黄沙,少了些泥泞,慢步数日也不为那双皮鞋伤神费力;二是漫步兼顾购物,可以节省许多时间;三是可以顺便做点调查研究,了解点市场行情,为本职工作积累点儿资料。

八十年代中期,我被调到日喀则地区工作,没再逛过那条小街,但小街的影子却久久挥之不去。听说那几年,城市管理人员为了活跃市场经济,曾几次把摆摊儿人员赶到布达拉宫广场,并对摊主儿们赋予优惠政策。不知道是庄严的布达拉宫与那小小的夜市不相吻合,还是什么原因,终究广场夜市没有活跃起来,还是在不经意间又回到了那条小街。九十年代的第三个年头我又调回拉萨,住在小街隔壁,亲眼目睹了小街的奇妙变化。头年春天，市政工程队开进小街，不到一个月的光景，就拆光了小街上的所有破旧房屋，接着把小街翻了个底朝天，在两边地下埋设了排污和供水管道，后来又平整地面，在小街路面上画了两条直线，中间铺了一层厚厚的沥青，两边砌上了路沿石条，人行道上铺满了彩色瓷砖，形成了一条宽敞的大马路。第二年春天，各路工程队又悄然开进小街，在路两边建起一栋栋商品房。三年后，小街红灯高挂，彩旗飘扬，鞭炮轰鸣，一间间餐馆、酒吧、茶园相继开业，转眼间把小街变成了美食街。

小街上餐饮业的丰富程度，在当下拉萨市位居榜首。有大众川菜馆阳光酒家、谭府楼，有三湘名菜湘君府、川渝名菜老文君，还有可以品尝各种食用菌的味道长。每间餐馆都设有可以举办红白宴席的大宴会厅、风格各异的大小包间，有的还设有情侣间。从装修格调上看，古老典雅的当属谭府楼，清爽古朴的要属阳光酒家，藏式特色突出的则是老文君了。经营方式一改古板统一的过去，变得一个比一个灵活。有的一年四季专营定额包席和点菜，有的专营大小红油火锅、白味火锅或鸳鸯火锅，还有的兼营包席、点菜和小吃。假如你工作繁忙不能到餐厅就餐，餐厅服务生还可以把点好的饭菜送到你家中，十分方便。假如儿女结婚需要举办宴席，选订的酒楼就会装点一新，配好音乐，并安排主持人帮助主持婚礼，保证让新人和亲朋好友满意。

随着青藏铁路的全线通车，全国各地的旅游者纷至沓来，凡是到拉萨的游客没有不到小街就餐的，使得小街变得异常热闹。从四月到十月，不论中午还是晚上，停车场和小街马路两旁都停满了车辆，各个餐厅里也挤满了就餐的人群。假如你不了解行情，没有提前预订好包间或餐桌，在小街吃饭就会遇到一桌难求的尴尬。我的一位老熟人，在青藏铁路通车的那年夏天，带着近百人的团队来到拉萨，虽经旅行社精心安排，仍然遇到了不少困难，不要说去布达拉宫参观一票难求，也不要说星级宾馆没有住上，就连到小街就餐也落空了，不得不带着种种遗憾返回了故乡。

德吉小街变成美食街虽然成为了拉萨饮食业的一张名片，却没有冷落那片号称拉萨肺腑的湿地。这块原本长着许多芦苇的湿地也赶上了好时候，在人们不经意间变成了国家级湿地保护区。湿地南边一条主干水渠横贯东西，拦水闸挡住了随处流失的那汪清水，使湿地顿时充满生机，水草在这里茁壮成长，各种鱼儿在水里自由自在地繁衍生息，久违的白鹭返回这里做窝嬉戏，呈现出旺盛的生命力。老人和孩子们手牵着手漫步在水渠边、廊桥上，一对对情侣依偎在柳树下、芦花中，沐浴着夕阳的余晖或月亮中的兔爷沙下的那片银光，说着只有他（她）们才听得见的悄悄话，显得格外的优雅和温馨。

德吉小街虽然改变了摸样，脱掉了那套瘦小破旧的衣衫，换上了具有时代特色的崭新时装，却没有影响我对小街的向往。但不能否认，现在游览小街与过去大不一样，过去漫步小街主要是消磨时光和购物，现在更多地是参与家庭聚会或宴请客人。因为这里是餐饮业最集中的地方，还因为这里的餐饮业与其他地方的酒店不同：其一，礼貌待客。小街的各家餐馆都尊重消费者，不论你是自带酒水还是烟草，他们既不会反对，也不会把你拒之门外。其二，价格适中。不论是家庭聚餐还是同学聚会，也不论是同事吃饭还是宴请贵宾，饭菜都是明码标价，从来没有欺诈行为。其三，服务周到。不管你花费多少钱，服务生都是微笑服务，从来不会让顾客坐冷板凳。特别是那家阳光酒家，从酒店董事长、总经理到领班经理，再到传递饭菜的小生和包间服务员，都是微笑服务，没有一个是板着脸慢待客人的。他们把顾客当作自家人，客人同他们开个玩笑，服务生不仅不会生气，还会笑着回答客人询问的问题。更让人感到高兴的是，当顾客点的饭菜多了的时候，他们会热情地提醒客人，饭菜已经够吃了，不要再点了，最后不够时再加。这种既让客人吃饱吃好，又不让客人浪费的服务态度，着实让客人高兴。

在后来的几十年里，不管我外出开会学习，还是下乡调研，只要返回拉萨，我都会立即想起那条小街，想起阳光酒家那样的餐饮店。假如回到拉萨机关食堂已经没有饭吃，我就会回到那条小街上填饱肚子。说心里话，平时我不喜欢在街上吃饭，如果非要在街上吃饭不可，我一定会向那条小街走去，很少进入其他饭店和宾馆。因为，在那条街上我会看到欣欣向荣的一片生机，令人精神振奋，感到浑身都有力量；在那条小街上吃一碗面条，或者吃一碗抄手，也会享受到应有的服务，花钱多点也值得，何况价格还适中呢！

德庆湖和它的传说

从江孜县出发，穿过康马沟，翻过嘎拉乡东边的丘陵，映入眼帘的就是一片雪山簇拥着的湖水，这就是德庆湖。

德庆湖位于喜马拉雅山脉北侧，堆纳山脚下，海拔 4300 多米。东面是终年积雪的堆纳山，挺着大肚皮坐在中不（不丹）边界上，像一尊弥勒佛；南北两面各有一道山梁，如同弥勒佛的胳膊和腿；西面那道丘岭活像摆在佛像前的供桌，那湖水自然就像弥勒佛托着的一盘甘露了。西北角公路的小桥下面是湖水的出口，这里流出来的湖水，如同从弥勒佛捧着的盘子里溢出来一样，不时地发出哗啦啦的响声。当地老乡和不丹边民都称德庆湖为神湖，不论是来做生意的不丹边民，还是跨越边境探亲访友的农牧民，途径湖边都要面对德庆湖朝拜一番，更不用说宗教节日了。由于湖水是高山积雪融化聚集而成，四周还有许多清澈的泉水，从岩缝中、沙土空隙里涌现出来，不仅成了这里的一大景观，而且泉水富含各种对人体有益的微量元素，也就自然而然成为了人见人爱的宝贝。不仅在湖边放牧的人们会舀些甘甜的泉水烧茶做饭，就连出国探亲的人们也会背上几塑料桶送给亲友，供奉在释迦牟尼佛像前。

德庆湖虽然没有像纳木措那样恢弘壮观，也没有像巴松湖那样俊秀艳丽，却有着独特的魅力。春天，气温悄悄爬上山坡，堆纳山上的积雪就开始融化，一滴滴地汇成小溪，穿山崖、跨河川汇进湖中，湖水便在晴朗的天空和火红的太阳照射下悄然升涨起来。湖边的野花随着气温的上升和水分的增加，也在不经意中钻破沙土，露出笑脸，伸伸胳膊和腿儿长出叶子，绽开花蕾，在春风中微笑着、摇摆着，向人们报告春天的到来。夏天，印度洋季风裹着浓浓的降雨云团爬上喜马拉雅山脉，这里就会连降几次暴雨，顿时把整个湖区装得满满的，湖水也由蓝变绿；湖边的小草喝足水，伸直脖子，抖擞精神，拼命地往上长，没有几天就能盖住花朵、铺满大地，成群的牛羊便进入湖区，与碧水绿草绘就一幅“水美草肥牛羊壮”的美丽画卷。秋天，草黄了，湖四周农田里的青稞也黄了，人们把沉甸甸的青稞收割起来捆成捆，堆在农田里，围着那盆深蓝色的湖水，衬托着那终年不化的高山积雪，活像那尊穿着白衣的弥勒佛戴上了一副镶嵌着黄金的翡翠挂件，在阳光照射下闪闪发光，漂亮极了。冬天，湖水由墨绿色变为深蓝色，四周田里的青稞垛也被搬到了打麦场上，只有牛羊在湖边慢悠悠地走动着，啃食着枯草和剩余的青稞秸秆，使德庆湖失去了很多生机，虽然显得有些凄凉，却并不寂寞。那些野鸭、鸳鸯、灰雁，又携儿带女从夏季繁育湿地飞到这里越冬。白天，这些鸟儿们一会儿飞起来在湖面上翱翔，一会儿降落下来拍打着水面嬉戏；一会儿又成双成对地钻入水中捕捉食物，一会儿又带着儿女们走到岸上寻觅遗留下来的青颗粒儿，总是忙个不停。只有到晚上，它们留下站岗放哨的，才按照种群迁徙前划分的领地，以家庭为单位相互偎依在一起，甜甜地进入梦乡。放哨的鸟儿们发出警告声后，鸟儿的父母们立即护着儿女们站起来，仔细寻找危险信息。一旦发现险情危急到它们的生命，便在领头鸟儿带领下扑闪着翅膀一起飞向天空；如果没有危险，它们又会把头插进翅膀里，酣然大睡。这就是德庆湖的四季图。

德庆湖不仅美丽，而且还有许多传说，给这个不大的湖泊增添了浓浓的神秘色彩。次仁塔杰是土生土长的亚东人，年少时跟随父辈做中印边贸生意，经常来往于印度—亚东—江孜之间，德庆湖畔就成了他们途中小歇和吃饭的最佳地点。成年后，又在湖边的堆纳乡担任过多年领导职务，对德庆湖了如指掌，讲起德庆湖的故事便滔滔不绝。次仁塔杰虽然离开我们多年了，但他讲过的那些传说，却在我的心中久久挥之不去。

美女哭情郎

说的是在很久很久以前，居住在萨马达草场上的一对年轻人，女的叫卓玛，男的叫阿旺，两人都给领主当佣人。有一天，小卓玛在帐篷里给领主老爷捶腿，不小心碰倒了领主老爷的酥油茶碗，凶神恶煞的领主老爷不仅用牛皮鞭子狠狠地抽了小卓玛一顿，还一脚把她踢到了帐篷外面。小卓玛被打得遍体鳞伤，疼得她在地上打滚。路过帐篷门口的阿旺看到小卓玛被打得血肉模糊，心疼得流下了眼泪。他捡起一块石头，要跟领主拼命，却被小卓玛死死拽住。阿旺知道小卓玛怕他吃亏，也知道自己年幼力气单薄，斗不过膀大腰圆、气壮如牛的领主，只好趁着帐篷外面没有人的时候，悄悄的把小卓玛抱起来放在马背上，驮回了自家的帐篷，让阿妈给她疗伤。从此，他（她）们两个结下了深厚的感情，慢慢地相爱了。

不久，小卓玛和阿旺相爱的消息传到了领主老爷的耳朵里，他们便遭遇了一场灭门之灾。那年冬天的一个早上，阿旺的父母被领主的人绑在马后面，拖死后扔进了德庆湖。小卓玛的父母被领主老爷派来的人捆绑起来，拖进没有人烟的龙爪湖，先是挖掉眼睛，后又抽筋剥皮，最后把肉当成了那条黑色牧羊犬的午餐。这还不算完，狼心狗肺的领主要赶尽杀绝。这天，小卓玛和阿旺正在萨马达草场东面的高山牧场上放牧，突然一支马队向他们飞奔而来，领头的正是领主的管家。阿旺发现事情不妙，立即拣起一块石头向马队甩去，正好打中管家的眼睛，趁那队人马救护管家时，他抱起小卓玛骑上那匹白马，就向大山深处驶去。

也许在那个久远的年代原本就没有公道可言，好人的命运总是和悲惨连在一起。阿旺带着小卓玛躲进冰雪覆盖的深山后，两人相依为命，再也没有返回生他养他的萨马达草原。几年相安无事以后，他们长大了，认为天下太平了，就悄悄地翻过那些雪山，来到水清草肥的德庆湖畔。小卓玛脱去穿了多年的羊皮袄，跳进清澈的湖水里痛痛快快地洗了个澡，换上了一身雪白的婚纱，借着南来的暖风，转着圈儿给阿旺看。那楚楚动人的身材，笑如菊花的面容，着实让阿旺着迷了。正当阿旺目不转睛地欣赏心上人小卓玛的时候，不幸的事情发生了，一条鳄鱼张着血盆大口向阿旺扑来，把他的下半截身子死死咬住，阿旺挣扎了几下就停止了呼吸。阿旺死了，鲜血染红了那片山岗，小卓玛站在那里哭得泣不成声，泪水不停地流进德庆湖。因此，后来的人们也称德庆湖为多情湖。久而久之，小卓玛变成了号称第七女神的宁金抗沙雪峰，仍然披着那身婚纱，亭亭玉立地站在那里，不时地流着眼泪，那些泪水依旧不断地注入德庆湖中；阿旺变成了一座小的雪山，上半身仍然趴在那群雪山中，身下的土地依然是一片暗红的血色，没有一点变化；那条凶恶的鳄鱼也变成了南高北低的山坡，血盆大口仍然死死地咬着阿旺的下半截身子，至今没有松开。

从第一次听到这个传说起，每逢走到德庆湖畔，我都会望着那白白的雪山和那汪清澈的湖水，陷入久久的沉思：我为远古时期发生的这场悲剧而痛心，同时地为阿旺和小卓玛这对情人有个美好的未来而祈祷！

水怪现身

八十年代末的那年夏天，我到亚东县视察农牧业生产情况。这天又来到德庆湖畔察看地形，探讨建设提灌站的可能性。休息时，次仁塔杰同志给我讲述了一个水怪现身的故事。我们站在碧波荡漾的德庆湖南岸，他指着湖中央那片黑色的水域告诉我：他在堆纳乡工作的第二年夏季的一天，他来到湖边向牧民们了解牧业生产情况，中午时分，一片乌云从雪山南面爬上来，像一顶巨大的黑色帐篷，牢牢地罩在了德庆湖上。不一会儿，狂风大作，闪电雷鸣，湖面上掀起层层巨浪，不停地拍打着湖岸；一袋烟工夫，一股龙卷风把黑色的云彩和深蓝色的湖水连接起来，如同一个庞大的抽水管插入湖中心，把大量的湖水吸到天上，又无情地洒向湖面，顿时形成一阵瓢泼大雨；湖中那片黑色水域，一眨眼功夫出现了一条长约两百米的黑色怪物，如同一个庞大的潜水艇露出脊梁骨，不停地在水中摆动，激起一排排巨浪，推着湖水向岸边袭来；各种各样的鱼儿被搅得不得安宁，纷纷向岸边逃蹿。一个多小时后，风停了，雨住了，一切又恢复了往日的平静。

吃午饭时，次仁塔杰又提起了水怪的话题。他问我：“究竟有没有水怪？”我说：“不可能”。他是个喜欢刨根问底的人，见我不相信有水怪，就让我解释为什么会出现哪些怪现象？我不是气象学家，没能让他探个究竟。那天，就这样带着水怪这个问题，揣着那份遗憾，结束了一天的工作。

第二年的夏天，雨季来得比往年早，各县都上报了一些受洪灾的情况。为了摸清灾情,这天我又冒着炎炎烈日奔赴喜马拉雅山一带察看灾情。途径萨马达乡时还是晴空万里,来到德庆湖畔就变成了乌云翻滚,湖面上又出现了次仁塔杰讲述的那个情景。我仔细观察湖中央那片黑色水域,清楚地看到那里有一条长长的黑色物体左右摇摆着,被它搅起的水浪前赴后继地涌向岸边;不知是混浊的泥水破坏了湖水的平衡,还是其他原因,导致水中氧气减少,憋得鱼儿透不过气来,纷纷露出水面,争着向来水的地方游去;在湖南岸的小溪旁,我看到鱼儿像逃避战乱的难民潮一样,争先恐后地跳着往小溪里面挤;有的不停地越过同伴们的头顶向前方游,有的被挤的失去方向跳到了岸上,在那里拼命地挣扎着,不一会儿就死了。我不忍心看着那些鱼儿死亡,立即叫驾驶员拿来几个塑料袋,把跳到岸上的鱼儿装进去,一袋一袋地转移到附近的小水坑里。一个多小时后,雨停了,风小了,鱼儿不再往小溪里游了,湖面上又恢复了往日的平静,黑水区域的那个怪物也消失得无影无踪。我和驾驶员又把那些活蹦乱跳的鱼儿装进塑料袋里,一袋一袋地放回湖中,看着它们自由自在地游向远处,才收拾好塑料袋,依旧带着对水怪的那份神秘离开了德庆湖畔。

新千年初期,由于气候变暖,冰雪融化殆尽,德庆湖干枯了。这天,我带领工作组到亚东县视察边贸,途径德庆湖畔时停下来小歇一会儿。因水怪的故事一直吸引着我,下车后我就径直向那个干枯的湖中心走去。由于连续三年干旱,德庆湖百分之八十的水域已经干枯,只剩下那片黑色的水域了。我走进湖中心一看,那片黑色的水域如同锅底摊开一个鸡蛋:四周还有些黑色的湖水,湖面上有几只白鹭在嬉戏,像是冒泡的鸡蛋清;中间隆起一条长约两三百米、宽几十米的土包,上面长满了长长的水草,像是冒着热气的鸡蛋黄。这时我才明白,德庆湖根本没有什么水怪，是那个土包上长满的水草搅动了黑水，让人们产生了错觉；闪电雷鸣和龙卷风结合中的暴雨，也是一种自然现象；暴雨大作时气压降低，水中氧气不足，鱼儿们想呼吸新鲜空气才从水中钻出来，并非水怪搅得它们不得安生。

汽车开动了，我们沿着湖西面的公路向江孜方向驶去。路上，我望着迅速后退去的德庆湖产生了许多疑问：是气候变暖融尽了冰川才使德庆湖枯竭了，还是连年干旱使这个神湖断了水源；是小卓玛这座神女的泪水流干了使德庆湖干枯了，还是她和阿旺来世无缘不再思念他了。后来听说，德庆湖一带下了几场大雨，湖水又恢复了往年的水平，所有生物都回到了德庆湖畔。这时，我放心了，不再为德庆湖水的多寡而焦虑；我也明白了，湖水多少都是大自然的恩赐，小卓玛与阿旺的故事只是一个传说而已，没有必要再为他们伤神了。

第三极的路

说起青藏高原，气象部门称它为“亚太空”，更多的人则称它是世界“第三极”，西藏就在这高原的最顶端。

说起第三极的路，人们自然想起“自古华山一条路”的艰险，自然会发出“行路难、难于上青天”的那种感叹；也自然会理解那个时代的大学毕业生分配时，作出的“宁可上青天（上海、青岛、天津）、不到新西兰（新疆、西藏、兰州）的选择。

可现在不同了，说起西藏交通道路的变化，用“鸟枪换炮”形容不够份量，用“马车换神六”形容也并不过分。如今西藏的公路四通八达，名目繁多。如，汽车不能通行的城市繁华地区，有步行街；连接城乡的开阔地带，有迎宾大道；通往邻省的地方，有平安大道；与毗邻国家相连的地方，有过境的陆路大通道；通往内陆广大地区，有“天路”美称的青藏铁路；天上还有连接祖国各地的“空中列车”，航班每天都有数十个。立体交通网开始形成，进出西藏很便捷，“出国容易进藏难”的状况已经成为历史。

我的一些同学和朋友，过去都想到西藏看看，却都因“自古华山一条路”的艰险和缺少氧气的高原气候，迟迟没敢成行。直到2006年7月1日，具有“天路”美称的青藏铁路正式通车，多数同学和朋友才坐上奔驰的火车，吃着高原盛产的牦牛肉干，喝着西藏生产的雪山熔岩矿泉水，看着奔袭迁移的藏羚羊等野生动物，悠哉悠哉地来到圣地拉萨，才圆了那个数十年没能实现的“进藏梦”。他们怀着兴奋和激动的心情，在西藏参观举世闻名的布达拉宫、大昭寺，游览赋予大香格里拉美称的“林芝”自然景观，观看赛过瑞士风光的原始林海，又乘坐“空中列车”，从“亚太空”飞回塞北故里或江南水乡。西藏那蓝蓝的天，白白的云；五颜六色的群山，奔腾不息的江河；油画般的湖泊，彩缎般的草原；独特别致的民居，历史悠久的文化，给他们留下了永远不能忘怀的记忆，都说：“不虚此行”。

但是，不论是老同学还是我后来结识的新朋友，他们看到的只是今天交通道路的便捷，却体会不到往日行路的艰难，留下了一个难以弥补的遗憾。假如能像重走长征路那样，走上一段“十八军的进藏路”，那一定也会结下一个像喜马拉雅山脉一样连绵不断的“西藏情结”！我有幸走过一段西藏路，虽不能和红军、十八军的“老革命们”相比，却也给我留下了很多很多，让我终生都迷恋这块圣土，迷恋这条人生的道路。

这要从我走过的西藏路说起。上世纪七十年代末我进藏时，拉萨街上黑色油路不足一里，石板路没有千米，大部分是沙石路面。这样的路，晴天是“扬灰路”，行人都被汽车行驶时扬起的灰尘包围着，不一会儿就能变成个“灰人”；雨天，道路泥泞，汽车驶过泥水飞溅，躲避不及就会顿时变成“泥人”。记得我结婚后的那一年夏天，大雨过后的一个星期天早上，我和爱人回岳父家探亲。从我家到岳父家不到三公里路程，全是沙石路面。靠近城里的一段路还能骑自行车，出城不远就进入流沙河路段，车轮陷入深深的沙子中，我和爱人只好下来推着自行车慢慢往前走。进入河床地段洪水深达半米，自行车推着走不动了，只好扛着走。就这样，三公里左右的砂石路，我们整整用了一个多小时，才走到岳父家。现在，这条沙石路变成了双向四车道的黑色环城公路，不到四分钟功夫就能够到达岳父家门口。想到那时候行路的艰辛，走在今天平坦开阔的大道上，感到特别幸福、特别开心。

提起过去的泥巴路，令人不堪回首。我进藏后十多年的一个夏季，单位派我到聂拉木口岸调查边境贸易情况。那时的中尼公路全是沙石路面，晴天一路灰尘，雨天满路泥泞。我乘坐的汽车从拉萨出发，第一天运气不错，遇上个大晴天，虽有很大灰尘，却还算比较顺利。第二天，天公不作美，下了一场大雨，沙石路立刻变成了烂泥路。车子从日喀则市出发，驶出一百多公里左右就陷在了泥坑里，车子开不动了，我们乘车的人只好下来帮忙推车。这段公路上全是稀泥，不管驾驶员怎样操作，车轮只是在泥浆里打转，却不能前进一步。司机从后备箱里拿出备用的铁锹，铲除了车轮前的淤泥，再垫上一些小石头，防止打滑。他发动着汽车后，我们几个人在后面用力推，汽车才摆脱了陷入泥潭的尴尬，我们这些乘车的也变成了“泥人”。如果没有那把备用铁锹，车子出不来，说不定我们就要在半路上当“团长”（途中住上一夜）。如果幸运一点，等到有过往车辆的时候，把我们乘坐的汽车拖出来，才能免除当“团长”的痛苦。

那个年代我所在的单位管理着一个车队，像这样汽车被陷入泥潭或雪地里，迫使司助人员当“团长”的事经常发生。那个年代还没有出现暖冬，雨雪天气很多，承运物资的汽车不是因雪灾被困在唐古拉山以北，就是因水毁路断被困在米拉山以南，只有遇到过往车辆或者救援队伍赶到，才能摆脱困境。如果没有过往车辆，或者因通讯不便与所在单位失去联系，就要在运输途中当上好几天“团长”，那种受冻挨饿的处境才难熬。记得有一年，粮食车队的驾驶员往地处无人区深处的双湖办事处运粮食，中途遭遇暴风雪，车队被困途中，前后失去联系，驾驶员在雪地里当了五天“团长”，挨饿受冻不说，还遭受了狼群的攻击，幸亏驾驶员们用步枪统一向狼群发出警告，才没有出现危险的那一幕。直到雪停天晴，放牧的群众发现他们，才被营救出来。

西藏的气候很特殊，它北与新疆、青海接壤，没有高山峻岭阻隔；南与印度、尼泊尔等国家和地区毗邻，又属于高原。这种特殊的地理位置和不同的水气运动，使这里的气候经常发生剧烈变化；每年10月至次年4月，印度洋水气爬上高原，遇到南下的冷空气，喜马拉雅山一带就是下一场暴风雪，造成雪封路阻，交通瘫痪；夏季印度洋水气与高原冷空气接触，就在西藏东南部地区形成一场场暴雨，导致水毁路断，交通受阻。所以，我到单位不久后与交通部门的交往就多了起来，经常冬春季节到喜马拉雅山一带抗雪灾，夏天到西藏中东部地区抗洪灾。

令我最难忘的是，在日喀则地区工作的那些时间里，三次到位于喜马拉雅山南麓的吉隆县出差，三次都因达马拉山一带下大雪，被阻挡在山北面，始终没能走进吉隆县城，成为我在地区工作时的一大憾事。其中一次，还把我和工作组的同志们堵在了雪地里，前不着村，后不着店，无处食宿。只好取出藏刀削下几片自带的生羊肉，沾着盐和辣椒面充饥；晚上，在佩古措(湖)旁边找了个夏季牧民圈羊用的羊圈，摊平羊粪在上面睡了一夜。那天夜里的气温降到零下30多度，冻得人浑身发抖，着实让我充分品尝了一次在雪地里当“团长”

(圈着腿睡觉)的滋味。

还是在那几年里,我连续八次到聂拉木口岸工作,竟有三次快走到樟木镇时被阻挡在一公里之外。我们只好把车子停放在公路边,徒步走进镇里去。有一次,遇到海拔 5300 多米的高山塌方,石头裹着沙子、借着水势冲到 1500 米的沟里。我们快走到樟木镇的时候,山上还在往下掉石头,从山上下来的洪水把公路冲断,洪水流量虽然已经减弱,但每秒仍有一立方米,而且水流湍急,一个人涉水过去非常危险。我们就把工作组的男同志分成两组,两人站在公路外的悬崖边沿上负责保护,三人摆成“一”字型站在水中,先把女同志向传递房梁一样,从男同志头顶上传递过去,然后这些大老爷们再手牵着手从水中淌过去。

樟木镇至中国与尼泊尔交界的友谊桥还有 8.5 公里,全部是盘山公路,坡陡路窄,晴天爬坡都很费力,赶上下雨天,满路泥泞,更加难走。公路两旁,一面是陡峭的绝壁,一面是看不见沟底的悬崖,非常危险。完成樟木镇的调研任务后,第二天我们到友谊桥头调研,返回樟木镇时下了一场暴雨。调研组刚拐过第一个弯道,前面就遇到了泥石流,水伴着泥沙、泥沙推着石头从高山上俯冲下来,空中也不停地往下滚石头;身后的山上也发出阵阵闷雷似的响声,我回头一看,山上已开始往下滚石头。调研组处在进退两难的危险境地,前进不得,后推也没有出路。只好两人一组,一人看着山上往下飞滚的石头,另一个人拉着同伴踩在滚动的泥石流上面往前跑。就这样,十多分钟我们才跳过那个危险的泥石流关,又翻过三道陡坡,才走上返回樟木镇的比较安全的公路。我看了看调研组的同志们,那脸一个个都白得吓人,一点血色都没有;身上的衣裤除了泥水就是汗水。这时,我才明白,那脸是惊吓的失去了血色,那汗也是惊吓出的一身冷汗,此时我才真正感到有点后怕。我叫同志们在公路边上坐下来,休息一下,足足十几分钟，大家才回过神来，那张脸也才开始恢复“本来面目”。

不知道是惊吓过度的原因，还是后悔不该让同志们冒这么大的风险，我不知道。但从那时以后的两三天里，乘车时我的手没有离开过座位旁的那个安全把手。在从樟木返回拉萨的路上，我也始终没能忘记在樟木发生的那惊险的一幕。我想，这就是十八军的“老革命们”走过的路，他们就是在这样的道路上，为西藏的革命和建设建立了不朽功勋；这就是后来的“老西藏们”走过的路，他们在这样的道路上谱写了光辉篇章，铸就了永远激励后人的“老西藏精神”。

我想到，这也许就是人生的路，充满崎岖、坎坷和风险。我们这一代人注定要在这样的路上走下去，像那些老革命们学习，续写他们没有写完的历史篇章；后辈们也许还要走这样的人生路，因为只有在这样的人生旅途中，才能写出他们金子般的人生。

我还想到，西藏城市的路多数修好了，但在偏远山区，在农村、牧区，还有许多“沙石路”、“泥巴路”和樟木那样的“充满生命危险的山路”没有修好，有的农村牧区还不通公路。人们希望修好西藏的路，这是老西藏人心中的期盼，也是新西藏人必须重走“革命路”的根源。好在机遇来了，国家拨出巨款建设西藏，全国人民支援西藏，相信在看得见的将来，居住在农村牧区的西藏人一定能够走上宽阔平坦的阳光大道，也一定能够像城里人那样，在社会主义的大道上书写新的人生！

反向思维引起的风波

刚参加工作的那年夏天，我办公室里的同事之间，围绕思维方法展开了一场争论：有的认为正向思维是事业成功的主要方法，坚持以正向思维为主；有的则认为反向思维是不可缺的，并列举了许多事例，坚持以反向思维为主。双方争论激烈，一直到下班都没有分出胜负。次日争论继续，一天的激烈舌战，仍没有决出输赢。科长征求我的意见，我说：正向思维和反向思维都是思维方式中的一种，都有利有弊，关键要看用在什么地方、什么事情上，还要用实践检验思维方式的选择和使用过程是否正确。我的话没有否定或肯定任何一方，结果成了“和稀泥”，落了个“外婆不喜舅不爱”的下场。

我承认，我的观点不见得非常准确，但也没有实质性的错误，我在贸易公司工作的那段经历作过验证。

那是1984年9月的一天，厅领导找我谈话，说：“厅党组决定叫你到自治区贸易公司当经理”，要求我“尽快到位、年内实现扭亏为盈”。我由一个学中文的学生变成了一个商人，虽然近几年来利用休息时间学了些商业方面的知识，对购销业务有了一定的了解，但要担当起公司经理责任，心里仍然没有底。

那个年代的西藏贸易公司是个综合性贸易公司，吃、穿、用需要的所有商品都经营，无所不包。当时又处在“摸着石头过河”的改革阶段，公司原有的商品采购和供应渠道全部中断，商品采购由商业厅驻内地采购站按各地市要货计划进行，各地市所采购的商品统一由商业厅驻格尔木商业站直接转运供货。这样一来，公司原来的业务没有了，惨淡经营，亏损严重，处理完积压商品就要关门。但是，近千名职工要吃饭，怎么办？我当时没能拿出“起死回生”的主意，只是默默地开展调研。

为了加速积压商品处理进度，尽量减少损失，厅里下发了[1984]100号文件，把所有积压商品一律降价60%，并要求我们尽快处理。外贸系统也参照这个文件，按同样的降价幅度处理积压商品。降价风潮顿时遍布全西藏，不论是地市，还是县、乡，到处都是降价的广告，削价兜售商品的货摊；商业车队、外贸车队全部出动，将一车车服装面料、染羊毛的染料运往内地。我看到这个场面，心中产生了一个想法:发加急电报给驻内地各采购站和在深圳、香港出差的同志,要求他们立即协助了解这些商品的价格和销售行情。各采购站和在内地出差人员返回的信息,令我兴奋地通宵不能入眠。我把价格行情汇集到一块,发现各省市服装面料全部提价,提价幅度低的25%、高的达到45%,染羊毛用的染料也提价,提价幅度在30%至35%之间。西藏信息不灵,不仅不提价,反而大幅度降价处理商品。这一降一提,利润空间扩大到70%以上。我认为机遇来了,应该抓住这个机遇大干一场。

这时,我按照反向思维方式提出来一个大胆的想法:全部按现行价格回购正在运往内地的服装面料和染料。我把这个想法提交到经理会议上讨论,分歧很大:有的认为降价是大趋势,不能改变,必须执行主管部门作出的决定;有的认为回购积压商品利润空间较大,所担的风险也大,建议我慎重决策;有的则认为主管部门作出的降价决定是政府同意的,只有执行的责任,没有更改的权利,坚决反对回购运出去的商品。我反复给与会者说明回购的理由,也给大家认真地算了一笔细账,最后与会人员勉强形成统一意见,会议按我的提议做出回购积压商品的决定。

当天晚上,我按照会议的决定精神,立即通知正在格尔木出差的公司针织纺织品部副经理,就地回购运到西藏境外的服装面料;通知在天津化工站出差的公司五金交电化工部副经理,与天津化工站领导同志洽谈大包装染料改小包装、并代替我公司向全国各省市销售染料的业务合同。

两个加急电报发完后,已是夜里十二点钟。一位非常关心我的领导同志打来电话,告诉我:“组织上把你调到公司是对你的信任,搞好了有前途,搞砸了你一辈子也翻不过身来,一定要慎重考虑”。说着他停顿一下,我问他还听到了什么?他用很低的声音告诉我:“你把政府同意的文件都否定了,领导层有些议论,说你胆子太大了”。这些话,使我感受到了从来没有过的政治压力,在改革刚起步的时候,这种压力在内地是常有的,不足为奇。但在西藏却不同寻常,仅仅是社会舆论就能压得你喘不过气来。

就在这个时候,公司职工高兴了,他们看到了公司生存的希望。第二天早上,大家把我的办公室挤了个“针插不进”,都表示坚决支持公司的决策。我从职工身上看到了力量,受到了莫大的鼓舞。再说,决策已经做出,没有后退的道路,就硬着头皮干了下去。第三天,一辆辆大卡车满载着服装面料开进公司仓库里,各地市降价处理的商品也按公司要求运来了,四个大仓库都堆满了回购商品。

几天以后,公司召开干部职工大会,我在会上报告了回购商品的情况,讲解了对这批商品的作价原则和销售办法。会后,组织物价和财务人员进行了成本测算,按照内地各省市的普遍做法和比例,提高了批发和零售价格,并把职工组成若干小组,有组织地开展零售业务。

说来也怪,各大公司都降低价格兜售这些商品的时候,没有多少人去购买。现在,我把价格提高到与内地省市同等水平,却出现了抢购热潮,一个不足千余平方米的商场一天就能销售十几万元。后来才知道,是消费心理起了作用。

这次反向思维,帮助我们做成了降价商品回购销售业务。经过近一年的努力,回购商品还没有销售完,经济效益已经十分突出,公司不仅甩掉了连年亏损的帽子,还盈利好几百万元,给地方财政做了贡献,公司也有了点积累。这件事,使我增长了知识,也让职工尝到了“车到山前必有路”的快乐。

但是,事情往往都是一分为二的。在积压商品的销售中我们看到了公司发展的希望,也尝到了没有零售网点的苦头。随着商业体制改革的深入,国营企业逐步从零售领域退出,主要精力放在了批发业务上;私营商业主要经营特色商品,很少有人经营我们公司回购的积压商品,公司的零售业务遇到很大困难。

面对这种局面,我又组织职工对全区商品零售市场展开调查,结果发现一个问题、三大喜讯;一个问题是:没有一个单位和一个商业部门的领导愿意做零售生意,都想去搞批发、赚大钱。三大喜讯:一是为庆祝西藏自治区成立二十周年,国家帮助建设的拉萨西郊贸易中心没有人接收;二是农垦部门建设的民族贸易大楼没有利用起来;三是公司原有的批发部生意冷淡,但设施坚固,可以改作零售商店。这些信息,为公司拓展零售业务奠定了基础,提供了可能。

但是,零售商业虽然群众需要,但工作量大、赚钱较少,我们敢不敢做;批发业务速度较快、赚钱容易、单位成本较低,公司赶不赶这个潮流。我反复思考这个问题:顺应开展批发商业的潮流,统一思想认识容易,但发展前景并不乐观,因为一轰而起的后面必定是一轰而跨;进军零售商业领域,消费者有需求,利润虽然不大,但只要做到"你无我有、你有我优、热情服务",同样可以把生意做好,不会面临垮台的风险。基于这些认识,我产生了一个与常人不同的想法:别人不做零售业务,我们要以零售业务为主,没有网点我们借助别人的设施建设;各大国营商业企业都搞批发业务,我们不追赶这个潮流,有计划分步骤退出。

我没有想到的事发生了,在论证这个方案的经理办公会上出现两派:一派是从事商业批发业务二十几年的"元老派",一派是从事商业零售业务尝到甜头的"少壮派"。"元老派"认为批发业务工作量小,业务量大,赚钱来得快,又是本公司的优势,坚持以批发为主,零售为辅;"少壮派"则认为零售业务老百姓有需求,就有市场,虽然工作量大一点,利润来得慢一点,但比较稳当,国营商业应当主动坚持国营商业的公益性质，主动承担这个任务。因此，坚持以零售业务为主，批发业务为辅，实行批零兼营。双方各持己见，争论不休，会议开到晚上九点钟也没有形成统一意见。

第二天上午，我分头做协调工作，并同各方认真分析批发与零售的利弊，预测可能出现的风险，基本达成共识。下午经理会议上，虽有少数同志仍坚持自己的意见，但代表性人物采取了妥协的态度，会议采取举手表决的形式，最终达成一致意见，确定公司经营战略：以零售为主，批发为辅，实行批零兼营。

同时，会议决定：把公司部门经理以上人员分成两个小组，一个小组负责公司的日常商品批发业务，一个小组负责筹备零售商业开业准备工作。在零售商业筹备工作会议上，又将全部人马分成三个班子，明确责任，各负其责，分别筹备拉萨北郊、西郊和市中心开设零售商场的工作。

经过近半年的努力，第一小组将公司原北郊批发部改造成为零售商店，利用一个星期天宣布开业，带动拉萨北郊掀起了第一次消费高潮。又利用一个月的时间，与拉萨市商业局洽谈成功，将国家为庆祝西藏自治区成立二十周年建设的拉萨西郊贸易中心接收过来，装修成零售商店，在自治区成立二十周年当天宣布开业，在拉萨西郊掀起了第二个消费高潮。一年半以后，与自治区农垦部门达成合作协议，将农垦部门建成的民族贸易大楼装修成零售商店，在夏季零售旺季到来之际开业，在拉萨市中区掀起了第三个消费热潮。这三个消费高潮，不仅使消费成为当时拉萨市的一大亮点，带动拉萨经济快速发展，也为公司发展开辟了广阔天地。

或许是统一思想的工作有欠缺，或许还有更深层次的原因，正当商业零售业务开展得红红火火的时候，一场冷空气降临了。告状信一封接一封，把反向思维说成违背规律，红红火火的商品零售成了恶性竞争，严格管理也成了不讲人情的罪过，我这个经理成为罪魁祸首，那些告状信给我捏造了六大罪状，其中一条说我丢掉了92辆汽车。一时间，黑云压城，压的人透不过气来。公司职工被莫名其妙的社会舆论压得抬不起头来，公司领导班子开始担心起来，出现了人人自卫的局面。我清楚自己做的事，“一肚子白米饭，不怕鬼敲门”。但想起那位老领导给我说的悄悄话，心里还是有点后怕。

这天夜里，下了一场秋雨，又刮了一夜大风。第二天早上，我打开房门一看，天阴沉沉的，显得特别的冷，树叶也落光了，就连躲在屋檐下的麻雀，也好像失去了往日的欢乐。这时，主管部门送来一份文件，通知我到成都学习。这一纸的通知书告诉我：这是我离开公司，接受调查的开始。我把益西副经理叫来，简单地交代一下工作，就离开公司飞往成都了。

一个月后的一天晚上，益西副经理给我打了个电话，说：“自治区整党办的工作组来过了，肖秘书长带队，他们察看了所有的账本和文件，什么也没有说就走了”。

第二年秋天，地市领导班子调整，组织上把我调到日喀则地区工作，在一个偶然的机会，我和调查组的一位同志巧遇了。我问她对当时的情况怎么看，她笑着对我说：“你现在的情况不都说明了吗？”我才茅塞顿开，开始悟出了点道理：那次调查什么问题也没有发现，反而认为我们的做法富有新意，也有成效！

组织上的肯定，给了我创造性工作的胆量和信心。在地区工作时，我依然从实际出发，紧跟不断变化的市场，大胆采用反向思维方式，不论是分管什么工作，或者哪个企业，都取得了较好的成效。这再一次验证了我那句话：不管正向或者反向思维都是一种思维方式，关键要看用在什么事情上，并用实践来检验。只要方法对头，哪种思维都是有用的。

风雪达玛拉山

在我和同事的记忆里，西藏有两座达玛拉山，一座横卧在希夏邦玛峰西侧，把通往吉隆县的道路阻隔；一座位于昌都县北侧，把连接四川省的道路切割。两座达玛拉山高度不同，但都在海拔5000米以上，在暖冬没有到来的那些年代里，从当年10月到来年4月常常是大雪封山，给物质运输和行人通行造成了很多困难，特别是冬季遇上紧急事务，更是难上加难。西藏和平解放后，中央政府拨出巨款修通了跨越两座达玛拉山的公路，交通条件大大改善，但仍未能令雪灾有所收敛，大雪封山阻路的现象时有发生。上世纪80年代的那些冬季里，有三件事至今想起来，都让人心寒。

生命的呼唤

那是上世纪80年代末的一个冬天，日喀则地区行政公署按照自治区政府的部署，在雪灾来临之前就集中力量将过冬物资运送到容易遭受雪灾的县乡村，一方面让农牧民群众安全越冬，另一方面我们这些公务员也好睡个安稳觉。但是，想不到的事还是发生了。一天晚上，行署收到吉隆县政府发来的紧急电报，说吉隆县北面的达玛拉山一带普降大雪，山封路阻，不少车辆和人员被困途中，如不及时救出可能会有生命危险。灾情就是命令，地区领导立即组织交通等部门的同志，带着推土机前去疏通公路，营救被困人员。

当救灾队赶到中尼公路60道班时，大雪封住了前进的道路。这时已是夜里三点多钟，气温骤降，道班工人介绍说，途中堵住的汽车约一百多辆、还有200多人被困，其中一位藏族同胞被困在达玛拉山南面，又患胆囊炎和急性阑尾炎，疼得在车里打滚，必须尽快救出来送有条件的医院治疗，否则就没命了。救灾队朱队长二话没说，就指挥同志们发动推土机，推着半尺厚的雪往达玛拉山方向前进。同时，利用单边带电台通知吉隆县政府往达玛拉山这边送病人。这时，雪下得越来越大，推土机前进到距离达玛拉山顶约400米处无法前进了，6名救灾队员就分成三组，一组在前面踏雪探路，一组紧跟后面保护探路的队员，一组扛着被褥、食品迎接被困人员。越往前走海拔越高，积雪越厚，氧气越少，队员们的高山反应也越剧烈。半个小时左右，前进的步伐就慢下来了，队员们的脸色由红变紫，又由紫变黑，呼吸急促，有的队员开始呕吐，不得不停下来休息一会儿。十分钟后，他们又按照“二、二、二”的队形艰难地向前走。又过了一个小时左右，距离达玛拉山顶只有100米了，这时积雪已有半米多厚，队员们的体能也消耗很多，他们不敢休息，生怕一坐下来就起不来了。病人生命垂危，急需抢救，队员们一想到这里，便不顾自己的安危，依然按照原来的队形，分散开所带的物品，慢慢地向山顶爬去。

吉隆县派出四名身体强壮的骨干民兵，先是用马驮着病人前进，马走不动了又换乘牦牛，继续护送病人往前走。后来，积雪厚达半米多，牦牛也无法往前走了，四名民兵分成两组，用皮大衣裹上病人，轮流抬着病人缓慢地前行。距离山顶一百米左右，积雪越来越厚，民兵们也走不动了，他们只好把皮大衣裹着的病人放在雪地上，四个人分别牵着病人的胳膊和腿，托着病人在雪地里向前爬行。

就这样，救灾队的队员拖着物品，护送病人的民兵拖着病人，艰难地一步一喘地在雪地里向前爬行，直到天黑的时候，他们终于在山顶上回合。这时，救灾队的队员和护送病人的民兵们，还有那生命垂危的病人，都变成了“雪人”，眉毛、胡须和头发也都挂上了冰凌。他们把病人放在中间，十位“雪人”头顶着头抱在了一起，眼泪流在了一起。那眼泪是胜利的泪水，是希望的泪水，是精神的支柱，是意志的体现。

或许是天气快黑了的原因，也许是雪把队员们盖严了，队员的影子在朱队长的视线里消失了,他心如火燎,拿起望远镜也没能发现一个人影,急得直跺脚。直到"雪人"堆里点燃了打火机,他才发现队员们还在山顶上。老朱立刻让留守山下的队员点起火把,用火把打手势,示意他们赶快下山。这时,雪下得更大了,风刮得更紧了,吉隆县护送病人的民兵们回不去了,他们和救灾队的队员们一道,拖着用皮大衣裹着的病人,沿着救灾队员们爬出来的雪沟,向山下缓慢地滑去。直到夜晚十多点钟,"雪人"们才到达留守的汽车旁,他们把病人抬上朱队长乘坐的越野车,连夜驶往坐落在日喀则市的解放军陆军医院,医生们当即为病人做了胆囊和阑尾切除手术,病人得救了。队员们听到后抱在一起高兴得跳了起来,县里的领导从电报中看到后也激动得流出了眼泪,病人的父母、爱人和孩子听说后,捧着哈达跑到县政府领导面前,激动的一句话还没说出来,扑通一声就跪在地上给县长磕了个头,含着满眼泪水献上哈达才说了声:"他没死,还活着!"说完又高兴地笑了起来。她们全家人能不高兴么,这生命是从病魔和"雪神"手中夺回来的啊!

奇特的帐篷

谁也没曾想到,当队员们把病人送走准备往回撤的时候,山下又下起了大雪,前进的路已经堵住,后退的路也越来越难走。当救灾队后撤到佩古措(湖)旁的时候,大雪再次封住了已经用推土机推开的道路,救灾队既不能前进、又不能后退,只有在这大雪覆盖的湖边当"团长"了。

常当"团长"的救灾队朱队长,指挥驾驶员放掉推土机水箱里的水(不放掉水会冻坏水箱),又吩咐队员们带好随身携带的生活用品,跟着他向那茫茫雪原深处走去。他带着队员们找到一个夏季牧民们放牧用的羊圈,就决定在这里"安家"过夜。这时的气温已经降到零下30多度,雪仍在下,风也在刮,湖面结成厚厚的冰,一点水也取不出来。队员们一整天没有吃东西，饥寒交迫。朱队长看到这情景，就叫驾驶员用水桶装来满满一桶雪，放进大把茶叶，点燃用来烘烤汽车的喷灯用雪水给大家熬茶喝。不一会儿，水烧开了，朱队长又从行李包里取出一块酥油放进桶里，水再次烧开后便成了酥油茶。队员们拿出自己喝茶的杯子或吃饭的碗，倒点未经搅拌的酥油茶，又从朱队长早就准备好的糌粑口袋里取出点糌粑放进去，用手指搅一搅，再抓成团送进嘴里。就这样，救灾队员们身上的热量和力气都有了，咕咕叫的肚子也安静了下来。

饭后，朱队长看了看表，已经是深夜了。他吩咐队员们走进那个四面只有一米高土墙、没有屋顶的羊圈，用手拨去覆盖在羊粪上面的积雪，再把羊粪摊平，就让大家铺上仅有的一床面被，各自盖上自己的皮大衣睡觉。不知道得罪了哪路神仙，这天夜里的雪越下越大，气温也越降越低，虽然羊粪有一些温度，加上羊粪上面盖着面被，底下不感到冷，但队员们却睡不着觉。朱队长感到越来越冷，即便把整个身体缩成一团，当个标准的“团长”也睡不着；他看了看那些年轻的队员们，一个个都是瞪着眼睛，望着天上滚滚落下的大雪，没有一个睡着的。他担心队员们睡不着觉，明天抢修公路没有精神；更担心把大家的手脚冻坏，变成残废，留下终生遗憾。于是，他把大家喊起来，让队员们都脱掉皮大衣和毛皮鞋，让年龄大一点、体质弱一点的同志坐在中间，其他同志围坐在四周，用羊粪把脚埋上，外面盖上所有的皮大衣，再把没有被雪浸透的羊粪盖在皮大衣上面，顶上留个缝隙通空气。就这样，朱队长把队员们封在了一个用皮大衣和羊粪覆盖的圆锥形状的“奇特帐篷”里，内靠互相交流的体温、外靠皮大衣和厚厚的羊粪保暖，度过了寒冷的雪夜。也许是队员们太累了，也许是这个“奇特帐篷”真有保暖的作用。不一会儿，打呼噜的、咬牙的、吹气的、说梦话的，都从那个从未见过的“奇特帐篷”里冒了出来。朱队长看到大家都睡着了，他揉了揉发涩的眼睛，一歪头也不知不觉地睡着了。

第二天早上，雪停天晴，太阳升起两人多高的时候，从来不睡懒觉的朱队长才醒来。他从“帐篷”通气的缝隙里看到金色的阳光了，立即把队员们叫醒，指挥大家同时用力掀掉了“帐篷”，拍掉脚上的羊粪，抖掉粘在皮大衣上的羊粪和雪花，穿戴好衣服鞋帽，便领着大家原地跑起步来。直到发现每个队员的胳膊腿都没有出问题的时候，才停下来分头烧水熬茶。饭后，他们又发动推土机，往达玛拉山方向推雪去了。

第三天，救灾队疏通了大雪封堵的达玛拉山公路，开始返回日喀则。途中经过那个曾经搭建“奇特帐篷”使队员们免遭冻害的羊圈时，已是中午，队员们停了下来，在那里又用雪水熬了酥油茶，拿出尚未吃完的糌粑，喝着酥油茶吃了一顿路餐。然后，恭恭敬敬地往那个羊圈的墙上敬献了几条哈达，才恋恋不舍地离去。

我听着这个故事，想了很多很多：我知道，这哈达象征圣洁和吉祥，救灾队的队员们献到那围成羊圈的土墙上，足以说明那土墙是伟大的，是令他们尊重的，因为它在漫天风雪的寒夜给队员们挡过风和雪。我也知道，圈中的羊粪是从羊的肚子里排出的，它一定是很脏的。可它历经强烈的冷空气蒸发和强紫外线照射，已经没有细菌和任何臭味，是干净的；它用自身的体温抵御冰雪和冷空气的袭击，让队员们在温暖中美美地睡了一觉，它更应该是圣洁的，是完全配得起那条洁白的哈达的！我还知道，在雪地里抢险救灾的朱队长和他的队员们，冒着极度的寒冷和缺氧，奋力抢救被大雪围困的人员和生命垂危的病人，把死亡的威胁留给自己，把生存的希望送给别人，他们是最高尚的人、最值得人们尊重的人，是最应该佩戴那条洁白的哈达的人！但是，他们没有佩戴那条哈达，即便他们得到表彰，各级领导同志给他们献上哈达时，他们还是把那洁白的哈达取下来，又敬献给了他们心中最崇敬的亲人们。唯有被大雪封堵的所有的大大小小的“达玛拉山”被他们疏通的时候，那一辆辆拉着货物的汽车顺利地通过风雪线的时候，那晴空中的雪山飘下条条白云的时候，他们才像孩子得大奖一样高兴得跳起来。我想，这一缕缕白云可能就是他们最喜欢的哈达吧！

冰雪糌粑

糌粑是藏族同胞常用的食物，是用炒熟的青稞磨成的面粉。它富含粗纤维，经常食用，既可免除饥饿，又有降低血糖的作用。在西藏工作的同志，不论哪个民族都喜欢它。我在西藏呆的时间久了，自然对这种食品也产生了深厚的感情，特别是在最困难的时候，那种情感就更深更浓。

记得那是二十世纪八十年代的第三个冬天，昌都地区越冬物资出现短缺，我奉命陪同分管冬用物资供应的卓嘎局长到该地区调研。那时的路况和车况都很差，我们乘坐的三菱车是当时单位里最好的。但这辆车轮距短，前面车轮碾起来的钉子后轮就会捡起来，如同小鸡捉米粒一样，一个不剩。因此，我们成了补胎“大王”，从拉萨到林芝补了六次轮胎，从林芝到昌都补过八次轮胎。在昌都、察雅等县调研完后，第三天调研组要翻过达玛拉山，到山那边的贡觉县等地开展工作。出发后不久，天开始下雪，车子不争气，刚上山后面的轮胎就扎了钉子，我们只好下车帮助司机补轮胎；又走了几公里，同样的故障再次发生，我们又下车从事同样的工作。就这样，我们重复着同样的动作，补了5次轮胎才爬到半山腰。这时，雪越下越大，路上的积雪已有50公分厚，车子向老牛拉破车艰难地往前爬行。不一会儿，担心的问题又出现了，后面两个轮胎都没气了，万般无奈，我们又下车当“修理工”。

这时，我看了看表，时针已

经指向下午两点钟，肚子开始咕噜咕噜地叫起来；再看看车上的海拔表，箭头指向了4600米高度；又望望老天，天空漆黑一片，茫茫大雪下个不停，路上没有一辆过往的车子，附近也没有一个人影，心想："我们这个调研组可能走进了绝境，"我不由得打了个寒颤，开始担心起来。后来，我又看了看卓嘎局长、随行的张科长和驾驶员，那一张张脸都变成了黑红色，嘴唇发紫，出现了严重缺氧的征兆，我更加担心了。在这个地方补轮胎，自己的车上又没有加气装置，完全靠人力用打气筒给汽车加气。这里海拔高，人本来呼吸就很困难，再用力给汽车加气，更是喘不上气来。一个人给汽车加气根本坚持不下来，我们就轮换着给汽车加气，你打十几下，我再打十几下，就这样足足用了一个多小时，才给一个轮胎加足气。

等到两个瘪了气的轮胎都补好并加足气后，已经到了下午四点多钟，连累带饿，四个人都没力气了，纷纷倒在了雪地里。那个年代不要说地区和县里，就是自治区党政四大家也没有一台无线电话，更不能奢望有一个手机了。我们处在上无法与自治区机关联系，下无法与地县政府联系的尴尬境地，又没有过往行人，唯一的办法是依靠自己，自力更生克服困难。大约过了二十多分钟，卓嘎局长吩咐我从行李中取出那个蓝花布缝制的糌粑口袋，让大家吃点糌粑，稳定一下咕咕叫的肚子。这糌粑用酥油茶拌好抓成团吃是很好的食品，可要吃干面粉却需要很高的技术，稍不注意就会呛得鼻涕眼泪全都流下来。四个人中，除卓嘎局长干吃糌粑面的技术过关外，我和张科长、驾驶员"考试"这门技术都得了零分。无奈下，我们只好抓一把雪放进糌粑碗里，再把装着糌粑的碗放到皮大衣里面，用体温融化一下雪，把糌粑捏成团送进嘴里。这"冰雪糌粑"吃起来虽然冰冷冰冷的，没有酥油糌粑那种特有的香甜，但它却实实在在地填饱了肚子，给人带来了能量。

吃完“冰雪糌粑”后，发现身边的雪已经积到半米深，只有靠近山坡的公路边稍薄一点。我问驾驶员还能不能往前走，他摇了摇头，我知道不能再往山上走了。就跟卓嘎局长商量，决定下山返回昌都。由于气温低，这时的雪已经结冰，公路开始打滑，驾驶员发动车子调头时差点掉下山去。我们四个人不敢坐车了，也不敢把车子留在山上，谁知道老天爷哪天能晴呢？我把车里的那根捆行李的麻绳解下来，一头拴在汽车的后拖钩上，一头拴在路边的小灌木上，三个人再用力拽着，驾驶员才把汽车调过头来，顺着靠山的那一面，慢慢地向山下滑去。我和张科长一边一个搀扶着卓嘎局长，开始沿着公路边往山下走去。

卓嘎局长是位藏族女同志，五十多岁，长期在高海拔地区工作，身体相对差一些。张科长四十多岁，身强力壮，但视力较差，两只眼睛加起来才零点二。我当年三十岁，初生牛犊不怕虎，虽然个子不高，自信还有一点力气，照顾局长和科长的任务自然落在了我的肩上。张科长走在公路外延两次跌倒，差点掉下山去，我把他换到靠公路中间的那边；卓嘎局长走不动了，我把她的胳膊搭在我肩上，一手用力拖着她，一手拉着张科长往前走。就这样，三个人顺利地走过了大半截路程。快走出积雪较厚的地段时，在一个拐弯处不小心三个人都掉进一个雪坑里，幸亏这坑不深，雪刚刚漫过我们的头顶。我像初学游泳的人那样，几个狗刨式动作就爬了出来，没有来得及拍掉身上的雪，就立即把卓嘎局长和张科长，一个一个地从雪坑里拽了出来。她俩看着满身的雪和逃命时的尴尬动作都相视一笑，好象很好玩似的。我却没能够笑出来，反而吓出了一身冷汗，我仔细看了看那个雪坑，发现只是一个修路工人取土挖出的坑，并不深，我才松了一口气。假如是一个很深的洞，我们爬不出来，得活活的被闷死在里面；假如跌入悬崖，摔得粉身碎骨，回去怎么向单位领导交待，又怎能对得起局长和科长的家人。每逢想到这里，我都会有一种难以消除的后怕感！

后来，我们拍掉身上的雪，以路边露出雪面的灌木或枯黄的草叶为航标，借着雪光，慢慢地往昌都镇方向走去。直到深夜五点钟左右，我们终于回到了昌都运输站，用开水冲点糌粑倒进肚子里，就倒在床上睡着了。完成公务返回单位后，在卓嘎局长的建议下，单位表扬了我，还奖励了三十元钱。同事们都为我高兴，我不仅高兴不起来，反而连夜给党组书记写了一份深刻的“检查”。在检查中我写道：藏族同胞祖祖辈辈生活在这里，他们遭遇过多少暴风雪，有谁表扬过、奖励过他们呢？哪些进藏多年的“老西藏们”，他们常年下乡调研，被困在雪地里不知道多少次，有的因此造成残疾，又有谁想到过受表彰呢？卓嘎局长是个女同志，张科长双眼视力那样低，她们乐观地对待冰天雪地的考验，没有流露出丝毫的胆怯，而我却产生了害怕的念头。和她们相比，我还差得很远，能配得起那份表扬和奖金么？想到这里，我把那份奖金买成办公用品，悄悄地放进了同事们的笔筒里，心中那块惭愧的石头才落了地！

港商的老八路作风

上世纪九十年代的那个春天，我奉命管理对外贸易和招商引资工作。这天早上，新任办公室主任告诉我：“今天来一位港商，要不要去机场迎接”。我二话没说，就叫办公室主任开上我的车，带上鲜花去接机。上午十一时左右，港商到了，他不住宾馆，直奔我的办公室。办公室主任一面劝他先住下，再约我与他见面，一面给我打电话。我正接着话，港商就闯进了我的办公室。我一看是老魏，两人高兴地抱在了一起，眼泪唰唰地流了下来。新任办公室主任看到这个场面，如同丈二和尚摸不着头脑般，不知如何是好。

当下老魏是我的第一位助手，又是西藏驻港窗口企业总经理，老外贸们习惯称他为老魏，新外贸们则称他为港商。我进藏工作初期，就和老魏打交道，论年龄他比我大几岁，我非常尊重他；论能力，他是老外贸、老海关，自然是我业务上的老师。我虚心向他学习，他认真地教授我海关、外贸等方面的知识，从来不讲价钱；他需要我办理的事情，不论公事私事，我都尽心去办，两人亲密的如亲兄弟一样。只是后来因工作需要，我到地区服务，他到香港经商，才少了些来往。

老魏从北京高等外贸专科学校毕业后就进藏工作，一直过着俭朴的生活。他养成一生好习惯，不抽烟，不喝酒，喜食素菜，不爱吃肉食，高高瘦瘦的身材几十年不变，一直保持得很好。老外贸羡慕他有钱难买老来瘦的福相，新外贸羡慕他坐上了港商的位置，可以尽享天堂之乐。可老魏从来没有这些想法，他这次回拉萨，一是向组织上汇报驻港企业的情况，二是探讨西藏外贸发展。当时西藏外贸虽不能说很红火，但也不是令人瞧不起的行业。我到外贸就有一种换了个天地的感觉；办公用的纸张白了很多，写字也用上了派克钢笔，电话不仅全是直播的，而且还可以打国际长途电话，这在地、县党政机关是难以想象的。当下的老魏是港商，都认为自然会更好一些。可老魏却不一样，他用的公文包还是当年在乡下工作用的那个小牛津布包，写字还是用的那支圆珠笔，字也永远是那样的公正和流畅；早饭还是那酥油茶和那碗糌粑；中饭和晚饭还是那碗白米饭，还是那碗小白菜。即便是公务应酬，只要不是组织上有特别要求，他仍然安排在一个价格便宜的小餐馆，点几个萝卜炖羊肉、白菜烧罐头等地方特色菜，从来不用公款大吃大喝。

给我印象最深的是那次应邀到香港考察。那是我到外贸工作的第二年秋天，老魏连续打来几次电话，要我一定到香港考察一次，顺便研究西藏驻港企业的发展方向和体制问题。办完手续，我乘坐深圳企业的汽车进入香港，随后车子返回深圳，我和老魏在香港开展了四天紧张的考察工作。那四天给我留下了终生难忘的记忆。

乘坐“11”号车。俗话说“敲锣卖糖，各管一行”，从事外贸业务的自然要考察市场。当晚说好，第二天上午老魏陪我考察几个大点的商场。这天早上，我一大早起来简单用了点早餐，就在房间等候老魏派车来接我。香港与拉萨不同，夜生活很丰富，每二天上班很晚，商店不到十多点钟也不开门。大约十点四十分左右，老魏来了，我便拿起随身携带的小公文包随老魏下楼。走到楼下，我问老魏：“你的车子呢?”他指了指两条腿，“在这里，11号”。说完，他有点不好意思地笑了，我也笑了。我不会因为老魏没有派车接我而怪罪，而是从内心里佩服老魏，佩服他为创业所付出的艰辛，更佩服他那种吃苦耐劳的老八路作风。

那天，我在老魏带领下，过大街、走小巷，从这个商店到那个商店，整整走了四个多小时；看完百货看纺织，看完五金看交电，看完服装看鞋帽，看完食品看文具，整整把能够摆上货架的商品看了个遍。我这个在拉萨出门就坐车，进出楼房乘电梯的人，走得两条腿都不会打弯了，可看到年长我几岁的老魏浑身还有使不完的劲儿，也没好意思说休息一下。直到下午三点多钟，我们才在一个小餐馆吃了点东西，又慢慢走回了驻地。下午，老魏问我去不去考察，我借口要消化一下看到的情况，整理点资料，才逃过了下午那场无休止的跋涉。

喝大碗茶。第三天的日程安排是考察专业市场。初秋的香港气温仍然很高，比夏天的拉萨还要热很多，加上湿度又大，走不了多长时间，就汗流浃背，浑身上下都感到黏糊糊的，真不是个滋味。我看看老魏，他一点汗都没有，一身清爽，满身精神，走起路来两脚生风，好像一点力气都不用，我真怀疑他是特殊材料铸成的。

我和老魏顶着难耐的湿热天气,在大街小巷里穿梭,看了药材市场看成药市场,看了绒毛制品看皮革制品,看了电子产品看服饰制品,转个没完没了。这时,我的短袖衬衫已经湿透,西裤除了腰带以外也全部开始浸透了汗水,就连夹在腋下的公文包也被汗水打湿了,口干的几乎要冒烟,真想停下来喝口水。可我看到老魏走过买饮料的商店没有购买意向,走过挤满人群的茶馆也没有停下来,心想他一定不会渴的,也就没有吭声,一直跟着老魏考察那些专业商场。又转了四个专卖店以后,我们走到了一个卖大碗茶的小摊儿旁,我实在渴得受不了啦,才给老魏说:“我们喝碗茶吧。”老魏这才停住脚步,顺手从公文包里掏出三个一毛的港币。这种大碗茶一毛钱一碗,他递给卖茶老板三毛钱,老板立刻给斟满了三大黑碗茶,老魏喝了一碗,让我喝了两碗。也许是太热了,也许是渴的过头了,我们两个接过装满茶的大黑碗,谁也没有客气,就一饮而尽,然后擦了擦沾满茶水的嘴巴,感到浑身充满了精神头儿,又大步流星地向着那些专业商店走去。

送出去又回来的礼品。在香港考察的日程只有四天,转了两天商场,研究了一天驻港企业的发展问题,只剩下最后一天了。我想去一趟香港不容易,不管怎么样也要买点小礼物回来送给同事们。这天上午,我在老魏陪同下转了好几个商店,看到适合做礼品的东西很多,但价格也不低,都因囊中羞涩没敢下购买的决心。只到钻进文具商店后,才发现那里有派克钢笔。这种钢笔不仅是名牌,我这个做外贸的人可以拿得出手,而且价格不高,两块五角钱就能购买一支。于是,我掏出一张烟盒纸蘸着墨水写了几个字,感到还好用,就请老魏给参谋一下,并讨还个价格。老魏做事非常认真,他认真看过那只派克钢笔,打进一点墨水,在自己的笔记本上划了一阵子,才到服务生那里,用他这几年学来的、我听不懂的香港话，嘀咕了半天，服务生才答应按每支钢笔两元二角的价格卖给我，我没再说什么，就掏出22元钱给了服务生，购买了十支派克钢笔。谁知交钱时才知道老魏已经替我付过了。回到驻地，我把买来的钢笔送给老魏一支，开始他说什么也不要，直到我说明每个班子成员都有一支，他才勉强接受下来。趁他上卫生间的时候，我把买钢笔的钱塞进了他的公文包。

下午，我收拾停当行李，准备晚上离开香港。晚上，老魏在一个广东人喝早茶的餐馆为我送行，我俩又谈起了驻港企业改革和发展问题。考虑到老魏年纪大了，不能让他吃太多的苦，就建议企业购买一辆小汽车，改善一下办公条件。老魏却不同意，他给我算了一笔帐：买一辆车要花上百万元，一天的停车费用要花1200多港元，还要加油和维护，不如走路好，一来可以锻炼身体，二来可以省钱；我让他改善一下生活，不要太节省，他说自己做饭味道好，既省钱又卫生；我告诉他外出渴了累了，可以到茶馆坐坐，一是可以休息一下，二是可以及时喝点茶水，对恢复体力有好处。他说喝碗大碗茶同样可以解渴，坐在房檐下休息照样可以解乏。这就是老魏，这就是新外贸们认为可以尽享天堂之乐的港商。

老魏就是这样，他在西藏工作时不枉花一分钱，当了西藏驻港企业的总经理也是把一分钱掰成两半儿花；创业时他拼命节约，从牙缝里省出来一个兴旺发达的企业；当驻港企业初具规模时，他仍然勤俭节约，给困难群体做贡献他从来不抠门，但要花在自己身上，他却把钢蹦儿看得比钢盆还大，从来不舍得花。直到他离开我们时，还是使用那个旧牛津公文包，还是那支圆珠笔，在香港大街小巷办事时，还是靠号称“11”号车的两条腿，就连我在香港送给他的那支派克钢笔，我离开香港时他又塞进了我的行李包里，还给我写了一份付钱买钢笔的证明。

老魏离开我们已经十多年了,但他的形象却时常出现在我的脑海里,他不仅给西藏留下了可观的财富,更重要的是他给我们留下了老八路作风,永远鼓励着我们艰苦奋斗!

格桑所长

格桑,是一位藏族同胞,当地人习惯叫他格桑阿爸。我第一次认识他时,格桑正在县政府招待所当所长,所以我喜欢称呼他:“格桑所长”。

格桑所长,高高的个子、宽宽的肩膀、四方脸、浓眉毛、高鼻梁,两耳垂肩,有人说他是未来佛的化身。因此,年少时曾倾倒当地许多少女。特别是那双炯炯有神的大眼睛,透着智慧、善良、老道和勇敢,至今仍会引起许多人的羡慕。他笑起来,显得特别慈祥,又有许多人说他是弥勒佛转世。只是因为一条腿有点残疾,走起路来一瘸一拐的,显得不很方便,令许多人感到遗憾。

提起他的这条腿,说什么的都有,有的说是在自卫反击战中受过伤,有的说是因车祸致残,也有的说是小时候放羊摔的。我曾想弄明白究竟是怎么回事,却怕触及他的伤心处,始终没敢开口。

格桑所长是个好人,这个评价一点都不过分。他工作认真,待人诚恳,服务周到,勤政廉洁。国内外商贾旅客、区内社会各界,不论什么职业的人,来到他管理的招待所,就像到了自己的家一样,感到亲切、方便、舒适、安全。我第一次见到他时,也有一种亲如兄弟、近似姊妹的感觉。

1986 年 11 月,我到喜玛拉雅山一带抢险救灾,第一次住进他管理的招待所。一进大门,他就拖着那条不很方便的腿去给我开门,后叫服务员打来热水让我洗脸,然后又端来酥油茶叫我赶快喝几口,暖暖身子。这一切,都使我从内心里感到热乎乎的,像回到了自己的家一样。

格桑所长所在的县位于泽布日山脚下,海拔 4300 多米。

寒冬腊月，空气中的含氧量只有内地省市的五分之三，气温降到零下25度至40度之间，滴水成冰，干燥寒冷，许多人冬季来到这里都睡不好觉。他拖着那条残疾的腿，在这里一干就是几十年，就凭这一条，也足够我学习一辈子。

我正给工作组的同志交代下一步的工作时，格桑所长已经到伙房给我们安排饭菜去了。我望着他那一瘸一拐的背影，心理产生了一种从未有过的复杂情感：我仰慕他，更关心他，曾想给他换个岗位，让他到海拔相对低一点的地方工作，好好养养身体。我把这话托县里的同志告诉他，可他却说："谢谢领导的关心。这里有我的工作、我的事业、我的责任，人民需要我，我不能离开这个招待所"。这一席话，没有华丽的辞藻，却充分体现了一名藏族党员干部的高尚品质。我被他征服了，也只好认可他的选择。

从第一次见面，"格桑所长"这四个字就深深地印在了我的心坎里。每当我下乡路过他的经营招待所，不管有没有必要，我都想走进去，看看他的身体好不好，问问企业经营的如何？每一次见面，我们两个都手拉着手畅谈一番，从招待所经营到县里经济社会发展，从他个人的身体状况到家常理短，无话不说。每当我问到有什么困难，他总是说"有困难我自己克服，不用领导操心"。每当我离开招待所同他告别时，他总是拉着我的手，说一声："多多保重身体"，然后高高的举起右手给我送别，我再三挥手让他回去，他仍然站在那里，直到我坐的车子消失在群山环抱的公路上，他才恋恋不舍地回到招待所。这就是我的藏族兄弟，这就是我那可亲可敬的格桑所长。

又是一个秋去冬至、大雪纷飞的季节，我带领的抢险救灾工作组再次来到格桑所长管理的招待所。此时，已经是深夜五点多钟，北风呼啸，雪如鹅毛，气温降到零下36度，人们早已入睡，整个县城没有一缕灯光，显得格外的清静，格外的寒冷。原想不打扰格桑所长，我们就在车子里休息，待天亮后再到招待所用餐。谁知车子刚停下，招待所的大门就打开了，那个熟悉的身影又出现在我的面前。我向他说明不愿打扰他的意思，他竟有点生气地拉着我的手就往招待所里面走。他边走边生气地说：“你拿我当外人是吗?”我说：“没有，只是天太冷，怕冻着你”。

他说：“你认为老天爷只冻我，不冻你是吗?”“不是，”我说。

这时，他似乎察觉自己刚才说的话有点不合逻辑，话一出口自己就笑了，那张刚才紧绷的脸都笑成了一朵山菊花。

走到客房门前，他掏钥匙打开门后叫我进来，我的两条腿却挪不动了(冻住了)。他一看这情景，就风趣地说：“刚才还是英雄，现在当俘虏了。”我无奈地点点头，认输了。

格桑所长是个既细心、又有经验的人。他像足球运动员一样，走到我跟前，先是对着我的左脚踢了两下，又去踢我的右脚，三下五除二，就把我给“解放”了。

我进入屋内，看到烧得正旺的牛粪炉子，就想凑上去烤火。他立刻把我推得远远的，说：“这样太危险。”

说完，就把我扶到床上，让我在被窝里取暖。可他帮我脱鞋子时，发现鞋子和脚紧密地“团结”在一起，脱不下来了。我有点着急，想用力把鞋子脱下来。他向战场上的指挥员一样，说了声：“别动”！就消失在雪地里了。

不一会儿，他端来满满的一大盆雪，把我穿着鞋子的双脚放在雪盆里，他跪在地上两手捧着雪搓我的双脚。看到这个情景，不知是感动，还是于心不忍，我不由自主地流下了眼泪。

格桑所长是个残疾人，我怕他跪的时间久了会把他累坏，更担心他从此万一站不起来，今后该怎么生活。想到这些，我几次求他起来，我自己来搓，或者叫和我一起下乡的同事帮我搓，可他怎么也不同意。他说：“你们没有经验，搞不好会造成双腿残废的”。于是，我再也没敢提出换人帮我搓脚的要求。

格桑所长长期在高海拔地区工作，抗灾救灾是他的“家常便饭”，在雪地里抢救受伤的人更是行家里手。从他用雪给我搓脚的动作来看，的确不简单。他一会儿把雪撩在我的腿和脚上，如同在给遭遇血与火创伤的患者疗伤；一会儿又轻轻地拍打，如同在给骨伤患者按摩，进行恢复性治疗；一会儿又进行揉推，如同在给筋脉扭伤者按摩，轻而不浮、重而不驰；真像一位“名医”。我问他从哪里学来的，他只是嘿嘿一笑，将了我一军：“像你一样见得多了，做得多了，也就会了。”

这话说得没错，也符合“实践出真知”的道理。从这时起，我更加懂得了什么是“海水不可斗量、人不可貌相”的道理；也是从这时候起，我更加敬重格桑所长了！

按当地老百姓的话说：“格桑所长是个有心的人。”其初，我不明白这话是什么意思，后来才知道是说他很有心计，不论是住店客人有什么建议和要求，他都会记到心里；也不论是同行谈到什么经验教训，他也都会装在心里，并用在招待所经营的实践中。这几年，他不仅指导招待所的师傅们学会做一手好中餐，还教着师傅们学做西餐，努力满足来自国内外旅客的饮食需要。因此，近几年来，这家以接待国内客人为主的小招待所，逐步变成了国内外游客争着光顾的场所。

有一次，我陪同一个美国议员考察团到喜马拉雅山一带考察，晚上又住进格桑所长经营的招待所。我发现，这次来与往常不同，除了他指挥服务生热情服务以外，在餐饮方面还专门给外国客人准备了西餐。就餐时，考察团里的美方翻译一面狼吞虎咽地吃着西餐，一面伸出大拇指赞扬格桑的管理和服务水平。我坐得地方离美方翻译较远，听不清他说什么，便走过来问中方翻译：

“老外跟你嘀咕些什么?”我方翻译告诉我:“他说格桑经营的招待所是他到过的旅馆中最好的旅店,格桑是最好的管理专家和服务员”。我听了以后心里乐滋滋的,就像掉进蜜罐子里一样,甜透了心!

因工作原因,足足有两年多我没有住过格桑经营的招待所,也没有见过格桑所长了,心里很是着急。又听说在县电站附近建起了一座现代化的饭店,可以为国外游客提供标准化的服务。不论是县机关的公务员,还是当地老百姓,也不论是长住县招待所的上级部门来的工作人员,还是过往的商人,都担心格桑经营的小招待所会被挤垮,格桑所长很快就要下岗。不知道是因为我与格桑有一种特殊的感情,还是同情他这个残疾人的命运,这个消息一到我的耳朵里,我比谁都更加担心。

在一个双休日上午,我怀着一种沉重的心情,驱车赶到了格桑所长经营的那个小招待所。眼前的一切把我惊呆了,招待所院子里停满了各种各样的旅行车,客房门口挂出来一块牌子,上面写着:“客房已满”四个大字。我想,也许一顿可口的西餐比一个广告更重要,也许格桑所长的服务水平又上了一个新台阶,引来了这么多“老外”。这时的格桑更忙了,他见我来了,只是打了个招呼,就派一名服务生把我打发了。“安民告示”既然已经挂出来,我也不能再住格桑经营的小招待所了,就在服务生带领下住进了县委接待室。

在我快要离开县接待室的时候,格桑所长来看我了。两人一见面,他就高兴地说:“太好了,我的小招待所火了”,说完,他才想起来问我的身体和工作情况,我告诉他:“一切都好”,他放心了。看到招待所红红火火的场面,我也放心了。我们两人才恢复了以往的状态,相视一笑。

这时,我发现格桑老了。过去那满脸的细小皱纹,变得越来越粗、越来越深了;那张笑起来宛如野菊花的脸,也变成了一副紫铜色的雕像。看到这些变化，我心里很难过。但我知道，那张錛凿斧砍的脸，绝不是年轮增多的扩展，而是汗水冲刷的沟壑；那尊紫铜色的雕像，绝不是普通人的蜡像，而是一尊基层藏族党员干部的丰碑。我走了，车子已经驶上群山环抱的公路，他毅然站在那里挥手与我告别。望着他的身影，我坚信他那尊雕像会永远矗立在泽布日山脚下，成为后人学习的榜样！

鬼故事的背后

不论是在农村还是在牧区，也不论是在深山老林还是在河谷平原，都会听到一些关于鬼的故事。有人说，老扎西的孙子这几天病了，是去世的奶奶喜欢他，要抱他到天堂参加王母娘娘的寿宴去了。于是，格桑大叔便从几十里外的亲戚家托人请来神汉给小孙子驱鬼。有人说，小尼玛的阿爸前几天好好的，这几天起不了床了，是他那个最乖的小女儿前两年去世后，到了天堂没有人照顾，来请他阿爸去给他料理家务去。于是，小尼玛的舅舅又请来神婆，给小尼玛的阿爸驱邪。还有人说，普次仁开得商店不景气了，收购的产品卖不出去，进的货也销售不了，年年亏损，是上一代人们惹得祸，现在那些人从天上下来收债来了。于是，普次仁又开始张罗一番，请神汉驱鬼，花了不少冤枉钱，但不景气的商店还是不景气。

每当听到这些鬼故事，我都问老乡："你们见过那些鬼吗?"多数人说："没有见过。"也有人说："在梦里见过，有时还会被鬼吓醒"。"那些鬼长得是什么样子?"我又问。有的说："不知道"。有的说："和电影上的鬼一样"。这些话，都使我想起了在故乡那些关于鬼的故事。

鬼打墙

小时候经常听人说，大雪天乔家林地前面经常出现鬼打墙，让人无路可走，不是摔跤就是摔伤的故事。有一次，本家的一位哥哥说，他父亲大年初二到小山前村走亲戚，那天下了一场大雪，晚上亲戚招待他父亲吃了晚饭，喝了一点酒，晚上十多点钟才回家。从小山前村回自己的家，要经过乔家林地。他父亲走到乔家林地前面，就感到头上发冷，接着一阵风刮过，就看到乔家林地里面有蓝色的灯光在闪烁，她父亲顿时感到浑身发抖，立即掏出旱烟袋装满烟末，想抽一袋烟定定神儿，可是怎么也划不着火柴。连续划了好几根，都没有点着那袋烟。这时，他父亲越想越害怕，走着走着前面就没有路了，一道高高的雪墙挡住了去路，他往雪墙上面爬了几次都没有爬过去，再往左边一走，就跌进了一个深深的雪坑里，再也没有爬上来。直到天亮，他父亲才发现那道雪墙是被风刮起来的，翻过雪墙就是那条走熟了的大马路；那个雪坑是梯田下面的一块田地，也不是坑；乔家坟地的蓝色灯火也不是鬼火，是看坟地的老头打着的手电筒。看到这些，他父亲很后悔，早知如此，就该先到看坟地的老头那里避避风寒，免得遭受被大雪冻僵的那份罪。

驱鬼

那是上个世纪六十年代初的一个春天，由于三年自然灾害和人为原因，山东农村经济还没有恢复，庄户人家的生活都比较困难。偏偏在这个时候，隔壁邻居家的二小子得了重病，赤脚医生看后说是重感冒，开了几片治感冒的西药，吃后有些见好，但还不能起床。这天，二小子的大伯家来了个远房亲戚，自称是远近闻名的神医，可以包治百病。他看过二小子的病情后说，是他去世的母亲来找二小子，要二小子到天堂过好日子去。他大伯非常喜欢二小子，担心这孩子一旦被他妈妈叫走，老兄弟二人就没有亲人了，今后的日子怎么过阿？想到这里，就问那位神医："有什么办法能够把二小子留住？"这位神医闭上眼睛，嘴里念叨了一番，出了一道儿驱鬼的妙计：他叫二小子的大伯杀一只鸡、一只鸭，买二斤肉、两瓶酒、两条鲤鱼，备一炉香、半斤煤油，在一个口袋里装五斤小米、五斤玉米、五斤高粱、五斤小豆、五斤黄豆。那个时候，家家吃饭都很困难，到哪里弄这些东西呢。但保住孩子的性命是老百姓的唯一希望，老弟兄两个没有办法，只好东拼西凑，直到天黑才把这些东西备齐。晚上，神医吃饱喝足，就趁夜深人静的时候开始驱鬼。他把杀好的鸡鸭、买好的鱼肉和酒放在堂屋的正面桌子上，把装好的粮食放在桌子前面的地上，嘴里含上一口煤油，一手举着点燃的香，一手抓着把小米，挨个屋转，走一处举一举手中点着的香，跺一跺脚，从嘴里喷出一口火苗，向空中洒一把粮食。就这样，重复三次，口中的火苗不停地往外喷，粮食一把一把地撒向天空，又哗啦啦地掉下来，直到口中的火苗再也喷不出来为止。随后，神医又给二小子写了几个字符，用火烧成灰烬，告诉二小子的大伯："把这些灰烬放进陶瓷碗里，用开水冲后让二小子在天亮前喝完"。

说完，神医把放在桌子上的鸡鸭鱼肉和酒，连同放在地上的粮食一起拿走了。临出门前还告诫二小子的大伯："千万不要给别人讲他拿走什么东西，因为这些东西里面都有神和鬼的法力，讲出去就不灵了"。二小子的大伯不管什么人来问都没有说过半个字。曾经有人这样说："二小子的大伯太老实了，老实的即便别人把他卖了，他也会帮助买他的人把钱一分不少地要回来"。这可能应得了老实人吃亏那句老话，二小子不仅没有因为神医的出现病情有所好转，反而更加严重了，不得不又求助于赤脚医生，连续服了五副中药才爬起床来。就是到这个时候，二小子的大伯也没有说过神医半个"不"字，只到二小子大伯的远房亲戚告诉他神医被公安部门抓起来时，他好象才清醒了一点。但是，谁也没有料到，就是从那个时候起，街坊邻居们对那些鬼神却不敢实心踏地地相信了。

冒烟火的死者

我十八岁那年，从县中学放学回家后，还没有进村，就听说邻居家的那位高个子大爷去世了。对于他的死因众说纷纭，有的说打淮海战役的那年，村里叫他挑着煎饼去支援前线，由于他睡懒觉晚走了一步，造成一个班的战士没有吃上早饭，在战场上就牺牲了几个人，其中一个是班长。对此，这老头儿一直后悔不已，可能是想不开就昏过去了。也有人说，这老头是个好人，干了一辈子好事，可能是阎王爷修宫殿抓错了人，把他给带走了。他是冤枉的，死后还打了几个挺，就说明死得不甘心啊！还有人说，这老头性格刚烈，同辈人中两个兄弟被他克死，现在那些去世的人来召唤他了。这些话像长了翅膀的风筝，很快就传到了高个子大爷家人的耳朵里，把全家人都吓坏了，四个一米八高的儿子，各个吓得掉了魂似的，没有一个敢去抬他们父亲的尸体，别人就更不用说了。高个子大爷的家人和街坊邻居们，都站在远处看着那具尸体，谁也不敢往前走一步。当下时逢晚秋季节，天干物燥，不一会儿，那尸体旁边就冒出一股青烟，接着是一缕火苗，不久就消失了。在场的大人和孩子都亲眼看到，各个吓得胆战心惊，连大气都不敢喘一口。我听过的、见过的关于鬼的故事多了，不相信有鬼神这类东西。决心叫几个年轻人去抬尸体。可叫谁都不答应，我就一个人走到尸体旁边，发现刚才的那股青烟和火苗，是高个子大爷抽烟余下的火种引燃了身边的干草，先是冒烟，后来燃起了一把火。我把高个子大爷扶起来，扛着就走，一直走到围观的人群中，几位年轻人才壮着胆子帮我把高个子大爷抬回他家中。后来，高个子大爷出殡那天，还是我和那些不怕鬼的年轻人，把他抬进棺木，又抬到乔家坟地，放入那个挖好的墓穴中，才算完成了高个子大爷的后事。老人们问我：抬着高个子大爷的时候，感觉到有鬼的力量吗？说句实在话，人死如灯灭，没有任何神灵的感觉；

如果说有点害怕,那时真的,不过也只是心理作用而已;和活着的人相比,一个是有灵魂的肉体,一个是没有灵魂的肉体,其余没有差别,更不会有鬼神之类的事。

捉鬼

那是在我上中学的那年秋天,生产队的秋收场上经常闹鬼,鬼影消失以后,总是要少一些粮食或花生什么的。大队书记叫治保主任去捉鬼,他吓得尿湿了裤子;叫民兵连长去打鬼,他当天晚上突然腰疼的起不了床,并在慌乱中把膏药贴在了夫人的大腿上。书记没有办法,只好叫我们这些还在读书的学生去捉鬼。这天夜深人静以后,我带着几个同校同学,手持扁担和铁锹,埋伏在生产队的花生场边上。不一会儿,就看到一个白色的东西悄悄地向场边走来。借着月光仔细一看,像是有人用一根杆子挑着一件白衬衣,顶上还有一顶白帽子,帽檐下面有一条很长的红舌头。那个白色的东西一会儿高,一会儿低,一会儿往前走,一会儿又停下来,象是在观察动静。当那个白色的东西感觉到没有什么动静时,就快速向堆着花生的地方移动。当那个白色东西走到花生堆旁后,就听到往口袋里装花生的声音。这时,我们抡起扁担和铁锹就像那个白色的东西打去,只听"哎哟"一声,就倒下去了。我们扑上去抓住了两个"鬼",打开手电筒一看,那里是什么鬼啊,原来是好吃懒做的大赖子和二赖子,他们装扮成鬼吓唬人,来借此机会偷生产队的花生呢！第二天,生产队里召开群众大会,公布了生产队花生场上闹鬼的真相,依照村委会的规定处理了两个假鬼,从此村里面再也没有闹过鬼。

后来,那些向来迷信鬼神的人们问我,是用什么办法把鬼赶走的?我只说了老百姓爱说的那句话:世上本来没有鬼,后来的鬼都是人们捏造出来的;所谓的鬼和人都一样,大胆的吓唬胆小的,胆小的吓唬没有胆的。如果人们都壮起胆子起来,不怕鬼和神,反过来任何恶魔都会怕人的。

金苹果

说起苹果，人们首先想起烟台，其次论及陕西，但很少有人谈到西藏。其实，西藏不仅有苹果，而且品质好，曾被邻国客商赋予“金苹果”美称。这其中的奥妙，十多年后我才略知一二。

上世纪七十年代后期，我大学毕业自愿报名到西藏工作，被组织部门分配到商业部门当秘书。单位领导看我办事比较稳重，便派我到林芝地区的噶玛果园去买苹果。这是我进藏后的第一次单独外出执行任务。

那时的西藏，经济很不发达。冬春季节，城乡市场上见不到水果，老人、小孩想吃个水果十分困难。只有到秋季苹果下来时才能饱个“口福”。因此，我感到买苹果的任务十分光荣，责任也十分重大。

经过一天的长途奔波，我乘坐的大卡车才来到噶玛林场。

这个果园位于雅鲁藏布江畔，海拔三千米左右，面积有数百亩。苹果品种很多，有国光、祝光、曙光、青香蕉、黄香蕉、金帅等，每个品种又分大和小两类，如国光中就有大国光、小国光。不仅颜色鲜艳，而且颜色种类繁多，有红色、紫色、橙色、黄色、金色、绿色，步入果林中如同进入了一个百花园，令人目不暇接，振奋不已。

那时，噶玛林场的生活条件还很差，加上我到达林场已经是晚上十多点钟，炊事班的师傅早已下班回家没人给我做饭。看果园的扎西老人摘来一堆苹果放在我面前，抱歉地说：“小伙子，农场饭菜没有了，可咱有的是苹果，这是个好东西，吃饱了保你能顶过一场‘上甘岭战役’”。那个时候西藏的娱乐活动很少，只有看个电影，别无选择。恰好，我到达林场的前一天晚上放过战斗故事片《上甘岭》，所以，扎西老人这么说。

说完，他就圈定明天要采摘的苹果树去了。我在小溪边洗了把脸，就大口大口地啃起苹果来。不知是因为饿了，还是渴了，也许两者都有吧，我一口气就吃了五个苹果，这时才想起品尝这“金苹果”的味道来。那苹果味道真浓、真美，不仅香甜可口，而且回味无穷。和我在山东老家用苹果充饥时的味道比较起来，这“金苹果”的品质，比起那知名的苹果要强十倍。现在，虽已过去二十几年了，可每当想起那种香甜可口的味道和回味无穷的感觉，还常常令人口水长流。

第二天，我选择好五个优质品种，装满了整整一车，足足有六吨多。运回单位后，大人、小孩就像迎接客人一样，朝着装满苹果的卡车迎过来。办公室的同志按照不同品种，均匀地分配给了职工。老人、孩子吃着苹果，脸上流露出一种从未有过的幸福感。这是我第一次看到“金苹果”在群众中的强大魅力，肚子里顿时感到酸溜溜的，着实吃了一回苹果“醋”。

从此，我与“金苹果”结下了不解之缘。不仅单位里需要苹果时，我要去买；就连邻国客商需要苹果，也成了我份内的事。不是我亲自去买，就是指导业务对口部门去运，并协助办理邮寄业务。

也就从这个时候起，我每年秋天都想办法买些“金苹果”。取一部分家里人吃，留一部分用白纸包起来放进箱子里，一是当香水用来熏衣服，二是留到春节前后用来招待客人，一举多得。

每逢从高海拔地区来拉萨的同学、朋友到我家，我都拿出存放很久的苹果招待他们。当他们接过香喷喷的苹果，我发现没有一个人马上就吃，而是闻了又闻，看了又看，然后才慢慢地品尝起来。看到客人吃苹果时的那种满足、快乐的情景，我也感到很幸福。

有一次，一位在边境地区工作的老乡来到我家，我像往常一样拿苹果招待他，可他咬了一口，就没有再吃，而是用白纸包好放进提包里了。我很纳闷，就问他：“怎么不吃啊”？他说：“爱人怀孕了，想吃个水果实在太难了”，说着他留下了眼泪，我的眼泪也不知不觉地流了下来。回到里屋，我擦了擦眼泪，便把存放在箱子里的几个苹果全部取出来，放进他的提包里，让他带回去给在高原上怀着小生命的爱人吃。他笑着说：“这苹果太珍贵了，用黄金也买不到啊”！说完，就用围在脖子上的长围巾把装有苹果的提包捆了又捆，生怕提包里的“金苹果”掉出来。

1986 年 9 月，我被调到日喀则地区工作。离开拉萨赴地区上任时，我爱人专门找出一个小提包，把存在箱子里的几个“金苹果”装进去，让我在路上吃。

我深知这几个苹果的珍贵，它不仅代表爱人对我的那份情谊和体贴，而且还是西藏那个年代的“高档消费品”。一路上，七个多小时的行程，口干舌燥，我没有舍得吃一个。回到驻地，仍然像珍藏宝贝一样，又把它放入了伴随我进入西藏的那只木箱里。平时，我很少去翻动木箱中的苹果，只有想念家中老人、孩子和爱人的时候，才打开木箱看一看那令人向往的苹果，用它来消除我对她们的思念。这年 11 月，喜玛拉雅山南麓的聂拉木县下了一场暴风雪，上百辆汽车被大雪堵在路上，数百名国内外旅客困在雪地里，生命遇到危险。聂拉木县政府发电报向地区行署求援，我奉命带领抢险救灾工作组开赴前线救灾。出发时，我除了带防寒用品外，还特地带上了那几个“金苹果”，并把它们藏在了皮大衣中。

夜里三点钟，我们赶到喜马拉雅山北麓的加措拉山时，大雪已经封住去路，不能前进了。我们的车队停下后，就看到困在积雪中的游客很多，有解放军战士、教师、农牧民群众，有探亲的机关工作人员、也有到西藏旅游的外国客人，各各冻得浑身发抖。他们看到我们来了，感到有了生还的希望，纷纷钻出汽车向我们所在的方向走。但因雪太厚了，谁也没能往前挪动一步，就倒在了雪地里。

看到这种情况，我立刻指挥救灾队的同志前去，把被困旅客组织起来，五人一组，手挽着手，把他们带到附近的道班，喝上酥油茶、吃上糌粑(藏族兄弟常吃的食品)，又生起牛粪炉子让他们取暖。就这样，直到夜里三点多种，救灾队才把被困人员护送到安全地带。

回到车辆受阻路边时，发现一辆客车上还有一车人没有救出去。我们喊他们下车，被困人员动作不利落了，连说话也不顺畅了;更可怕的是，这个车上还有一个三十岁左右的藏族女同志，怀中抱着一个刚满周岁的孩子，那孩子已经冻得不会哭了。救灾队的同志你看看我，我看看他，最后把目光集中在我身上。这时，我突然想起了藏在皮大衣中的哪几个苹果，立即掏出递到车上。被困人员接到苹果，谁也没有吃一口，而是一个传一个，一直传到那个抱孩子的藏族母亲手里。

那位藏族母亲接过苹果，像是得到救命“灵丹妙药”一样，脸上立刻露出了笑容。可当她把苹果送到孩子嘴边时，发现孩子嘴巴动了几下，却没能啃下一口苹果。这时，那位母亲的脸立刻又沉了下来，显得特别着急。看到这个情景，我们也开始紧张起来，假如这个孩子被冻死在这里，我们怎么能够对得起藏族同胞，怎么向组织上交代。想到这里，我顿时感到肩上的担子越来越重。

看到这种情景，坐在藏族母亲身边的一位汉族女同志说话了。她一面说，一面比划着，教那位藏族母亲把苹果放在自己嘴里，嚼碎喂给孩子吃。跟前的藏族同志也给她翻译，那位藏族母亲好像听懂了，她啃下一口苹果就嚼起来，然后又把嚼碎的苹果送到孩子嘴里，那孩子嘴巴动了一下吞进去了。就这样，那位母亲一口一口地嚼，孩子一口一口地吞下去，不一会儿，冻僵的孩子突然哭了。整个车子里的人都高兴地欢呼起来，“孩子缓过来了”，“孩子缓过来了”。

这时，救灾队的同志们跑

到我跟前，握住我的手，告诉我："多亏了你带来的苹果，孩子活过来了，放心吧。"说完，又去安排护送被困人员去了。

这时，我也很高兴，不仅庆幸那个孩子缓过来了，而且从内心里感激那几个"宝贝"苹果。我看了看手中还有几个苹果，又看了看车上那些饥寒交迫的旅客，就把余下的几个苹果又送上了车，那位藏族母亲接过去，高兴地在额头上亲了亲，说了声："亚咕嘟"！便掏出挂在腰间的藏刀，把苹果一分四瓣，递给大家吃。

吃完苹果，救灾队的同志把被困旅客扶下车，五人一组，手挽着手，相互搀扶着，一面述说着苹果救孩子的故事，一面向附近的公路道班走去。

这件事虽已经过去好多年了，但我至今都难以忘记。现在，拉萨市场上的水果也多了，烟台的苹果、莱阳的梨、沾化的冬枣、肥城的桃，都成了西藏市场上的常客；就连新疆的葡萄、海南的西瓜，在拉萨也稀奇了。不论是春夏，还是秋冬，想吃个水果随时都能买到。但是，不知道是品种退化了，产量减少了，还是都外销了，西藏的苹果却"销声匿迹"了。

看到这种情况，我不禁更加思念西藏的"金苹果"，而且也更为它的前景担心了。前几天，听说有人想来改造西藏的苹果，不知是真是假，但我还是着实高兴了一阵子。我相信，随着西藏经济社会的跨越式发展和科技水平的提高，西藏的水果业一定会重振雄风；那个曾经救过孩子生命的"金苹果"，也一定会伴随着西藏的发展脚步，昂首阔步地向我们走来！

杜鹃花

初到西藏，人生地不熟，没有好去处，生活显得非常枯燥。特别是节假日，除了看书还是看书，没有别的事情可做。闲得无聊，就到邻居家的阳台上看看，或者到农村藏族老乡家的院子里转转，久而久之，我喜欢上了在高原上生长的各种花草。

别看西藏海拔高，严重缺氧。内地人初来乍到，浑身都不舒服，不是头疼，就是呕吐，头几天别想睡个好觉。可在这样的恶劣环境里，却生长着各种各样的鲜花，有吊金钟、君子兰、格桑花、马蹄莲、菱箭荷花，还有大花蕙兰、小叶杜鹃、香水百合、米状香桂等等，数不清，看不够。

在这高山百花园中，我最喜欢的要属杜鹃花。高原上的杜鹃花，从生长地划分，有生长在海拔 4500 米以上的高山野生杜鹃，有人工种植在海拔 4200 米以下的河谷杜鹃；从形状上划分，有大叶杜鹃、小叶杜鹃、大花杜鹃、小花杜鹃；从颜色上划分，有大红色的、枣红色的、粉红色的、白色的、黄色的，还有一种是绿色的，因其数量很少，成为杜鹃中的珍品；从内在气质上划分，有松树性格的杜鹃，也有牡丹性格的杜鹃。

平心而论，高原杜鹃的内在气质比起苍松翠柏、牡丹兰草都不逊色。先说那些颇具苍松翠柏性格的高山野杜鹃吧。它的家族大都生活在海拔 4500 米至 5200 米之间的高山上，每年春天，随着气温的升高，野生杜鹃从山的低处往高处逐层绽放，一直开到山顶，层层叠叠，五颜六色，十分壮观；从开花的季节算起，阳春三月山下半截开花，盛夏六月山半腰花香，金秋十月杜鹃在山上半截绽放，寒冬腊月杜鹃也会在山顶上的背风处悄悄地露出笑脸。真可谓“一山有四季，季季花争艳”。

这些野杜鹃不仅是高原的骄傲、雪山的容颜，也是生活中的强者。在海拔 5000 多米的高山上，人类生存是十分困难的，不要说在那里常住，就是在那样的高度走上几步，也会气喘吁吁，脸色发紫，不得不被人扶着或背着赶快下山来。但这些野生杜鹃们却超人一等，它们一代一代地在那高山上顽强地生活着、繁衍着，从来没有产生过调换地方的念头。当濛濛春雨降临的时候，它们伸直腰杆尽情地吸收着雨水带来的养分，愉快地生长；当气温降低，细雨变成冰雨的时候，它们愉快地披上用雾松作成的衣衫，面对苍天做个鬼脸，开始尝试冬眠的香甜；当气温突破水的冰点，冻雨摇身变成雪花尽情地撒落在它们身上的时候，野杜鹃们不声不响，任凭雪花都在它们身上聚会，即便是雪花压弯了它们的腰杆，也从来不会发出一声怨言。只有微风吹来的时候，它们才从容地抖掉身上的雪花，伸展一下身子，昂首挺胸地去迎接又一个春天。特别令人敬佩的是，野生杜鹃花遭受冰雹袭击，被打的缺胳膊少腿的时候，它们既不会悲伤地哭叫，也不会怨恨苍天的无情，而是坚强地忍耐着，用它那有情的枝体努力恢复创伤，只要还有一片树皮或一根纤维没有完全断开，它都能让那根断了的枝桠恢复生机，到来年春天再开出绚丽多彩的花朵。每逢看到这生命旅程中的奇迹，都令人佩服至极；和这些野生杜鹃花旺盛的生命力比起来，人类就差得太远了，有时不能不感到脸面全无。

提起人工种植在河谷地带的杜鹃花，也常常令人产生一种信服、敬佩之感。人工种植的杜鹃花，有的是从高山峡谷中移栽过来的，有的是从天府之国的四川省带进来的，还有的是飘洋过海从比利时进口来的。它们这个家族中，小叶杜鹃居多，大叶杜鹃甚少。其颜色也是多种多样，有大红色、粉红色、枣红色，还有白色、酱色；有红花白心的，也有白花红心的；最珍贵的是一种随着季节和温度变化而变换颜色的杜鹃，它在春天里开白里透红的花，夏季变成了枣红色，秋季换上了大红色，到冬季又变成了春天的那种颜色。有人称这种杜鹃花是“变色龙”，是否正确暂且不论，我倒觉得这是杜鹃花适应环境的杰出表现，是植物王国里的一个创举。

我酷爱这些杜鹃花。住进机关大院以后，房子宽敞了，没有添置一件家具，我却从花市上买来了三盆杜鹃花。其中，一盆是来自天府之国的小叶杜鹃，一盆是进口的比利时杜鹃，还有一盆是利用出差的机会从林芝地区买来的野生杜鹃花。我把这几盆杜鹃花当作贵人。贵人进门,忙坏主人。早上我把花端出去,让它们在封闭的阳台上晒晒太阳,活动活动筋骨;午饭后忙着给花松土,生怕泥土板结不利于花根发育;晚饭后给花浇过水又把它们端进屋内,生怕夜间降温影响花的生长。就这样,我像喂养婴儿一样照管这些杜鹃花,看着它们病奄奄的叶子恢复了生机,并慢慢地脱掉老叶、换上新芽,进而育出花蕾,开出鲜艳的花朵,心中充满了从未有过的成就感。

也许植物和人一样,一生中注定要走一段崎岖不平的山路。我出差一月返回到家中的那天下午,一进门就去看那酷爱的杜鹃花,发现那棵野生杜鹃花叶子焉了,我摸了摸花枝和树干,它只是摇了摇头,依然搭拉着脑袋不理我。我想,它可能是渴了,没有精神了,我马上提来一壶水浇在它的根部。过了半个小时左右,我再去看这株花,它仍然没能重新振作起来。我看到它那种没精打采的样子,心里有些着急,便用力摇了它一下,突然发现那棵杜鹃花的叶子,像秋霜打过的杨树叶子一样,哗啦啦地跌落下来,我知道它死了,我的眼泪夺眶而出,静静地落在了那些凋零的花叶上。当时,我很后悔,早知道我没有能力养活它,就不应该让它落户在我家中;早知道它生性就应该生活在铺满风雨冰霜的高山上,就不应该把它迁移到温暖如春的河谷里;早知道它喜欢和成千上万个“兄弟姐妹”生活在一起,就不应该采取“拉郎配”的形式把它禁锢在只有“三口人的小家庭”中;如果早发现它不适应河谷地带的水土,我也会早点把它送回它喜爱的雪山上……总之,我后悔不该改变这棵野生杜鹃花的环境,使它过早地离开了这个世界。

一个教训使我增长一份知识,一个不该失去的野杜鹃凋谢了,促使我把原有的爱心加倍回报给健在的同类物种上。从此,我对那两盆仍然活着的杜鹃花更加关怀备至，不仅及时给它们浇水，适时给它们松土，而且跑遍所有书店买到一本关于种花的书，照着书本给它们追施肥料，按照植物医生开的药方给它们喷洒药水，治疗枯叶、红蜘蛛等疾病。也许真的像人们说的那样，花草和宠物狗一样懂人性、有灵性；也许真的是杜鹃花想报答主人对它们的那份厚爱，这两棵杜鹃在我精心照料下长得郁郁葱葱，枝繁叶茂，非常令人喜爱。立春刚过，来自天府之国的小叶杜鹃就率先育出花蕾，接着来自比利时的洋杜鹃也顶出了丰满的花苞；春节来临，这两盆杜鹃花如同亲姐妹一样，齐整整地绽放出满树鲜花，一盆是白花红心，一盆是红花白心，酷似一对双胞胎；微风吹来，它们面对面不停地点头，像是在互致问候，又像似在和主人共享新春的欢乐。

从这两盆杜鹃花开出第一期花后，我更加精心地进行照料，不仅及时地浇水、松土，细心地施肥、喷药，还及时给每一朵花授粉。不知道这一招有什么奇效，次年我发现两盆杜鹃花都变了，变得多姿多彩了，变得有情有意了，变的我不认识它们了。说它们多姿多彩，是说来自四川的小杜鹃开的花，由春天的白色演变成了夏天的枣红色、秋天的大红色和冬天的乳白色；来自比利时的洋杜鹃开的花，也由春天的枣红色演变成为夏天的大红色、秋天的深红色和冬天的浅红色。从育出的花蕾看，也有过去的一株一个花蕾变成了一株两个花蕾。我不知道这是表示“东西方结合”的两棵花永不分离，还是展现杜鹃们的团结一致，或许是两者都有吧。从那个时候起，我每逢看到这并肩绽放的花朵，都会想起中华民族团结一致的光荣传统，都会想起“团结就是力量”那首久唱不衰的歌，都会想起战争年代官兵团结御敌的悲壮场景，都会想起艰苦环境中共产党与老百姓相依为命共度难关的时刻。当然，也会想起那些不团结的人和事，但我会坦然处之，我坚信人是要变的，而且是能够变更好的，就像那杜鹃花一样会不断地变换自己的颜色，展示自己新的容颜。对于这一点，我确信无疑，因为花都这样，何况人呢！

我种的这两盆杜鹃花，转眼已经八年了，应该算是老花了；它的叶子瘦小了，树干上的皮龟裂了，这都是老的征兆。这时，我想起了久居雪山上的野生杜鹃花。在秋高气爽的一个双休日，我驱车来到雪山前看望久违的野杜鹃。它们在这里居住的太久了，据植物学家们讲，有的杜鹃花树龄已达数百年，有的已经跨过一千年，和我家种植的那两盆杜鹃花相比，它们是长者、老者。它们树干上的皮不仅龟裂了，而且树皮已经脱落下来，横七竖八地倒在一起；那花树枝桠上的皮也开始龟裂，薄薄的树皮并不情愿地已经离开了树干；那些花叶们虽然没有小多少，却布满了斑斑驳驳的“老年斑”。看到野杜鹃衰老的情景，我心里涌现出阵阵疼痛。我怀着十分惋惜的心情，抚摸着每一个花枝，想从它们干枯的身躯中寻找那来年的生机。终于我发现，每个干枯枝丫的上端都有一节5厘米左右长的嫩枝，嫩枝上的叶子虽然已被秋风吹落，但那顶尖上却长着一个满是绒毛的芽苞。那绒毛黄黄的，绒毛下面是一层浅绿色的叶片，叶片里面是白色的芽。我深信，这就是野生杜鹃花的胚胎，是野生杜鹃花的希望，是新老交替的奇迹；我也深信，有这些嫩枝和芽胞存在，野杜鹃是不会老的、不会死的，否则，它的家族怎么能够在这里生活数百年、上千年呢！于是，回家后我给那棵像要衰老的杜鹃动了“整容手术”（剪枝），不久它便发出了嫩芽，重新焕发出青春的活力，验证了我在山上的猜测。

站在看似苍老的野生杜鹃面前，我想到了人类，想到现在条件好了，“人生七十古来稀”已经成为黄历，长寿百岁者已不罕见；别看有的人退休了，但他身强力壮，精力充沛，还在为人类社会的发展呕心沥血，默默奉献，不能说他们老了。

我还想到了我们党，它已经八十几岁了，论年龄是老党了。但它没有老，它始终保持着先进性，始终孕育着花蕾般的青春，我坚信它是永远不会老的、也不应该老的！

拉萨四季都舒心

淮河以北多数地方春夏秋冬四季分明，以南多数城乡夏长冬短，位于青藏高原的拉萨却是冬长夏短。但是，这里气温适宜，冬天不冷，夏天不热。在这里工作生活，除了初来乍到者有点缺氧反应外，一年四季都很舒心。

我出生在山东农村，经受过“三年自然灾害”和“十年动荡”那些年代，自信吃苦不成问题。但我却不喜欢“火炉”城市的夏天，受不了酷热的煎熬。小时候我在山东农村生活，一到夏天就感到酷热难耐，热的吃不下饭，睡不着觉，一个夏天过来，人都瘦了一圈儿，白里透红的小脸也变成了烙糊的面饼。当地老人称这种现象为“苦夏”。这季节，我什么活都没心思干，就是天天盼着下雨；下雨时就穿个短裤站在露天地里，淋个透心儿凉。晴天时就没辙了，只能一有空就往村边的小河里跑，脱光衣服跳进水里一泡就是半天，不是父母催急了绝不出来。夏天的太阳好像离地面特别近，那阳光也显得特别厉害，像一把把烧红的利剑，直插地面，好像要把地球戳穿，把地上的一切生物烤干，那种灼热的阵势真让人胆怯。农民靠种地吃饭，再热也得下地干农活。白天到高粱地或玉米地里锄草，热得汗流浃背，闷得喘不过气来，要不是需要讲究点文明，我真想把身上的衣物脱个精光，甚至连挂在肉上的那层皮也剥掉。晚上，太阳落山后盼着凉快一点，但老天爷一点也不体谅人的苦衷，白天聚集起来的热空气一点儿不减，依然闷热得人心发慌。没有办法，吃过晚饭，男女老少抱起用麦草编成的苫子，就往河边跑。到河边找个没有人的沙滩放下苫子，别的事不干，先脱掉衣裤跳进水里，洗掉那身臭汗，才展开苫子坐下来，先是与同伴儿海阔天空地侃上一阵，赶走热浪后才呼噜朝天地睡在沙滩上。到西藏工作后，夏天很凉爽，穿着西服就能够舒舒服服地度过夏季，再没有了那种要晒掉一层皮的苦脑。拉萨夏日温度更棒，不论是在太阳当头的中午，还是在夕阳西下的傍晚，也不论是在大街上匆匆赶路，还是在河边散步，你都找不到内地那种酷热的感觉。相反，每时每刻都会得到一种凉爽的愉悦。晚上在街上走够了，玩够了，洗漱完睡觉时还不能忘记盖棉被子，否则，夏天也会着凉的。

拉萨的夏天凉爽，但为了工作也不能老呆在西藏，时不时地还得到内地出差开会，去经受不愿接受的酷热考验。最令我难忘的是，上世纪九十年代末的一个夏天，单位安排我到山城重庆出差，住在南岸区的西南协作大厦。有一天，祸不单行，电力供不应求导致跨网停电，饮用水需求激增导致供水管道爆裂停水。这天的气温高达 40 多度，马路上的温度上升到摄氏 60 多度，摔碎了的鸡蛋掉在马路上不一会儿就可以烙熟。我这个小时候就怕热，又在高原温冷气候中生活惯了的人，哪里经得起这种严酷的热浪考验！可是，能有什么办法呢？电停了，电扇、空调就“罢工”了；水管爆裂了，所有自来水龙头也“休息”了。没有任何办法，我只有静静地坐在房子里，忍受那“免费的桑拿”带给的一切“享受”。不一会儿，衣服、裤子就被汗水湿透了，连那根系在腰间的皮带也开始滴水了。我索性把衣服、裤子都脱掉，只穿着短裤在房间里坐着，口渴得几乎要冒烟，就拼命地喝水，不到半个小时一瓶水就喝了一半，还有半瓶水只能留到万不得已时排用场。这时，市政府派消防队给居民们送水来了，人们从四面八方蹦向消防车，挤成一堆争强一点水。我是外地人，大小又算个干部，怎么好意思给群众争抢那点救命的水呢？一个十来岁左右的小男孩拿着搪瓷口杯，在拥挤的人群外面转了几圈没能接到水，搭拉着脑袋往我住的方向走来。我很同情这个小朋友，就把他叫到我屋里，把水瓶里的水倒给他。或许是他渴得太厉害了，小朋友几口就把那杯水喝光了，我又给他倒满一杯，他冲着我笑着说了声："谢谢！"端着水走了。快到门口时，他回过头来，给我做了个鬼脸，说道："你穿那么小的短裤，羞不羞吗！"我的脸一下子红到了耳朵根。我不怪他，也许他出生一来就没有见过这种尴尬的局面！至今虽然过去很多年，但一想到那个酷热难耐的山城的夏天和小朋友对我的羞辱，心里就涌出一阵阵隐隐的酸痛。

我偏爱春天。因为春天在我的记忆里是绿色生命的开始，是活力的象征。不论是南方，还是北方，也不论是在小溪边，还是在广阔的草原上，你都会趴在地上听到小草钻出地皮的响声，看到各种树木发出的嫩芽，观赏到各种花草绽放的鲜花。即便是长年不落叶的树木，也在这个时候退掉老叶，发出新芽。特别是拉萨的春天，景色更美。只要西南风微微吹来，那些翠柳、垂柳、棉柳、左旋柳等柳树，首先分层次地发出形状各异的黄绿色的柳芽，向人们报告春天的信息；接着，杨树、榆树、槐树等各种树木就争先恐后地发出黄绿、油绿色的嫩芽，在风中摇摆着欢迎春天的来临；冬季不落叶的雪松、塔松、高山松、马尾松和冷杉、柏树等常绿树种，也趁人们不经意之间悄悄地脱掉冬装，换上鲜艳的春装；各种花蕾从绿叶当中悄悄地钻出来，竞相展示各自的风采。这个季节，不管是走进机关的院子里，还是步入藏族老乡的家里，也不管在草原上，还是在郊区的农田里，你都会有一种置身于百花园的感觉，那花、那草、那树叶释放出来的香味扑面而来，把你的心肺熏得透香！

在我的记忆里，我国东西南北中，春天应该都是一样的。

但近几年沙尘暴的光临改写了我脑海中的记忆，使我不再喜欢北方的春天。那是新千年过后的第二年春天，组织部门派我到中央党校学习。学校环境很好，有假山、有人工湖；有树木，也有花草，还有竹林围成的小径供师生们漫步，是学习的好地方。正当我集中精力认真读书的时候，一场沙尘暴悄然降临。北京的天开始由黄色变成黑灰色，狂风裹着沙土无情地盖住了田园、道路、树木、花草和房屋，连我房间阳台上的那几盆花也没有逃过沙尘暴的亲吻，叶子和盛开的花瓣上都蒙上了一层厚厚的尘土。总之，从天空到地下，除了沙土呆不住的立体层面外，一切平面都成了沙土的世界，空气质量报告由优良变成了重度污染。马路上行驶的汽车，只有打开大灯才能慢慢行进；我在房间里读书，也只有打开所有的电灯，才能看清楚书本上面的方块字。我这个在拉萨看惯蓝天白云的“高原”人，见到这种情景十分难受，从沙尘暴降落下来的那一刻开始，我就盼望着它立刻停止，可沙尘暴一点灵性都没有，风没完没了地刮，沙尘没完没了地往下落，闷得我头都要炸开了，血压也升高了很多。我抱着头站在窗台前，看着那仍不停止的沙尘暴，真想放开喉咙大喊一声：“老天爷，快停下来吧”！可天气不懂的人世间的喜怒哀乐，喊又有什么用呢？此刻触景生情，我首先想到的是拉萨的天多好啊，没有那天昏地暗的沙尘暴！其次，我想到人类应该想想怎样对待大自然了；再次，我想到党和国家提倡人与自然和谐发展是多么英明啊！我坚信，经过人类坚持不懈地努力，我们会与沙尘暴告别的，在北京也一定会出现像拉萨那样的蓝天白云。想到这些，还真有点望梅止渴的效果，心情舒缓了一些。

秋天是收获的季节，被人们称之为金秋。每逢这个时候，山东老家的老少爷们、姊妹娘们都会忙个不停，先是收玉米，接着刨花生，后来挖地瓜，再后来就种冬小麦，一直忙到立冬左右才有个消停。我童年时，这个季节的生活规律也要作重大调整，吃住都在庄稼地里，那种生活别有一番情趣，现在想起来依然记忆犹新。白天，我和同伴们在田埂上挖个槽沟，架上干柴，上面放上带皮的玉米、带秧的花生，或者刚挖出来的红薯，点火烧熟就吃，新鲜食物多数都是很香的，何况又是在野外烧熟的呢？晚上，用秸杆搭个棚子，钻进去就能呼噜朝天地睡上一夜。来西藏后，虽然在野外烧吃食物的机会不多了，野外住宿的情况也少了，但那金秋时节的美景没有减少，秋收的甜蜜依旧丰富。记得还是在商业部门工作的时候，因我是从农村出来的，懂一点种菜的技术，又有这种爱好，就主动担任了业余菜农。秋收时节，拉萨晴天多，雨水少；天蓝蓝的，云白白的，气温二十度左右，舒心极了。这时，同事们到单位菜地里收菜，那种高兴劲儿就别提了。我进藏前不了解拉萨的气候，更不知道内地的菜在这里长相如何。后来经过摸索才知道，拉萨的气候和内地有很大差别。这里日照时间长，热量和降水同步，昼夜温差大，同样的方法，温带的蔬菜在这里长得又大又嫩。通过精心伺候，红皮萝卜长得有半米长，碗口那么粗，一个萝卜足足有十来斤；山东曲阜的菊花大白菜似乎不服输，与萝卜比着长，小棵的重七八斤，大棵的有二十多斤；莲花白菜就更厉害了，大棵的有几十斤，两个人在它后面蹲着照相，能把人的下半身遮盖得严严实实，装车时除年轻男劳动力外，女同志拿它是没有办法的。每逢这时候，我心里就像吃了心里美萝卜一样，美极了！那个时候或许是因为拉萨的蔬菜生产不发达，或许因为各个单位都有自己的荒地，也许两者兼而有之。各单位都给职工分了菜地，就像农村改革之前的自留地一样，一家一小块。单位职工下班后，就利用闲暇时间学习“修理地球”的本领，精心伺候那份菜地。每到秋天，也自然就有了收获的喜悦。这喜悦，不只是收获，而是像那蓝天白云和适宜的气温一样，心情显得特别畅快、特别清爽、特别舒畅。

内地可不一样。近几年我两次到四川、山东出差、休假，都在初秋季节。一次在四川爱人叔叔家休假，遇上了“秋老虎”天气，热得我满身冒汗，头晕眼花。叔叔家有两个小妹妹，到大不小了，当着她们的面，我不好意思穿“腰裤”，只能穿着短袖衬衣和长裤“蒸桑拿”。叔叔一家老少去田里收稻谷，我一个大男人也不能在家里闲着，就跟着去干活。天上太阳晒着，地上蒸气蒸着，满身的汗水也就流得更欢，只好用手不停地擦，一会儿就给自己画了个“大花脸”；在泥巴田里捆上一会儿稻谷，还得不停地擦汗，回到家中两个小妹妹看到我，都哈哈大笑起来，我看看浑身上下的衣服和裤子，原来我已经成了个“泥人”。只好到半里多路远的井边，打一桶水上来，从头到脚冲一遍，换下泥巴衣衫，洗干净才回家吃饭。到山东出差那次，单位叫我顺便回家看看老人，又碰上了哪个不讲理的“秋老虎”天气。秋收大忙季节，我不能闲着，就帮父母刨红薯。北方的“秋老虎”天气是干热，就像把人放在炼铁炉上烘烤一样，热得我嗓子里直冒烟。母亲疼爱我，怕我在地里干活口渴，专门用大一点的土陶罐装了满满一罐子凉开水，等我渴时饮用。山东老家那个“秋老虎”天气真厉害，竟然超过了40度，湿度降到了20以下，干得庄稼地都裂开拳头大的缝，一镢头刨下去，地上就扬起一股尘土。我实在渴得受不了啦，抱起那个装满凉开水的土罐子一口气就喝了个底朝天。后来我后悔了，大热天母亲也会渴的，可她老人家一口水还没喝，我就把一罐凉开水“报销”了，心里很不是个滋味。就跑到距我家责任田一里路远的山泉边，装了一罐子山泉水提回来给母亲喝。这个时候，我想到了拉萨的蓝天白云和那凉爽舒心的温度，恨不得插翅飞回拉萨凉快一会儿再去帮母亲秋收。后来我的生活条件改善了,我多次劝父母热天到拉萨来避暑,可他们都不同意。我理解一方水土养一方人,谁家的老人不恋家呢?

冬天是令人既怕又爱的季节。在北方,北风呼啸,气温陡降,花草干枯,树叶落光,似乎一切生命都已经停止。晴天,太阳与人的感情似乎疏远了很多,人们追着它找点温暖,它供给人的暖意也十分可怜。阴天,从天上降下来的不再是雨水,而是雪花;雪小的时候,给地上的一切涂上一层浅浅的白色,雪大的时候,给大地盖上一床厚厚的"白被子",好几天不化。这时,城里人从有暖气的楼房里出来堆堆"雪人",还能找回久违的欢乐;没有暖气的农村人,不论躲在哪里都一样寒冷,只好把脖子缩进棉袄里,那滋味是很难受的。西藏可不一样,这里海拔高,太阳想躲开人们走得远远的,它也走不到哪里去。即便是隆冬季节,海拔 3900 米以上的地区已是冰天雪地,可在这个高度以下的拉萨等地县,夜间气温虽然降到零下十一、二度,可白天只要太阳一出来,还是很暖和的。不论是出门逛商场、做生意,还是外出打工、赚外快(钱),都不会有冻手冻脚的感觉,更不用说在办公室和工厂里上班啦。看来,过去多年宣传的"高寒缺氧",后者真实,前者是有点失真的,至少是不全面的,因为海拔 3900 米以下许多地县温度适宜,不能说都是很寒冷的。我在拉萨工作三十多年,除了到高海拔地区抗雪灾外,冬天没有穿过棉衣、棉裤,进藏时准备的过冬棉衣裤放在箱子里休息了好多年,最后还是送给了在高海拔地区生活的藏族兄弟们。

拉萨和我国北方地区比较,拉萨的冬天是"天堂",这是我的亲身感受。记得上世纪九十年代初的一个冬天,我到河北省考察羊绒加工项目,遇上一场大雪,坐在车子里有暖气还过得去,下来走路时就找不到温暖的感觉了,尽管我把在拉萨越冬的所有衣裤都穿上了,可能是异常高强度降温吧,还是把我冻了个“四肢麻木”,直到在衡水市一家小餐馆把二两衡水老白干倒进肚子里,才缓过神来。还有一次是在北京参加一个项目论证会,那也是一个冰天雪地的隆冬季节,房子里有暖气,我在里面胳膊腿还挺舒展,上街买了点办公用品,就冻得我“鼻子不是鼻子、眼睛不是眼睛”了,喷嚏一个接着一个不停地打。同事们怕我感冒,马上送来感冒药,连吃两道,才抗住了那场寒冷对我的袭击。面对这种情况,你说,我怎能不思念拉萨啊!会议结束的当天下午,我乘机返回成都,在家里住了一个晚上,总觉得家里也是湿冷湿冷的,不如在拉萨住得舒服。我老伴也在西藏工作二十几年,回到成都的头几年也不适应。就说:“咱家这样的‘招待所’你还不适应,还是回你的拉萨吧。”这话听起来似乎对我有点意见,其实更多地是关心我的健康,还含有对我工作的支持,我心里很高兴。第二天,她叫办事处送来一张飞机票,就把我打发回拉萨“老家”了。

我从来不怀疑人随着年龄的增长,抗寒冷的能力可能降低,这是自然规律,无法改变;也从来不怀疑人在一个地方工作时间长了,对那个地方有感情,因为人本来就是感情动物,本性难移。但是,凭心而论,我走过南、闯过北,也去过沿海、到过西域,论空气质量拉萨最好,论环境卫生拉萨最洁净,论冷热程度拉萨最适中,所以,我在拉萨工作的最开心,生活的最舒心,不论走到哪里,我都会想念拉萨的一切。我也坚信,假如没有那份缺氧的遗憾,这里一定是最适合人类居住的“天堂”!

老杨树的呼唤

上世纪八十年代,在日喀则地区的年楚河、拉孜县的拉孜沟、江孜县的卡卡沟,都有许多老杨树。每株树的树龄有多少年,我说不清楚,但那些老杨树斑驳的树皮,如同百岁老人的手;主杆和枝桠都腐朽成了大大小小的洞，小的像眼睛，大的像嘴巴；上部树干大多已经枯死，没有一点树叶，像是一位老者脱光的头顶；只有树冠半腰以下树枝上顶着一些树叶，微风吹来，发出哗啦啦的响声。假如是在春天看到这些老杨树，那些叶子闪着绿色的光亮，风吹树叶发出的声音，像是一首报春曲，令人感到生机昂然，信心百倍；若是秋天来看老杨树，树叶开始发黄，风吹树叶发出的声音就变得沙哑了许多，像是重锤敲破鼓，百倍信心就减了大半；若是冬天见到这些老杨树，树叶全无，上面有一只乌鸦，不停地叫着，就有死了人的感觉，令人毛骨悚然，好心情荡然无存。在我看来，这都是老杨树的灵性，它会给人以启迪，昭示后来人奋进。

八十年代中期的那年冬天，我因抗雪灾来到拉孜县，饭后走进县城背后的拉孜沟，看到了那几棵老杨树。当时满地白雪，树上没有一片叶子，几只乌鸦懒洋洋地蹲在干巴巴的树枝上，偶尔有气无力地叫几声；枝桠上的“眼睛”始终睁得圆圆的，像是呼唤什么；主杆上的那张嘴巴一直没有合上，像是在告诉我它没有吃饱，再给点饭吧，哪怕是稀粥都行；树下通往沟里面的小路上，走来几头驮着树枝的毛驴，铃铛虽然清脆，却透着阵阵凉气，似乎在告诉我把这两捆树枝烧完也温暖不了几个人；偶尔走过的几位喇嘛，穿着单薄的袈裟，两手抱着膀子，头几乎缩进了脖子里，看来寺庙虽有布施也不富裕。这个场景，还有县政府提供的那张困难户的名单，都使我深深感到这个地方还不富裕，人民生活还很困难，需要帮助，更需要加快发展。这天夜里，我躺在床上久久不能入睡，天一亮，我一面安排抢修公路，一面通知地区民政部门给拉孜县调拨救灾物资，昼夜忙个不停，直到救灾的、扶贫的物资和资金全部到位，我那颗悬着的心才放下来。从此以后，我再也没有忘记那些老杨树，那些贫困户。

八十年代末的那个夏天，年楚河发洪水，我到第一线指挥抗险救灾。在龙马、康马、年楚三河交汇处看到了几株老杨树，洪水已经淹到了树杈，那株最老的杨树斜躺在水中，树干上那个像是嘴巴的窟窿已经进水，裸露在水面上的树杆支撑着满冠的树叶，在风雨中摇来摆去，活像一位老人在洪水中挣扎着向人们呼喊救命。这情景，立即使抗洪救灾的人们再次想起了可能遭受洪水袭击的老人和孩子们，指挥部的同志马上指示有关部门再次核实人员转移情况，得知都已经转移到安全地带，紧绷着的神经才松弛下来。在场的老乡告诉我，五十年代那场大水灾，给年楚河沿岸造成了巨大损失，不仅大片农田被冲毁，上万头牲畜被洪水冲走，一万多人无家可归，肥沃的草场和茂盛的树林也被一扫而光。这几株老杨树就是那场灾难中的幸存者，也是见证者，那株斜躺在水中的老杨树也是在那场大洪水中冲倒的。后来，当地党委和人民政府带领年楚河两岸人民，经过五年治理，才使年楚河变成了粮仓，也才有了今天抵御自然灾害的基础。听到这里，指挥部的同志狠下一条心，不论遇到什么困难和危险，都要保住年楚河，保住两岸人民的生命财产，保住那些老杨树，不能让五十年前的悲剧重演。请示上级同意后，指挥部调动数千名驻军和武警官兵，经过两天两夜的艰苦奋战，战胜了洪水，使年楚河平安度过了50年一遇的洪峰，两岸人民的生命财产得到有效保护，就连那几株老杨树也安然无恙。洪水过去后，指挥部的同志们沿着百里危险河段进行巡查，确认没有什么险情后才来到三河交汇处，看到那几株老杨树虽然还挂着洪水的痕迹，但那些枝桠都已经舒展开来，夏风吹来，油亮的树叶发出哗啦啦的响声，像是庆祝抗洪救灾取得胜利，又像是还期盼着什么？

降水的时空分布始终是不均匀的。头一年年楚河流域暴雨不断，不得不组织千军万马抗洪救灾；第二年却遭遇百年不遇的干旱，只好又组织各路大军抵御旱灾。这年初夏，我来到江孜县的卡卡沟，只见晴空万里，太阳光像一把把冒着烈焰的利剑直射大地，似乎要把地球穿透，把万物烧焦；河水断流，库塘干枯，田地龟裂，禾苗枯黄，还有大片春播作物因缺水没有播种；成群的牛羊在河边慢悠悠地走着，却找不到一滴水喝，只好用蹄子刨点湿沙润润舌头；跟随主人驱赶牛羊的牧羊犬，伸长舌头懒洋洋地跟在主人后面，渴的似乎无心肩负放牧的责任。最可怜的要数矗立在高台地上的几株老杨树了，树冠上部的叶子已经干枯，夏风一吹随地飘落；龟裂的树皮开始脱落，连一滴体液也不再渗出；类似眼睛和嘴巴的大小窟窿也没了生机，鸟儿们已不再在里面作窝；只有哪根躯干挺立着，像是一位寿终正寝老人的躯壳，没有了血液和脉搏；那几片仍然挂在树冠下面的叶子，酷似老人的胡须遮着嘴巴，微风吹来有气无力地动几下，像是老人临终前想要点水喝，又像是呼唤人们救救这块土地上的生灵。禾苗、牛羊、树木都旱到如此地步，人们的生活就更困难了。老乡们从十几里远的山沟里挑来两桶泥水，用碗量着烧茶做饭，挑水的人多了有时连泥水也抢不到，只好忍着干渴度过一天。县、乡、村的干部们看到这种情景，愁得额头都变成了柿子壳。他们告诉我："卡卡沟十年九旱，大旱颗粒无收，小旱只能收点土蛋蛋（土豆）"。听到这些话，我心里阵阵作痛。

那天夜里，我和村干部头对头躺在老乡的打麦场上，望着满天的星星，怎么也睡不着，我想起了那些因缺水没有播种的农田，喝不上水的牛羊，快要旱死的老杨树，想到了老乡们生活的艰难。村干部们同样没有睡着，索性坐起来给我介绍情况。他们点亮马灯，吸着鼻烟，用木棍在地上比划着，告诉我什么地方可以修水库，从什么地方到什么地方可以修水渠；什么地方可以建电站，从什么地方到什么地方可以架电线；什么地方可以开垦农田，什么地方可以建设人工草场，等等。这一夜，村干部们给我描绘了一幅美丽的图画。第二天，县委书记老平来了。他是藏族干部，土生土长，个头不高，思维敏捷，意志坚强，作风扎实，又有一颗为老百姓办事的心，被当地老百姓称为活菩萨。听完汇报，他认定村干部的想法正确，当场向我提出要求，列入地区水利建设计划，尽快开工建设。从那时起，自治区、地区的各类工作组纷至沓来，访贫问苦，踏勘现场，展开了规划和项目前期工作，卡卡沟、年楚河等地的农牧业综合开发悄然兴起。

九十年代初的那年七月，一位老人从北京来到拉萨，来到年楚河旁，他大手一挥把年楚河、拉孜县和卡卡沟划进了"一江两河（雅鲁藏布江、拉萨河、年楚河）"中部流域农业综合开发区内，要求把这个地区建设成商品粮生产基地、副食品生产基地、农产品加工基地。老人的话如一声惊雷震撼了这片蓝天，似一股甘露滋润了这块大地。从此，这里迎来了开发建设的高潮。中央和国家部委的工作组来了，中国科学院和松辽水利委员会的专家们来了，他们来指导、来规划；武警水电部队、武警交通支队等建设大军来了，他们在这块土地上筑水坝、修公路，建电站、架电线；各省市、各大企业支援西藏建设的公务员队伍、专业技术队伍也来了，他们和藏族同胞一道，建设开发区、科技园区，发展教育、卫生等社会事业，在这块土地上描绘出团结、富裕、文明、和谐、进步的壮丽蓝图。

十年后的一天，我故地重游，欣喜地看到拉孜县的商品粮基地建成了，金色的麦海波浪翻滚，沉甸甸的青稞堆积如山，就连农业示范园里的礼品西瓜，也销到了日喀则和拉萨市；年楚河流域通了黑色公路，修建了防洪堤，民营建筑企业用上了大型机械设备，蔬菜基地、种子基地、食品加工厂、小城镇星罗棋布，就连民房也发生了翻天覆地的变化；卡卡沟建起了水库，水渠成网田成方，粮食产量连年翻番，人们的钱包也鼓起来了。特别是我留意的那些老杨树，除了几株老弱者已经离开故土、令人有些遗憾外，都已经改变了摸样：它们停止了腰杆，长满了绿叶，微风吹来发出动听的声响，像是一首赞美新生活的主旋律；那些像是眼睛和嘴巴的大小窟窿，都被各种鸟儿们占据，幼鸟儿们不时地钻出洞穴叽叽喳喳地叫着，显得人与自然格外和谐；哪些龟裂的树皮虽然依旧龟裂着，老皮底下却露出了青春的肌肤，渗出了充满活力的体液，显示出了久违的生命力。在老杨树不远的地方，修建了水库、水塘，沿山坡自上而下开通了水渠，库塘里碧波荡漾，水渠里流水潺潺。从此，慢步草场的牛羊不再发愁找不到水喝，茁壮生长的火苗随时都能得到甘露的滋润；乡村公路上走过的毛驴，铃声虽然依旧响个不停，但它们身上的重负却被拖拉机和汽车抢走了，显得格外轻松悠闲；老杨树下乘凉的人们换了新装，发愁的眉头已经舒展，不再为干旱苦恼了；路过老杨树旁的喇嘛们，穿着厚实暖和了，即便是在大雪天，也能够挺起胸脯走路了。看到这里的巨大变化，我和那些老杨树一样，感到由衷地欣慰。

返回拉萨的那天早上，路过老杨树时我心情特别激动，因为它见证了这块土地的巨变，呼唤着人们走到了今天，我感激它。在年楚河边上，我给那株老杨树献上了一条哈达，默默地向它行了个注目礼，慢慢地向着我乘坐的汽车走去。这时，一阵春风刮过，老杨树叶子沙沙作响，像是在向我挥手告别，又像是在呼唤更快地发展、更大地发展！

老西藏的儿女情

不论是参加和平解放西藏的部队官兵，还是民主改革后进藏参加建设的工程技术人员，也不论是上世纪七十年代进入西藏的大学生，还是紧随其后参加西藏建设的公仆们，不论后来他(她)们在什么岗位上工作，从事什么工种，也不论他（她）们有多少收入，他（她）们都是负债者。这些债务不是政治的，政治方面他（她）们无愧于国家和人民，也没辜负江东父老的嘱托；这些债也不是经济上的，尽管他（她）们收入不多，但都省吃俭用，把能够挤出来的钱都寄给了父母和儿女，经济上他（她）们是无私的；这些债务是一笔还不清的感情债，他（她）们不仅欠父母的，而且欠了儿女的，这些债务构成了老西藏们还不完的儿女情。

那个年代的西藏，不论是大小城镇都没有幼儿园，学前教育一片空白。更不要说农村牧区了。老西藏们有了孩子，只好把他（她）们送回老家，叫年老的父母代养。孩子是父母的心肝宝贝，是父母身上掉下来的心头肉，谁家的父母不想念孩子呢？那些年轻的父母们白天埋头工作，时间过得还快一点儿，一到晚上因为想念孩子，就整夜整夜地睡不着觉，着实尝够了度日如年的滋味。他（她）们盼望着早点休假，好回去看看孩子，可他（她）们都有工作，肩负着一份责任，哪能想回去就回去呢？好不容易等到了休假的时候，买好了机票或汽车票，有时因为工作离不开，只好再把机票、车票退掉，又投身到繁忙的工作中去。

记得有一位姓张的女同事，因为她和丈夫都担负着把守国门的任务，孩子生下后只好放在婆婆家抚养，六年中她有四次休假的机会，都因工作离不开没能回去看望儿子。这一年，老张终于能够回家了，高兴得她两天两夜没有睡觉。可到家后，婆婆叫小孙子喊："妈妈，"小孙子说什么也不喊。老张把亲生儿子抱到怀里，想好好地亲他一口，可那宝贝儿子不仅不让她抱，还用他那双亲生母亲都没有好好抚摸过的小手，在妈妈的脸上打了好几巴掌，便哭着跑回奶奶身边。看到这个情景，她伤心地哭了，她后悔不该把孩子放在婆婆身边，后悔不该错过休假看望儿子的机会，但她想到自己肩负的责任，想到交通不便的西藏，能有什么办法呢？她拿出给孩子买的新衣服和水果糖，想哄孩子与自己睡在一起，孩子仍然哭着找奶奶。奶奶把孙子抱过去后，他哭着对奶奶说：“叫阿姨走，我不要阿姨。”老张听着自己的亲儿子叫自己阿姨，还要赶自己出去，不让呆在他身边，她伤心透了，用被子蒙着头大哭了一场。这能怪孩子吗？孩子是无辜的，是做母亲的没有尽到抚养孩子的责任，一切罪过都是母亲的，她越想越难过，哭得越厉害，两只眼睛都哭成了红灯笼。婆婆看着哭成泪人的儿媳妇，也伤心地哭了大半夜。

一个月后，在婆婆的帮助下，老张一直守在儿子身边，慢慢地与儿子建立了感情，儿子终于接受了母亲，老张感到有一种从未有过的满足感。可惜，假期就那么多天，时间一到，老张只好再次丢下儿子返回西藏，去守护那座神圣的国门。临走那天上午，婆婆抱着小孙子到火车站送行，老张在儿子脸上亲了几口，含着泪与宝贝儿子和年迈的婆婆告别，亲生儿子那撕心裂肺的哭声，又叫老张痛不欲生，他几次松开儿子的手又几次抱住儿子和婆婆，三人哭成了一堆泪人，令在场的街坊邻居都潸然泪下。责任在肩，有什么办法呢，她不得不忍痛松开双手，恋恋不舍地踏上了西去的火车。

回到西藏的第三天，因为一直惦记着儿子，她坚持督促多年没有休假的丈夫赶快回家看儿子，并提前发电报告诉了婆婆。奶奶把这个好消息告诉小孙子，老张的儿子对爸爸没有印象，他想到爸爸和妈妈一定会一起回来的，心里特别高兴。每天吃完饭，他都扶着门框，垫着脚尖望着他家的大门口，盼望着妈妈出现在他的面前。过一会儿不见妈妈进门，他就跑出大门到处寻找。奶奶一眼看不到孙子就心急火燎，连忙扛着那个弯弓式的背，挪动着不到三寸的小脚去找孙子，直到把小孙子抱到怀里，她背过手去捶捶背，才把那颗吊着的心放下来。

这天下午，老张的丈夫大李回到家中，老母亲见到多年没有回家的儿子，连一句话都没有说出来就哭了，大李眼睛也被泪水模糊了。小孙子看到奶奶哭了，见来人又不是妈妈，而是一个他不熟悉的男人，就一头钻进屋里，关上房门大哭起来。奶奶推开房门，抱住小孙子，擦了擦眼泪指着大李告诉他："你爸爸回来了，快叫爸爸。"小孙子扑在奶奶怀里，哭着说："我要妈妈，不要叔叔，叫他走！"大李不忍心看到儿子伤心，二话没说走出了房门，蹲在院子里流下了眼泪。大李是个硬汉子，抗日战争后期，两个哥哥被日本人杀害，只有五岁的他悲痛万分，但没有流泪，咬紧牙关，拉着铁锹要跟小日本拼命，被地下党拦住后才保住了他一条命。八年后，他找到了那位地下党叔叔，磨着要求参加八路军，给哥哥报仇。就这样，他十三岁加入了八路军，参加了解放大西南战斗，后随军进藏，转业后担任了把守国门的重任。他在工作中勤勤恳恳，兢兢业业，从来不偷懒，不计较个人得失。在一次单位组织的狩猎活动中，不知道是哪位同事误伤了正在放牧的藏族老乡，为了维护民族团结的大局，司法部门判他一年监外劳动改造，面对莫大的委屈，他都没有哭，仍然认真地履行职责。但现在他竟然哭了，哭得泣不成声，站在身旁的老母亲看到满脸泪水的儿子，也哭得站不起来了。大李和老张一样，为了民族翻身解放，五年没能回家看望老娘；为了守好国门，儿子出生六年后都没有回来看望一眼，他能不伤心吗！

几天过去了，奶奶一直找机会让小孙子与大李在一起，宝贝儿子终于认可了爸爸。大李高兴的如同孩子一样，天天陪着儿子玩耍，事事顺着儿子的心，奶奶上街买菜，小孙子要跟着上街玩儿，大李就让儿子骑在自己的脖子上，跟在奶奶后面；儿子要吃水果糖，大李就把各种糖果都买一点儿，只要商店里有的；儿子要骑大马，大李就趴在地上当马，让儿子骑在背上满屋转；儿子要踢皮球，大李就在床前面给他当守门员，球踢进床底下，大李就钻进去把球拿出来……直到儿子玩累了，他才把儿子抱起来，让他趴在自己身上休息一会儿；有时爷俩儿玩得变成了泥人，儿子不想踢球了，大李就打好洗澡水，帮儿子洗澡。就这样，大李白天和儿子在一起，不论有多么酷热，也不论流了多少汗水，总是乐得合不拢嘴。晚上，躺在儿子身边，给儿子扇着扇子，不知不觉地自己就睡着了，有时梦中还笑醒了。儿子接受自己的这个爸爸了，欠儿子的感情债终于有机会偿还了，他和别人一样是一位名副其实的爸爸了，他怎么能不笑醒呢！

时间过得真快，转眼几年过去了。老张和大李的儿子念完了小学，读完了中学，考上了大学，所学专业又是把守国门的知识。老俩口有了子承父业的喜悦，如同蜜蜂掉到了糖罐里，别提心里多甜蜜了。从来不讲究穿着的老张也穿戴整齐了，人都显得浑身是劲儿，真是应了人逢喜事精神爽那句话。宝贝儿子上了大学，要开始独立生活，老俩口十分担心，生怕吃不好、穿不暖，天天盼着孩子来电报要钱。那时西藏没有无线通信和长途电话，更不用说老张两口子所在的边境地区了。现在想起来，假如那时有手机，恐怕也会叫这两口子打爆的（这是后话）。有一天，老张收到了儿子发来的一封电报，内容是叫老张给他寄点生活费。下班后，两口子一边做饭，一边争着看儿子发来的电报，你夺过去，我抢过来，反反复复，每人都看了好几遍，似乎都想从那封电报中看出儿子学习进步有多快，生活中还有哪些困难，好一并解决。结果争来夺去，什么新内容也没看出来，还是要钱那一句话。晚上，两口子坐在床沿上商量给儿子寄钱的事。那个年代全国平均工资只有四五十元。一个人的月生活费在沿海地区三十元也足够了，可两口子生怕独生儿子受苦，都想给儿子多寄点钱，这个说寄 90 元，那个说寄 110

元,争论半天没有结果。老张参加过两次中尼两国地方官员会晤,便提议参照外交惯例高的减少10元,低的增加10元,最后按照100元标准达成口头协议,并由老张负责邮寄。

这天夜里,老两口躺在床上大眼瞪小眼,谁也没睡着。老张问大李为什么睡不着,大李说没什么,大李问老张为什么不睡觉,老张也说没什么。可这两口子就是睡不着,一直等到鸡叫了三遍才迷迷糊糊地睡了一觉。第二天上午,老张处理完办公室的工作,就急急忙忙赶到邮局,把给儿子寄钱的事办妥了。中午回家后对大李说:“给儿子的钱寄走了。”“多少钱?”大李问。“100元。”其实,老张没有说实话,昨天夜里睡不着觉,她总是担心给儿子的钱不够用,上午汇款时就瞒着大李从自己买菜的钱里多给儿子寄了50元。大李也知道在家千日好、出门一时难,万一寄给儿子的钱不够花怎么行。第二天上午他背着老伴儿在另外一个邮局,也从自己抽烟节余下来的钱中又给儿子寄走了50元。直到儿子发电报来说:“不要再给他寄钱了。”两口子互相瞒着对方给儿子多寄钱的事才露了馅儿,两个人谁也没有说话,只是会心地笑了。这哪里是几十元钱呢,这是父母对独生儿子的一片心啊!是老西藏们那份无法割舍的儿女情啊!

四年的大学生活过去了,两年的挂职锻炼也结束了。老两口的宝贝儿子分配在他(她)们工作的那个单位,仍然从事老俩口所肩负的把守国门的重任。一个月后,老张和大李调回内地工作,这天一大早儿,他(她)们带着儿子看完老两口曾经使用过的办公室,又带着儿子察看他(她)们曾经守护过的每一座山、每一条河。每到一处,都抚摸着象征国门的界桩,交代注意事项,眼睛里透出了对儿子的无限期望。临走那天早上,老两口分别给儿子整理一下带有徽章的帽子和服装,看了看祖国边境线上升起的朝霞,和儿子一起向迎风飘扬的五星红旗敬了个军礼，才钻进那辆接送他们荣归故里的汽车。

老张和大李这些老西藏们走了，他(她)们把还完的儿女情变成了希望，留在了西藏，期盼儿女们为这里的人们奉献，为祖国争光！他们把没有还完的那一半感情变成了对下一代的爱，不惜牺牲自己的一切，让更多的儿女们的儿女们茁壮成长。这使我想到，老西藏们的这种情感，如同万顷松涛一样，在生长的道路上是不会停住脚步的，即便有一天某些细枝末节随着老西藏的个体一样离去，相信会有新枝萌发，因为新老更替规律不会改变，不论一年四季如何变化，美丽的总是充满生机的！

老洋、大洋和小洋

老洋姓颜，五十多岁；大洋姓张，四十多岁；小洋姓杨，三十几岁。三个人都是从部队转业的，同在小车班当司机。七十年代他们三个人同时都接了一台进口汽车，基本操作都没困难，可要弄清楚全部功能，看着那些洋文字母却没了辙儿。他们就悄悄地请来外文翻译，教他们学英文，这在那个年代是个很大的稀奇事儿，不久便在机关里传开来，成为人们侃大山的笑料。从此，他们三个人就都有了个“洋师傅”的称号。

颜师傅年龄大，军龄长。在部队什么车都开过，还当过驾驶员训练班的教员，转业前给军首长开专车，到地方后自然就给单位一把手开专车。小车班里人数不多，年龄都比他小，资历也比他浅，自然都尊重颜师傅，推荐他为小车班班长。为了把三个洋师傅区别开来，机关里的干部们就给他改了姓，都称呼颜师傅为老洋。张师傅在部队十几年，虽然没当过教员，可也是技术拔尖儿人才，方向盘要得溜溜转儿，汽车出点儿毛病，也没有他修不好的，大比武那年他报名参加汽车骑钢轨过房顶的科目，还得过三等奖，到小车班后，驾驶员们都刮目相看。单位的干部工人也敬佩他，平时则喜欢称他为大洋。小杨师傅在部队只有十来年，别看他资历短，还长着一张娃娃脸，可给部队首长开车也整整八年多，还兼着警卫员、勤务员等职务，文化程度较高，接受新事物快，是当下小车班里的秀才。从行政科长到机关工作人员都喜欢他，不管有什么事也喜欢找小杨。

人们都说一山容不得二虎，可这个小车班里却装着三个洋师傅，从办公室主任到行政科长，从业务处长到一般干部，都担心三位师傅搞不好团结。可是，一年过去了，小车班里风平浪静，一点儿矛盾也没有出现。上班时间他们笑呵呵地打着招呼开车到机关，下班又乐滋滋地相互告别回家去。不管谁的车子有点儿毛病，他们三个就围在一起，你看看，他通通，不一会儿就能找出原因，然后三下五除二，就捣鼓好了。不管那个驾驶员出车回来，他们都拿出高压水枪和抹布，你喷水，他擦洗，三五分钟就把车子清洗得干干净净。那个年代，汽车修理业不发达，修车就成了驾驶员们的重要任务之一。这天，他们发现藏族驾驶员丹增开的那辆北京牌吉普车，排气管冒黑烟，前轮轴头往外流黑油。老洋叫丹增师傅停止出车，他们三个人走到跟前一看，发现这个车子已经跑了快十几万公里，没有进行过一次大修，再跑下去就会出安全事故。他们请示行政科长同意后，就把那辆汽车拆了个七零八落，在小车班院子里摆开几个摊摊儿，有的磨气门儿，有的往轮毂里抹黄油，有的清洗缸体，有的换活塞环。三个多小时后，他们又把那些零部件组织起来，装在了那辆汽车上。丹增师傅钻进汽车，踩上油门儿，拧开钥匙，就把那辆老掉牙的汽车发动着了。他们围着汽车转了一圈，发现排气管不冒黑烟了，前轮轴头也不往外流黑油了，都满意地笑了。这年年终单位评奖，小车班得了优质服务、团结互助和勤俭节约三项大奖，三位师傅也被评为先进工作者，单位领导给小车班颁发了奖牌、奖金，给三位师傅颁发了证书和奖金，还带上了大红花。晚上，行政科长代表单位领导，在机关食堂请小车班全体驾驶员吃饭，破例让他们喝啤酒，驾驶员们高兴极了。酒过三巡，三位洋师傅带头唱起了《我是一个兵》那首老歌。歌声落下，老洋就代表小车班向行政科长表态：保证在新的一年里努力工作，进一步提高服务质量，年终再抱一块先进集体的奖牌回来。

大话说出去，如同泼出去的水是没法收不回来的。老洋只好负起责任，带头改善服务态度，提高服务质量，争取单位上上下下、男女老幼都满意。就在这个时候，一件不该发生的事却发生了。这天一大早，老洋就把车子擦洗干净，提前开到局长家门口，接着喊我和业务处杜处长出来，准备送单位领导到西效油库检查工作。我们陪着局长上车后，老洋就发动车子，稳稳当当地开出机关大院，驶上通往西效油库的公路。路上，老杨一面开车，一面给我和杜处长讲解开车的注意事项，其实是向局长汇报他的开车技术。正当老洋最得意的时候，突然汽车往下沉了一下，老杨立即踩住刹车，大声的告诉我："乔秘书，前面有两只轮胎，快下车去捡。"听到他的话，我抬头一看，一对轮胎正飞快地向前滚去。我和杜处长立即推开车门下车，去追赶那两只轮胎。当我们把两只轮胎滚回小车旁时，才发现那两只轮胎不是别人的，正是我们乘坐的那辆汽车的两个前轮的轮胎。这时，老洋已经下车，他一看这个局面，刚才的笑声立刻烟消云散，一片乌云霎时罩住了整个脸庞。杜处长见状笑得捂住了肚子，我正想笑，看到老洋师傅那张阴沉的脸，立即捂住了嘴巴。局长看到这个局面，怕老洋师傅架不住这个尴尬，就独自走到一边去了。我们和老杨一起，帮着装上两个跑掉的轮胎，又开车往油库方向驶去。检查完油库的工作，我们返回单位。路上，老洋一言不发，车子里寂静无声，为了打破沉闷，局长带头开了个玩笑："老洋，你吹牛的本事不小啊，竟然能把汽车轮胎吹跑。""首长，您别训我啦，马还有个失前蹄儿的时候呢，谁能保证一辈子没点儿错啊，我改正就是了。"说完，他红着脸笑了，可笑得非常不自然，他悔恨自己在领导面前出这样的洋相，悔恨出车之前没有认真检查车况。

老洋把局长一行安全地送回单位，就开车回到小车班。大洋、小洋都给他打招呼，丹增师傅还给他泡了一杯茶，可他一句话都没有说，连个谢谢二字也没有。大洋他们以为老洋出了什么事故，就跑到汽车跟前检查，围着车子转了一圈，也没有发现任何碰撞的痕迹。正当他们纳闷儿时，老洋告诉大洋和小洋，晚上车队值班室吃饭。下班后，老洋从街上一家酒楼里买来饭菜，从家里提来两瓶老家送来的烧酒，招呼驾驶员们一起吃饭。在饭桌上，老洋如实向大家叙述了白天发生的那件事，并作了深刻的检查。喝完三杯酒后，老洋征求大洋、小洋他们的意见，做出了每天上班必须首先检查车辆的规定。饭后，他送师傅们走后，留下小洋，帮他写了份检查，送进行政科长的办公室，才如释重负地走回家中，倒在床上睡了一觉。

吃一堑长一智，这是先人们总结的经验，也是后来人成功的秘决。这天，轮到大洋师傅跑长途，他接受老洋的教训，一大早就起来检查车况，发现没有任何问题，就按时送我和杜处长一行到阿里开展调查研究。那个年代通往阿里地区的公路全是土路，养护跟不上，有些路段还是依靠汽车跑出来的，更谈不上养护，高低不平不说，有些地方满路石头，非常难走，当我们的汽车驶入改则县界后，汽车就颠得散了架，我们只好停下来修车。经过检查发现原本很好的汽车被颠得到处都是毛病，引擎盖的挂钩断了，水箱支架裂了，发动机支架的胶皮垫圈儿掉了，装循环水的两个塑料桶也垫掉了一个。大洋师傅技术虽好，可他是个马大哈，出车到路途远路况差的地方，竟然没有带汽车零配件和修车工具，只好另想办法修理汽车；引擎盖挂钩断了，就撕下衬衣边上的布，搓成条儿，捆住松动的引擎盖；水箱支架裂了，就把铁锹把捆在横梁上，挡住水箱不让它掉下来；发动机胶皮垫圈儿掉了，就把大杨师傅的一只胶鞋垫在上面，再用布条捆住；装循环水的塑料桶少了一个，就腾出装青稞酒的塑料桶顶上。就这样，我们在半路上捣鼓了三个多小时，赶到改则县城已经是夜里三点多钟。一个月的工作结束后，大杨师傅虽然修好了汽车，可他的坐骨神经痛又犯了。不仅不能开车，不得坐在汽车前面比较舒适的位置上，由别的驾驶员开车送他回拉萨。这下，大洋师傅像霜打的茄子——一下子软了。我和杜处长只好从地区车队租用一辆车，返回拉萨。

回到拉萨，他就住进了医院。老洋、小洋和小车班的师傅们都去看他，他一句话也没有说，只是一个劲儿地摇着头，不停地抹眼泪。他在部队上外出执行任务，不是一个班，就是一个排，还有负责收尾的车，不管遇到什么情况，都有人帮助处理，从来没有跑过单车，这能怪他吗？可是，大洋师傅还是后悔自己缺乏经验，出车时准备不充分，不仅给自己带来痛苦，还给单位工作人员带来了许多麻烦。工作组回到拉萨后，我和杜处长到医院去看他，大洋师傅握住我们的手，连续说了好几个："对不起。"半个月后，大洋师傅出院了，但他没有急于上班，而是请了几天假。他利用假期时间跑了二十几个单位，做了大量的调查研究。上班那天，他递给我一份材料，名字叫《跑单车的注意事项》，让我给他修改。晚上，我坐在办公桌前，仔细看着那份材料，虽然文字上有许多需要修改的地方，但在内容上却发现他做了许多调研工作，动了很多脑筋，写得很详细。包括出车前对车况应该做哪些检查，备用那些汽车配件和修理工具；如果到路途遥远的地方出差,途中需要吃饭,应该准备哪些炊事用具和食品;如果到气温很低的地方抢险救灾,还应该准备哪些保暖设施,等等;跑单车的各项准备工作都考虑到了,连不同的环境和气候都想到了,我越看越感动。修改完后,我交给大杨师傅,经他同意,我留下一份,后来发表在单位内部刊物上,供大家学习参考。老洋看到这份材料,立即跑到我的办公室,要求我给他多印几份,他要发给每个驾驶员,让大家对照着改进工作。

人的聪明之处就在于不断地总结经验,不断地改进工作。大洋师傅的那份《跑单车的注意事项》普及后,小车班每天对车况的检查更仔细了,跑长途的准备工作也更加详细了。有一次,单位领导安排我陪同粮食局长乘坐小洋师傅开的车,前往昌都地区调查了解粮食供应情况。这天上午还没有上班,小洋师傅就把车子开到我家门口,等候我上车出发。来到汽车跟前,我问小洋师傅准备好了没有?他告诉我:“除了没有厕所以外,其它全部配齐”。说着他打开后备箱给我看,发现里面不仅有修理汽车的工具和一大箱子常用零配件,有途中做饭的高压锅、碗筷、暖水瓶和烧水的喷灯,还有晚上睡觉用的被褥和御寒的皮大衣。不论遇到什么情况,有了这些物品都不会感到困难,我点点头笑了。他把我的行李放进车里,我们出发了。这是个乍暖还寒的早春。那天,米拉山一带下了一场大雪,为了确保安全,小洋师傅停下车,在汽车轮胎上挂好防滑的铁链子,我们小心翼翼地翻过米拉山。不料,在山下拐弯处遇到两辆大车在错车,小洋师傅开的车需要开出公路外面,大车才能过。小洋师傅就小心翼翼地把车子开到公路左边的河沟里停下来,大卡车过去了,由于雪水浸透了沙地,小洋师傅开的车却陷在了沙坑里,挂上加力也开不出来。后来,开大车的师傅拿来铁锹,几个人挖了一个多小时,才把松软的沙子和泥巴铲干净，小洋师傅又捡来一些石头垫在车轮前后，才把车子开出来。我们赶到林芝地区所在地时，已经是夜里十二点钟。夜里，我们两个躺在床上，翻来覆去折腾半天，谁也没有睡着，都为准备不充分而后悔。

第二天早上，我们老早起来，在路边的小餐馆里喝了点稀饭，啃了两个馒头，就赶路了。中午就翻过了色季拉山，来到中尼公路102大塌方地段前面，不小心车子陷在了一个很深的泥坑里。小洋师傅挂上加力也冲不出去，又下来支上千斤顶，但汽车轮子只是在坑里打转儿，还是开不出去。没有办法，小杨师傅只好跑了十多公里路，到藏族老乡家里借来一把铁锹，我们两个轮换着把泥坑两边的陡坡挖成小角度的斜坡，才把车子开出来。这时，前面下起了暴雨，102大塌方地段又开始往下滚石头，雨水借着山势，携裹着泥沙冲下来，挡住了去路。我们只好把车子停在路边上，拿出喷灯，烧水煮面条，填饱肚子。晚上，又拿出被褥，放平座位，睡在车子上，等到第二天养护工人疏通道路后再出发。就这样，我们走走停停，足足用了八天时间才赶到昌都镇。

从昌都调研回来后，单位给我们放了三天假，让我们洗洗衣服，恢复一下儿体力。那天晚上，我给小洋师傅打电话，问他休息的怎么样。她爱人告诉我：小洋师傅从昌都回来后，一天也没有休息。我问她："怎么回事？""天天往外跑，听说要做个什么东西，具体是什么我也不知道"。接着，又带着埋怨的口味说："我管不了他，随他去吧。"随后就挂断了电话。有一天，老洋师傅给我打电话，叫我到车队去一趟。我走进小车班的院子里，才发现三位师傅和丹增他们，正围在一起捣鼓什么。走到跟前一看，原来他们用两块钢板焊接成一个象吊葫芦似的东西，粗大的钢钩子上拴着一根绳子，另一头拴在汽车上，只要把钢钎插进吊葫芦四周的方空里，像推磨一样往前一推，绳子就被卷在吊葫芦上，汽车也被拉了过来。这时我才明白，他们制造了一个牵引汽车的土机器。当他们的试验成功后，每个人脸上都露出了笑容，就连年过半百的老洋师傅，那张满脸皱纹的脸也笑成了一朵花。

从此以后，那个笨重的吊葫芦、大大小小的钢钎，还有那几根从樟木口岸专门买来的尼龙绳，就成了跑长途汽车的专用工具。在路上，不论是遇到沙丘、泥潭，还是沼泽地，也不论是大卡车，还是小车被困住，只要用上那个土机器，都会摆脱困境，安全地到达目的地。自从有了那个土机器，小车班的师傅们不管开车到什么地方，都没有当过山大王。后来，单位购进了带有牵引装置的新汽车，这台土机器才退出了历史舞台，被废旧物资公司运走，扔进了炼钢炉里。

八十年代初的那个秋天，老洋和大洋师傅内调回老家工作。小洋师傅带着丹增师傅和他们的同伴儿们来给老洋、大洋师傅送行，丹增给两位师傅献过哈达，敬过青稞酒，什么话都没有说，就抱头痛哭了。老洋、大洋和小洋，还有丹增他们在一起工作十多年，从来没有红过脸，总是互相尊重，互相关心，互相照顾，互相帮助，亲如兄弟，谁能忘掉这份深情厚意呢？更让小洋和丹增他们感动的是，他们在一起总是不断地总结经验，不断地完善措施，年年都有新举措、新进步，年年都被单位评为先进集体，胸前的大红花年年也都戴在他们的胸前，怎能不高兴啊！现在，老洋和大洋要走了，小洋和丹增他们怎能不伤心呢？

送走老洋和大洋师傅，小洋和丹增师傅回到车队值班室，拿出老洋、大洋师傅一起创造出的那本《跑单车的注意事项》，一面仔细地看着，一面认真地修改，按照一样的风格、一样的字体，修改了老洋师傅尴尬的启示，总结了大洋师傅的实践经验，续写了小洋师傅的发明成果。就这样，一直忙到深夜，他们才离开小车班的值班室回到家中，带着老洋、大洋和小洋共同生活的那份甜蜜、进入梦乡。

爬地松的品德

爬地松是一种木本植物，叶子类似针叶松，属柏树目。耐贫瘠，抗干旱，树冠矮小，根细发达，近看像一簇簇圆斗笠挂在山坡上；远看是一团团蒲草墩钉在沙丘里，不管风吹雨打，都一丝不动地爬在土地上，所以人们习惯地称它为爬地松。

爬地松生长在海拔 4300 米以上的高山丘陵和沙漠戈壁上。它是株恋家的植物，一旦选择了那块土地，就不管是肥是瘦，不管水分多寡，也不管温度高低，都会在那片土地上生息繁衍下去。即便生它养它的那片土地被洪水或者泥石流冲走，它也会随之而去，从来不会离开它的家园；它是株刚强的植物，即便人们强行把它搬走，放进炉膛里烧成灰烬，它也宁死不弯；它是株无私无畏的植物，即便风雨交加、冰雪盖地，它也忠诚地守候着那片土地，保护着那片绿色。

不论生长在那里，爬地松都是最美丽的。有一年春天，我到仲巴县与阿里地区交界的牧场检查植被恢复情况，亲眼目睹了爬地松和它的同伴们经历的那场灾难，观赏了它绿化的那片壮丽河山。那天，我把帐篷搭在了马攸木山谷的小溪旁，这里除了潺潺的流水和五颜六色的野花，那山上坡下便都是爬地松的世界了。在一望无际的丘陵戈壁和冲积扇上，爬地松凭借天时地利，巧妙地布置了一座人世罕见的大花园。园中的爬地松不仅形状各异，有圆形的、长方形的、三角形的，还有椭圆形的、锥形的，而且每种图形都整整齐齐，枝桠比人工修剪的还整齐。如果你亲临其境，一定会认为这里是一位著名的数学家塑造的几何公园，那您就大错特错了，这里是无人区，谁来修理爬地松呢，那是大自然鬼斧神工的杰作。这里的爬地松虽生长在无人居住的地方，可它们并不孤单，每一簇爬地松根前都有一些小野花相伴，有蓝色的龙胆花、黄色的蒿草花、白色的满天星，还有红色的醉马草、橙色的草茶花。它们依偎在爬地松的怀抱里，从春到秋，按照时令的变化不停地开放着、摇摆着，如同孩童在母亲怀里撒娇一样。绿色衬托红花似乎是人类不可改变的定律，可这里的五颜六色的花儿们却甘当配角，它们用自身的艳丽不知疲倦地衬托着爬地松那份单调的绿色，显得格外的壮观美丽；而那些默默奉献的花朵又显得格外的无暇和高尚，否则，那些终年相伴的草儿们为何不停地向爬地松们点头致敬呢？

夜里，我躺在帐篷里久久不能入睡，思绪仍然在爬地松公园里游荡，直到天亮才迷迷糊糊地睡去。突然，一道闪电划破夜空，透过帐篷顶上的缝隙直射在我的头上，接着一阵闷雷滚过，大风裹着暴雨和冰雹由西向东袭来。暴风雨来了，我立即穿好衣服走到帐篷门口，我并不是担心帐篷被风刮走，而是为那片爬地松捏着一把汗，我担心那些图案被洪水冲走，担心爬地松和那些小花儿们被暴风雨蹂躏。高原的天是孩儿脸，不一会儿，风小了，雨停了，天晴了。我没有顾上吃早饭，就蹚过那条小溪，爬上山坡去看那片爬地松。走到跟前一看，有的爬地松被冰雹打断了枝桠，有的被洪水冲的裸露出了根系，那些花儿们也满身布满了泥沙，我鼻子一酸，两行眼泪就不自觉地流了下来。我连忙叫驾驶员拿来铁锹，用沙子把裸露的根系埋好。一小时后，太阳出来了，照在了爬地松公园里，微风吹来，地上发出轻微的嘶嘶声，我看到爬地松们甩掉了残留在身上的冰雹和雨滴，那些花儿们也甩掉泥沙挺直了腰杆，向着太阳、晃着脑袋笑了。这时，我才放下心来，拿起铁锹向着草原深处走去。

第二年夏天，日喀则地区西南部下了一场暴雨，根据组织安排我前去察看灾情。在通往珠穆朗玛峰大本营的加雾拉山南坡，暴雨冲下来的泥石流挡住了去路。我停下来，利用筑路工疏通道路的时间，向发生泥石流的山坡走去。这里三面环山，一面是土坝，围成了一个天然水库，下面是满地的沙生槐和爬地松，植被完好。不料，一场暴雨造成土坝决堤，洪水夹杂着石头沙子倾泻下来，形成了巨大的泥石流，以排山倒海之势向着长满沙生槐和爬地松的坡地冲去，在那片绿地上划出了宽百余米的洪沟，对自然植被造成了巨大损坏。在发生泥石流的山沟上游，我发现还有几株爬地松虽然离开它生长的地方有一百多米远，但根部还带着故乡的泥土，我想把它们挖出来重新栽好，一位老乡阻止了我。他说："爬地松是恋家的，只要它根上有家乡的土，就会顽强地生存下去。"我按照老乡的吩咐，在爬地松根部培了些土，又向上游走去。在决堤处又发现几棵倒下来的爬地松，但都没有死，仔细检查后发现它们的根部都深深地扎在石头缝里，用力拽也拽不出来，看着这些倒下来的爬地松如此卖力地迷恋着自己的家乡，如同洪水中的人们一样舍不得离开，我非常敬佩。于是，我和植保人员一起，把它们扶正，又用泥土固定下来，让它们永远守护着自己的家乡。

在与爬地松打交道的那些年代里，我发现它恋家不是自私的，而是对人类的无私奉献。生活在西藏的先辈们告诉我，在两个世纪以前，西藏许多地方的河谷里、山坡上、草原上，到处都能看到爬地松的踪影，那一簇簇、一片片的爬地松，不嫌贫瘠干旱，不惧雪雨风霜，把根深深地扎在土壤里，倾其全力抗风固沙，涵养水源，维护绿色，保护环境，为人类创造了良好的生存和发展条件，而它却没有任何诉求。后来，人们为了自身的生存，把爬地松砍下来，一车一车拉回家，烧茶做饭，满足了人类的生活需要，而爬地松却变成了灰烬，它仍然没有言语，默默奉献。一年又一年，江河旁的爬地松砍光了，草原里的爬地松砍尽了，山坡上的爬地松也减少了，取而代之的是风沙满天，灾害频繁。

想到这里，谁能不为过去的乱砍滥伐爬地松而倍感惋惜呢！

爬地松虽然减少了，但它的精神没有消失。它的精神依然是一面旗帜昭示着未来，呼唤着人类发展的号子。它告诉人们应该学习和发扬爬地松不嫌贫瘠、眷恋故土的精神，人们不论来自哪里、去向何方，都应该热爱爬地松繁衍生息的这块高天厚土；应该学习和发扬爬地松不怕高寒缺氧、顽强奋斗的精神，不论站在什么岗位、从事什么职业，都要在本职岗位上创造出骄人的业绩；应该学习和发扬爬地松化为灰烬也毫无怨言的奉献精神，把毕生的光和热奉献给这块土地和各族人民；应该学习和发扬爬地松扎根故土、深入实际的作风，不论职务高低都经常到群众中去，多听听人民的诉求，多为老百姓办些好事；应该学习和发扬爬地松厚爱土地、呵护环境的品德，人人动手，保护环境，实现人与自然的和谐共处和科学发展。

小事三桩

近几年来，国家号召保护环境，发展循环经济；各省市区都进行了些探索，取得了很大的成绩。每逢从媒体上看到这些报道，不仅令我兴奋不已，还常常使我想起生活中的许多小事，想起中华民族勤俭节约的光荣传统，想起人们生活中那些不该扔掉的东西。有些年轻人说，我讲的这些都是“老古董”，是一些小事，不值得一提。可我认为小事不小，事关大局。

不该扔掉的传统

在中华民族的历史上，不论哪个民族，也不论地处南方北方，都有许多光荣传统。其中，勤俭持家是诸多优良传统中最值得发扬光大的优良品质之一。遗憾的是，近些年这个光荣传统丢得差不多了，讲排场、比阔气、铺张浪费的现象随处可见。在学校的食堂里，有些人把半碗米饭和整个馒头都扔进餔水桶里；在花样繁多的宴会上，有些人把一筷未动的饭菜留在了餐桌上；在一些公务员的家里，有的人把只穿过一次的袜子扔进垃圾袋里；在许多机关和企事业单位里，很多纸制品在“保密”的幌子下变成灰烬；在钢铁、化工企业里，把大量的热能、粉尘排入天空，不仅造成极大的浪费，而且带来巨大的环境污染。殊不知，我们丢掉的不只是一件具体物品，而是丢掉了纳税人的血汗钱，丢掉了中华民族的光荣传统，也丢掉了我们的人格。每次想到这些，我都感到阵阵心痛。

这种铺张浪费的现象，与我记忆中的那些光荣传统是格格不入的。在我脑海里至今不能忘记的，是在农业补助工业、农村支援城市的那个年代，不论是工人、农民，还是干部、教师，身上穿的衣服都是“新三年、旧三年，缝缝补补又三年”，没有一个浪费的。我进藏那年，带来一件衬衣，已经穿了五年，袖子上半截破得不能再补了，就剪掉，把袖子下半截再接上去，改成一件“奇装异服”，又穿两年，才把它放进了柜子里。在饮食方面，不论是哪一级干部，还是工人、农民、知识分子，都是粗茶淡饭，但谁也不会浪费一粒粮食。哪怕是一颗大米粒掉在餐桌上，或者是一颗花生米掉在地上，都会捡起来擦干净放进嘴里。现在条件好了，我不是要求人们再穿那些补了又补的衣服，也不是强求人们再吃些粗茶淡饭或掉在地上的饭菜。但至少不应该忘记艰苦奋斗和勤俭节约的光荣传统，更不应浪费自然资源和纳税人的血汗钱。

还有一件事让我不敢忘记。这是一个夏天，我随政协提案委视察组来到一个学校，检查政府下达的学生“三包”（包吃、包住、包学杂费）经费是否到位，学生生活是否有所改善。听完汇报后，视察组又看了学生食堂，很满意。但在我们离开学校的时候，发现两个中学生手里拿着油条、油饼从学校大门外面走进来，他们看到我们迎面走来，两个中学生就把没吃完的油条和油饼扔进校门口的垃圾桶里。当时有一位在学校建房子的农民工,走到垃圾桶跟前就把学生扔掉的油条和油饼掏了出来,拍拍粘在包装纸上的土,装进衣服包里。然后,用愤怒的目光瞪了我一眼,很生气的说:“这就是你们教育的学生”! 我听到这句话,脸“唰”地一下就红到了耳朵根子。当时,我感到无比惭愧,如果此刻脚下有个地缝我真想立刻钻进去。我不为孩子的无知而伤脑火,却为教育失误而后悔。在给对口部门交换意见的时候,我提出一条建议:既要重视科学文化知识的教育,更要重视对学生的光荣传统教育,育人应该是第一位的!

菜根儿菜

我们国家人口多,算账的基数大。再大的国内生产总值,用 13 亿人一除,就是一个很小的数字;再小的数字,用 13 亿人一乘,就是一个了不起的数字。比如,一人节约一毛钱,就是 1.3 亿元,能办一件大事。同样,如果一人浪费一毛钱,也是 1.3 亿元,等于丢掉一个大项目。这笔账不算不知道,一算吓一跳。因此,我想还是要多算算这笔账,把勤俭节约的光荣传统捡回来。

这里,我不说那些具有很大节约潜力的工业项目,只讲一个菜根儿的故事。假如一个人丢掉一个白菜根儿或者莲花白菜的根儿,就等于丢掉了 32500 万人的一顿蔬菜;同样,如果把这些菜根儿利用起来,就能解决这些人吃一顿饭的蔬菜问题。但是,现在那些菜根儿都浪费了,那些叼着旱烟袋的农村老人们,看在眼里疼在心里。在那个商品供应困难的时期,没有一个人浪费菜根儿。那个时候,做菜时切下来的葱头,人们都捡起来保存好,必要时泡在香油里当消炎药使用;切下来的藕头也存放起来,需要时用它来熬锅汤,喝了来开胃顺气;切下来的白菜根儿,菜心儿完整的栽到花盆里,既当花美化室内环境,又可以育种,为第二年种大白菜提供种子;莲花白菜根儿粗大,就把它切成两节,四周切成梯型,再把上下两面削平，当蜡烛台使用；芹菜根儿就更方便了，用完叶子和芹菜杆，然后就把它栽到地里，让它继续生长。假如遇到蔬菜青黄不接的时候，就把白菜根儿、莲花白菜根儿、莴笋根儿洗干净，剥掉外面那层含有粗纤维的厚皮，再把里面那些细纤维部分切成细丝，做成凉拌菜根儿丝，或者炒成蒜茸菜根儿丝，吃起来一点也不比其它菜差。

记得在一个春末夏初的季节，我和邻居家都来了客人。两家主人下班回家做饭时，却发现那几天忘了买蔬菜，只煮点稀饭招待客人不合适。想来想去，我想到了做菜剩下的那几棵白菜根儿和莲花白疙瘩，就把这些菜根儿洗干净，剥掉外面那层含有粗纤维的厚皮，把里面那些含细纤维的部分切成细丝，又加上一点海带丝、萝卜丝，作了一盘子“凉拌三丝”，炒了一份“蒜茸三丝”，邻居老李煮了一盘五香花生米，作了份西红柿煎鸡蛋，汤一壶江津“老白干”，就把客人给招待了。吃饭的时候，我没有告诉客人是什么菜，客人一边吃一边品尝菜的味道，都说这两个菜好吃，却说不出菜的名字。有位客人指着一道菜说：“这盘吃起来像大白菜，但又没见过这样的白菜丝，心中没把握”。另一位客人指着另一盘菜说：“这一盘吃起来像莲花白的味道，但没有见过这样的莲花白菜丝，心里也没有把握”。后来，我把做菜的材料告诉了客人，大家都笑了。从此，客人家的菜根儿再也没有扔掉过。

我从商业部门调到地区工作的时候，家里没有一盆花，总感到屋子里少了点生机。后来，我买来几个花盆，装满土和羊粪，找来几个白菜根儿、莲花白菜根儿、萝卜头儿、芹菜根儿、洋葱疙瘩和小土豆，全部种在花盆里。当年就在屋里发芽、开花、结籽。第二年春天，又把这些菜籽种在菜地里，解决了一年的吃菜问题。就这样，一直循环了五六年，直到西藏的蔬菜生产发展起来，单位也不让种菜了，我才放下了那个“老本行”。但是，至今勤俭节约的老传统却没有忘记。

小本子

不论是在机关，还是企事业单位，办公都用打字纸；学生读书做作业，也用纸制的小本本。虽然这几年国家提倡无纸化办公，但还有一个很长的过程，至少在广大农村和学校，纸制的作业本和办公用纸在一个相当长的时间内还不能“下岗”。在参观造纸厂的时候，听师傅们说，这些纸张都是用木浆造成的，木浆又是用树木制作的。据说造一吨木浆需要一立方米以上的木材，我听后很惊讶！农民栽一棵树，即便是速生杨树，需要生长十几年才能产出一立方米木料，造一顿纸不容易啊！

可是，用纸的人却不知道纸来的艰辛，浪费现象随处可见，让人心痛。文人们写文章，一旦思路接不上来，写得不顺心了，就把那张纸撕下来，揉成一团丢进垃圾篓里；学生做作业，写错字，或者用橡皮擦擦黑了，也把那张纸撕下来，揉成团丢进垃圾箱里。更可气的是有些公务员的笔记本没有用完，就把它放进了旧纸堆里；学生的作业本也不继续使用，新学期开始后就全部换成新的，那些没用完的作业本也成了垃圾，更不要说那些开展兴趣活动剪下来的纸片和包装用纸了。近几年，在城镇有人开始收购旧书、旧报纸、旧杂志和学生用的旧作业本，卖给造纸厂，进行再利用，节约资源。但那些公务员们用过的笔记本和文稿纸，却不幸运，为了保密，它们都被一把火化为灰烬，伴随着一股浓烟消失了。这几年，粉碎机问世后，涉密单位的办公废纸变成纸硝了，但也没有被充分回收利用，不能不叫人感到惋惜。

在我住的那个小区里，有一位六十多岁的老太太。据说她是个退休工人，儿女从事商贸生意，家中有房子和汽车，吃饭穿衣不用愁，花钱也没有任何困难。这几年，老太太却开始拣起垃圾来。小区的业主们开始不理解，都怀疑这位老人有“精神病”。后来才知道老人心疼那些被丢掉的纸张，业主们理解了，都支持她开展这项有意义的工作。不论刮风下雨，还是烈日当头，老人每天一大早就出门，把丢在街道上的、垃圾箱里的、商店门口的纸张、纸板全部捡回来，整理好后又一车一车地拉出去，卖给废纸回收站。就这样，十几年她捡了上百吨废纸，为国家节约百余吨木料，收入资金几十万元。现在年纪大了，儿女们劝她不要再捡废纸了。老人不同意，她说：“我不图收入多少钱，只图对社会有点贡献，给后人留一点惊喜！”这是什么样的“惊喜”，开始我不明白，后来一个偶然的机会，老人才告诉我：“我要用数十万元钱告诉孩子们一个道理，节约也能创造巨额财富！”

老人的这句话，不仅使我很受教育，而且让我久久不能平静。在以后的岁月里，每次回到家中，当我站在窗台前看着老人拉着一车车废纸走出小区大门的时候，我都会想到很多。

首先想到的是，应该向这位老人学习，做一个勤俭节约的人，不能浪费资源，要给后代留下发展的条件，留下一笔看得见的财富。

其次我想到，我们国家大、人口多、底子薄，勤俭节约不是小事，而是大事。人人都应该积极响应国家的号召，艰苦奋斗，勤俭节约，建设资源节约型、环境友好型社会。只有这样，国家才能健康发展，民族才有振兴的希望。

我还想到，艰苦奋斗、勤俭节约，要从自身做起，从小事做起，那怕是节约了一滴水、一度电、一张纸、一方煤气，也是对人类、对社会、对国家的一份贡献。

也就从那时起，我家开展了对水和纸张的多次重复利用和对家具的维修利用；对不能利用的物品，照那位老太太的做法，把废旧的纸张和其他物品整理好送到回收站。这不仅减少了自己的开支，节约了资源，给社会做出了贡献，更重要的是给晚辈们传承了艰苦奋斗、勤俭节约的光荣传统。我相信，这比给孩子们留下资产更重要！

蒜泥白肉

“蒜泥白肉”是一道南方人和北方人都喜欢吃的菜，我对这道菜更是情有独钟。在西藏工作的三十几年里，不论是家人团聚还是逢年过节，也不论是同学聚会还是招待远方来客，只要有机会，我都叫服务员把这道菜写入菜单中。菜端上桌，客人落座后，我祝酒的话不多，讲起这道菜来却津津有味，不仅能够说出南北方做这道菜的差别，而且还能讲出品尝这道菜的故事。晚辈们对此很不理解，他们认为：现在山珍海味应有尽有，想吃什么有什么，在拉萨都能够买到，何必老吃那份蒜泥白肉呢？没经过那个时代的人有这种想法，我完全理解，并不强迫年轻人和我一样厚爱这道菜。因为我和他们不一样，我能够吃上“蒜泥白肉”这道菜，实在是太不容易了。

我清楚地记得，在那个商品短缺、什么都凭票供应的年代，家中来个客人，想炒几个菜招待招待，是实在太困难了。即便从自家的菜地里，能够拔出一棵白菜、两颗葱，想把它炒熟也没有一滴油，只能用烙煎饼的油布在锅上擦一下，就算这菜里有油了，哪里还敢想吃“蒜泥白肉”啊！

十岁那年，有一天我抱着两棵白菜到县城去卖。中午回家时路过一家饭馆，看到一位客人叫了一份“蒜泥白肉”，他吃得非常开心，我馋得也十分伤心。那时，我毕竟是个孩子啊，很想进去要一份蒜泥白肉，开次“洋荤”。可数了数卖白菜换回来的钱，总共才有8分，还要靠它买写字本上学用，就放弃了开“洋荤”的念头。我在饭馆的窗子外面呆了一会儿，饱了个“眼福”就离开了。

回到家中，为这事我曾把自己捂在被子里悄悄哭过，可那个年代又有什么办法呢？我也曾想过，找一找亲戚送来的肉放在什么地方，把它拿出来，给辛苦一年的父母做个“蒜泥白肉”，报答一下父母的养育之恩，我和弟弟妹妹们也顺便解个馋。可不知道什么原因，我始终没有找到放肉的地方。

无奈之下，我求助于母亲。母亲含着泪给我说：“孩子，咱家困难，人口又多，能吃上饭就算谢天谢地了，哪里还敢想吃肉啊”！我问：“亲戚家送来的肉呢？”母亲擦了擦眼泪，对我说：“亲戚送来的肉，咱家不能吃，得用它再去看望别的亲戚”。

起初，对母亲的话我不敢全信，总认为父母对孩子卡得太死，一年到头都不让我们吃一回有肉的菜。后来，我发现一个秘密：春节前，大舅拿来一块肉看望母亲，没过几天，父亲拿着那块肉看望二舅去了；春节后，二舅拿着那块肉看望大姨家，又过了几天，大姨还是领着那块肉到我们家来了。肉都开始变味了，可谁家也没有舍得吃，还是“转”回来了。这时，我才明白，这块肉成了我们家与亲戚们互相走动的唯一礼品。

那天晚上，我送走大姨后，妈妈交给我一件事：叫我把那块肉放进锅里煮熟。我想，这块香肉已经变成了臭肉，也许煮熟后还可以吃，便兴高采烈地去煮肉。

弟弟看我提着一块肉走进灶房，也跟着进来了。他趴在我耳朵边小声地问：“煮熟后能不能先给我吃点，一小块就行。”我看着他那可怜样，便说：“煮熟后，我先给你切一块”。弟弟听后高兴极了，在我脸上亲了一口：“哥哥就是比妈妈喜欢我”，说完就出去玩去了。

不一会儿，那块已经变味的臭肉被我煮熟了，飘出了我们全家人很少闻过的香味。弟弟因为盼望着吃块肉，并没有走远，闻到肉的香味又悄悄蹓了进来。我正在给弟弟切煮熟的猪肉，妈妈进来了，把煮熟的猪肉提走了，并用一个竹篮子装好，挂在了屋中间的大梁上。

弟弟那时候很小，他看看我，眼泪唰唰地流了下来，但没有哭出声来。我看着弟弟哭了，我也伤心地流下了眼泪，但也没有让妈妈看到，我真的怕妈妈伤心啊!。我拍拍弟弟的肩膀说:“男子汉，大丈夫，不能哭。”弟弟马上不哭了，走过来给我擦眼泪:“哥哥也不哭”。说着，我俩都笑了。

后来，母亲对我说:“不是不想叫你们吃点肉，可咱们家没钱，卖不起啊!”妈妈看我不理解，一会儿又说:“那块煮熟的猪肉，要留到春节时请已故老人们回家过年时‘吃的’，还要招待客人。没有那块肉，咱这个年怎么过啊!”说着，我看到妈妈伤心地哭了。

从那个时候起，我开始懂得庄户人家的穷日子是咬紧牙根儿度过的;也就从那个时候起，我告诉弟弟，今后不要再提想吃肉的事，我也再不做“蒜泥白肉”的梦了。因为在那个年代，提起吃肉是最令人伤心的，也是我们这一代人办不到的事。

后来，我由初中升到高中，因家庭困难被迫辍学，我向爸爸央求:“只要让我读书，我一辈子不吃肉都行。”爸爸流着眼泪同意了。当我从初中升到高中时，还是因家庭困难，我又面临辍学。弟弟理解我的心事，他和最小的妹妹跪在父亲面前，央求爸爸:“我们也一辈子不吃肉，叫哥哥上学行吗?”爸爸看了看年龄很小的弟弟妹妹，老泪纵横地哭着点了点头。第二天，爸爸和妈妈含着眼泪，又一次把我送上了读书的路。

此后的三年里，不论是我最小的妹妹，还是最小的弟弟，不论是逢年过节，还是客来亲往，谁都没有再说过想吃肉的事。就连我那个最小的妹妹因病离开人世的时候，她都没有吃到一次有肉的菜。每逢想到这里，我的心里都像刀绞一样痛。

三年后的夏末秋初，因那几年没有高考，我和所有的应届高中毕业生一样回到农村劳动，等待可能出现的高考机会。有一天，我趁农活不很忙，就到村里的理发店理发。店里的理发师是本家的一位爷爷，我向他谈了我们家不吃肉的经过，谈了我最小的妹妹离开这个世界时都没能吃到一块猪肉，并向他表露了我要考大学、将来干一番事业，让父母晚年和兄弟姊妹过上好日子。我原以为理发师见多识广，一定能够给我出点主意。结果相反，这位长辈不仅没有给我一点鼓励，没有提供一条建议，反而给我说了很多泄气的话。他说："高中生回农村，种地不如农民，打工不如工人。天高胆子大、地厚能力弱（好高骛远），什么事也干不成。到头来，只能是个'四不象'（不像农民，不像工人，不像干部，不像学生），一辈子也吃不上四个热碟子（指四盘热菜）"。这番话，把我的肺都气炸了，头没有理完，我就离开了那个再也不想去的理发店。

这也许是老年人常用的激将法，可我受不了这个窝囊气。从那时候起，我暗下决心，一定要干出个样子来给他看看。别人按传统方法种地，我搞科学种田，亩产粮食超出一大截子；别人担土筑水坝，我改造架子车运土，效率提高十多倍；县里修黑色公路，我不仅参加劳动，还当上了技术员；隔壁邻居家的二嫂鼻腔大出血，县医院治不好了，我硬是用云南白药给止住了。就这样，不到一年我成了村里的"小能人"，两年被选为村里的团支部书记，三年后考上大学，七年后成为一名公务员。第一次拿到工资就立即寄回老家，叫母亲买了二斤猪肉，让全家老小开了第一次"洋荤"（吃上了有肉的菜）！

那时的西藏，不仅工业、农牧业经济都不发达，就连商品流通也不活跃。虽然是我国五大牧区之一，但农牧民把牛羊当作流动的"财富"，不到冬季不愿宰杀，平时要吃点牛羊肉也是十分困难的。市场上供应的冻猪肉，是按国家下达的计划从四川省调拨的，货源十分紧缺，干部职工和城市居民逢年过节都是凭票供应，平时想吃点猪肉同样困难。那时我在商业部门工作，卖点副食品同样不容易。有一次，在地区工作的同学来拉萨出差，本来想到我家饱餐一顿，可我这个“近水楼台先得月”的人，也买不到一斤猪肉。只好从自己种的菜地里拔了两棵大白菜，又到部队老乡家里借了两个猪肉罐头，做了个罐头炖白菜，又煮了一锅面条，就把来自地区的同学招待了。

还有一次，在边境县工作的一位老乡来到我家。我和爱人又忙着从菜地里拔白菜，给老乡做饭吃。她看我们挺忙活，就说：“别忙了，街上有个餐馆，咱们到那里去吃。”我一听就同意了，放下手中洗着的菜就往那个餐馆走去。可到餐馆门口一看，“铁将军”把门（锁了），没“戏”了，只好再回家做饭。后来我才知道，这家餐馆是交通部门办的，专门为过往司机做饭，不对外营业。别看它对外挂着餐馆的招牌，可作息时间和机关一样，你上班它开门，你下班它关门，别想到它里面吃顿饭。

我进藏第五年的那个春节结婚了。有一天，爱人对我说，那个餐馆里的大师傅是她本家的一位伯伯，会做一手好菜。特别是他做的“蒜泥白肉”，很好吃，远近闻名。我一听这话，高兴极了：娶了个媳妇，认识一个伯伯，说不定还有点“口福”，能吃上一盘“蒜泥白肉”呢！

一个星期天的早上，爱人老早把我叫起来，说全家人都去看望会做菜的伯伯。我这天特意穿了套平时舍不得穿的西装，皮鞋也擦得亮亮的，跟着爱人他们全家人就往伯伯家走去。

刚走进伯伯单位的大门，就见他老人家已经出来迎接我们了。这是个白白净净的瘦老头，身材不魁梧，看起来像个书生。寒暄过后，伯伯把我这个第一次上门的侄女女婿，引进了从来不让别人进去的那间书房。

这是间约有十多平方米的土坯墙、铁皮顶的旧房子，除了靠窗子摆着一张书桌，三面靠墙全是书架。书架里装满了书，仔细一看全是饮食方面的，有各类菜品的制作方法，有各路大师的评论，还有厨师伯伯的特级厨师证书。这时，我才知道吃的方面的学问真多，也才知道伯伯是位餐饮方面的“大家”。

伯伯把我带到书房，又端来一杯茶后，就到厨房做菜去了。我光顾着看书，差点儿忘了去看伯伯做菜的手艺。想到这里，我放下书后，就悄悄溜进厨房，发现他正在切肉片，那刀功真棒，切出来的肉片比我擀出来的面条都薄、都均匀。我猜想，这一定是用来做“蒜泥白肉”的了。

我正看得入神，伯伯发现了我，但没有理我，大概他认为我是不会偷学他的做菜技术的。这时，他把切好的肉片在开水里撩了一下，装进盘子里，开始加佐料了，先是白醋、细盐，其次是香油、蒜泥，最后从一个瓶子里倒出一小勺佐料浇在肉上。我问伯伯：“这是什么东西?”“混合作料”，说着就把那盘“蒜泥白肉”端到了桌子上。

吃饭的时候，因我第一次登门，就安排我紧挨着伯伯坐。我一面给他斟酒、拈菜，一面听他讲做菜的经验。伯伯酒量很好，我给他斟多少、他喝多少；说起做菜来兴致也很高，他滔滔不绝地讲了很多做菜的知识，可就是没讲做“蒜泥白肉”时最后加的那道佐料是什么。我有点沉不住气了，又一次问起了那道佐料，他向“外交官”那样，答非所问地就把我的问题回避了。

此后，我和爱人照着伯伯的做法学着做“蒜泥白肉”，怎么也没有做出那种味道来。再后来条件好了，我出差开会，几乎跑遍了祖国的各个省市，吃过很多“蒜泥白肉”，有北方名厨做的，也有南方大师制作的，但都没有吃出伯伯做的那种味道来。是条件好了，把我的胃口调高了，还是什么，我说不清楚，但仍留恋伯伯做的那道菜。

爱人退休后，我就叫她跟着伯伯学几年做菜的手艺，将来逢年过节、亲来客往也好露一手。不巧的是伯伯病了，不久他走了，再没能回来。除了思念之情以外，什么都没有了，爱人学手艺的期望也变成了泡影。

现在和过去那些年代相比，拉萨和内地一样，发生了巨大变化。特别是改革开放以后，经济社会发展很快，物资极大丰富，想吃什么，只要有钱都能买到，不愁买不到东西了。尤其是近几年，不论是机关公务员，还是企业干部职工，下班后都想着吃什么，怎么吃；大鱼大肉吃腻了，开始变着法的吃，“红米饭、南瓜汤”成了政府宴席上的佳肴，“南瓜饼、红薯秧”进入了婚宴的殿堂。有人说这是回归自然，我认为这是生活多样性的展现；随着经济社会的进一步发展，这种生活的多样性会展现出更加艳丽的光彩。我坚信，伴随着这一天的到来，那份“蒜泥白肉”也一定会被人们重新端到家家户户的餐桌上！

索朗扎西的二三事

索朗扎西是一位藏族同胞，曾在解放军运输连和地方当过汽车驾驶员，既开过货车，也开过客车，还担任过地方政府领导同志的专车司机。方向盘打得溜溜转，技术娴熟，即使给他一辆“老爷车”，乘车人也不用担心，他捆绑着也能安全地开到目的地。

索朗扎西有一张四方脸，高鼻梁，大眼睛，两耳垂肩，不仅面目慈善，而且身体强壮，笑起来活像一尊弥勒佛。他的性格与长相有点差异，却和开车技术一样，有许多特殊之处。他尊重客人，但也希望别人尊重自己，如果得不到别人的尊重，他认为这不平等，于是他也不尊重别人。我记得他曾经给一位汉族干部开车，这位干部只知道指挥人，却从来不体谅别人的辛苦。有一天，他送这位干部外出开会，因这位干部不吃牛羊肉，不喝酥油茶，不管到哪里出差开会，都是一屁股坐到目的地，从来不在半路上喝茶吃饭。索朗扎西一大早开车送这位干部出差，跑了十几个小时才到达目的地，中途他饿得肚子咕咕叫，几次建议停下来找个餐馆吃到东西，那位干部没有同意，一直到晚上十点多钟跑到目的地后才吃了一碗面条。那位干部办完公务返回单位的那天，仍然要求司机中途不停，返回单位后再吃饭，索朗扎西气得火冒三丈，但没有说出来。在距离单位一百公里左右的地方，那位干部走到一个村里办私事，迟迟不回来，这时已经是晚上九点多钟，索朗扎西饿得实在受不了，把那位领导丢下，开着车就返回了车队。从此，得了个“驴脾气”的外号和一个“不服从领导”的结论，还差点背上一个处分。我对此有点看法，认为不够公正，不论是哪一级干部都应该尊重别人的基本生存权利。后来单位调正驾驶员时，小车班指定索朗扎西给我开车。从此，我俩成了合作伙伴。

闯出来的路

索朗扎西给我开车的那几年，单位安排我出差的次数特别多，不是抢险救灾，就是下乡检查工作。一上车，我们两个就开始聊天，从国家大事到家长里短，从平时学习到本职工作；从公公正正办事到堂堂正正做人，从加强民族团结到同事间合作共事，无话不谈。此外，不论是出差途中休息，还是喝茶吃饭，我都征求他的意见，并叫他作主安排，他很高兴。久而久之，我们两个成了好朋友。工作起来不仅心情舒畅，而且相互配合的也十分默契。

有一次，组织上安排我到聂拉木方向救灾。索朗扎西不仅按我的吩咐准备好路上吃的东西和防寒用品，而且还特地带上了牵引汽车的尼龙绳、铁锹、钢钎、铁锤等工具，最后还带了一尊佛像。我问他：“带菩萨干什么？”他说：“是他老母亲让带的，叫菩萨保佑我一路平安。”我不信教，但面对那份深情却十分感动。

当我乘坐的汽车翻过同拉山后，就发现一座公路桥被冲垮，只剩下几根木头横七竖八地倒在路边上。我一看没路了，就问他：“怎么办？”他说：“路是人走出来的。没有路，咱们闯过去就有了。”说完，他拿出拖车的尼龙绳，把选好的两根木头拴好，就发动汽车用汽车上的绞盘把木头拖到公路缺口处，然后把木头架在缺口上。就叫我在前面指挥，他开着汽车从两根木头上过去。我看到他开着汽车稳稳当当地从两根木头上通过，心里很佩服，向他伸出了大拇指。后来才知道，他在解放军运输连参加过全军大比武，还得过奖呢。从此，我不由自主地高看他一眼了。

此后，我乘坐的汽车又往前行驶了几十公里，来到一段公路低洼处，看到河水已经漫过公路，而且水流很急，数十辆汽车停在路边，不敢往前走了。我和索朗扎西下车后走到前面，仔细观察一下水情，然后征求他的意见：“看能不能从水里闯过去？”他给我捡来一堆大小差不多的石头，叫我沿着原来的公路走向，分段抛石头试探公路上积水的深度。从发出来的水声判断洪水不是太深，他就让我坐上汽车，系好安全带，他一脚油门，开足马力就从几乎漫过车轮的积水中闯了过去。随后，被困在洪水背后的汽车按照我们闯出来的车辙度过了积水路段，继续往前开去。最后一辆小车由于偏离方向被困在泥水中，索朗扎西立刻把拖车用的尼龙绳甩给小车驾驶员，叫他把绳子拴在挂钩上，他又发动汽车用绞盘把那辆小车拖出来，我们才继续往聂拉木方向驶去。

还有一次，单位安排我到日喀则与阿里地区交界处处理草场纠纷。发生纠纷的草场地处雅鲁藏布江源头，这里是无人区，没有公路。不把这些草场察看完毕心里没数，不好研究调解方案；全部察看一遍又没有公路可走，步行察看需要好几天时间才能完成，时间又来不及，怎么办？我和阿里地区的同志研究半天，决定还是要察看清楚，才好研究处理意见。回到自己的帐篷后，我征求索朗扎西的意见，问他有没有把握，他先说了一句广告词：“车到山前必有路，有路就有丰田车”，后来又说：“咱有丰田车怕什么，闯过去就是了！”

第二天早上，我们两个地

区的工作组就乘车往那片山地奔去，遇到沟钻沟，遇到坡爬坡，遇到山上山。开弓没有回头箭，我们就这样一直往大山深处驶去，最后来到一座大山前，索朗扎西开车在前面带路，阿里地区的同志紧随其后，经过四道爬坡路后，我们终于爬上山顶，往前一看是一个陡坡，足足有45度。再往前面望去，还有很多草场没有察看，如果回去还是说不清草场状况，如果继续往前走，下这座山又很危险。我征求阿里地区工作组的意见，他们看到这座山很陡，担心下山出现危险，决定原路返回驻地。索朗扎西建议从这里下山，继续往前面察看草场。我采纳了他的意见，工作组的同志上车后，都系好安全带，把座位调到后仰的角度，躺在车子里就往山下冲去。

就这样，我们从这些山峦中闯出来一条路，看完了那些有争议的草场，为合理解决草场纠纷提供了第一手资料。直到夜里三点多种，才安全回到驻地。

危险时刻

我在地区工作的那些年代，西藏晴天的公路是“扬灰路”，汽车驶过满路灰尘；雨雪天气，满路泥泞，汽车驶过泥水四溅，行人稍不注意就会成为“泥人”；还有许多地方不通公路，加上汽车状况不好，要想把工作做得深入一点，或者及时帮助居住在深山老林里的老百姓办点实事，必然要冒一些风险。在我的记忆中，遭遇危险事故有两起，驾驶员自然是首当其冲的。

头一次遭遇危险，是在处理日喀则和阿里两个地区草场纠纷的时候。那时正逢初冬，又是刮风季节，雅鲁藏布江上游江面上早已结冰，大风刮起的沙尘盖严了冰面，我们看完争议草场返回时，误入江中，汽车陷入深深的冰水里，如果不是汽车踏板托住，很快就会沉入江底。在这个关键时刻，索朗扎西立即煞住车，叫乘车的人全部下来，减轻车子重量。然后取出拖车用的尼龙绳、钢钎和铁锤，迅速将钢钎打入岸上的冻土中，拴好绳子，又跳进冰冷的江水里，立即驾驶汽车利用自带的绞盘把车子绞了出来。如果那次不是驾驶员技术熟练，动作迅速，我们就会在雅鲁藏布江源头当一夜“团长”（圈着腿睡觉），不要说吃不上饭，在哪种气温很低的环境里，冻一夜也会让人感到窒息。

第二次遇到危险是在喀巴拉山上。那次是单位安排我到拉萨参加会议，那个时候班子副职没有专车，临时抽调一辆车送我去拉萨。这辆汽车很久没有检修，司机虽是索朗扎西，但因时间紧没有时间详细检查车辆，就开车上路了。那天，老天爷不帮忙，从日喀则出发途经江孜和浪卡子县，一路下雨，许多路段都是泥水，货车捻出来的大小坑接连不断，特别是羊卓雍湖边上，几处都是泥潭，我乘坐的汽车几乎都是横着爬过来的，可能对车子损害较大。驶过那段泥潭路，当我乘坐的汽车爬上喀巴拉山顶时，路才算好了一点。在山顶上，我们停下来休息一会儿，索朗扎西还认真检查了一下车子，由于汽车底下都是泥水，什么问题也没有发现，就开车往前走了。当我们沿着盘山路往下驶过几个弯道时，在一个拐弯处索朗扎西喊了一声：“专员，不好，没刹车了”，说完他的脸变的煞白。我一面指挥他：“对着前面的土堆开”，一面命令他打开车门，准备跳车。他见我已经打开车门，似乎放心一些，他松开油门，车子直奔前面的土堆冲去。他侧过身来，用力抓住我准备推我跳车，这时只听“咚”的一声，车子被土堆挡住了，停了下来。我们两个下车一看，发现前轮的方向拉杆脱离了“转向碗”，擦掉泥巴才发现“转向碗”破了，幸亏有泥巴包着，碎片一块也没有洒落。这时，我叫索朗扎西把“转向头”放进“碗”里，再用绝缘胶布捆牢，我们开着车子又慢慢下山，晚上九点钟终于赶到拉萨。这天晚上，索朗扎西没有吃饭，他连夜修车，直到车子修好，他又检查一遍没有任何问题后，才回到驻地吃了一包方便面。

从那次以后，他总感到对不起我，连续检讨多次，心里还是过意不去。在生死关头，他首先想到的是我的安全，我心里始终对他充满感激。因工作原因，我和索朗扎西分手已经十几年了，可至今不能忘记与我有着生死之交的索朗扎西。今年夏天到日喀则视察的那天晚上，我带着礼物专门去看他，两人一见面，就激动地抱头痛哭了一场。

雪地深情

别看索朗扎西身材魁梧，在困难面前俨然是一个斗士，看起来似乎像个“粗人”，可他考虑问题却很细，办事很周到；别看他面对闹分裂和贪污受贿的人疾恶如仇，看起来像个“冷血动物”，可他对老百姓却满腔热情，对同事一片爱心。这是他的本质属性，也是我与他成为挚友的根本原因。

不论我是到遭受雪灾的地方抢险救灾，还是我到高海拔地区检查指导工作，索朗扎西的爱人都要忙活半天，出发时我发现索朗扎西都在汽车里装上一套干净的被子、床单和褥子，并用塑料布包得严严的，生怕粘上一点灰尘。开始我不明白，还以为他很讲究卫生呢。有一次，我带领救灾队伍前往同拉山方向疏通公路，抢救被困车辆和人员。那天晚上，我们赶到62道班，推雪用的推土机发生故障，两盏车灯也坏了，不能再往前推雪，只能住在道班上。吃过晚饭，我正在和开推土机师傅们一道维修设备。索朗扎西抱着被子进了道班房，他找到一个墙角，垫上几块方木和藏式卡垫，铺上一张牛皮，上面铺上他带来的褥子，放好干净如新的被子，上面又盖上一件皮大衣。夜里十一点多种，他就催我进屋睡觉。我一看那张床铺，几乎是新作的，比县招待所的床铺还干净，才知道这是他俩口为我准备的，感动的得我眼泪“唰唰”地流了下来。我问他：“你住在哪里？”他说：“别管我，那边还有呢。”他指了指隔壁驾驶员们住的房间，说完就走出了房门。我欣赏完索朗扎西为我准备好的床铺,又看了看其它房间,知道大家都有住的地方后,回到那个床铺前就脱衣睡觉了。

或许是太累了,哪一觉我睡得很暖和,也很香甜。但是,一觉醒来,我发现盖在上面的皮大衣掉到地下去了,就赶快起来捡大衣。这时,我才发现索朗扎西就睡在我的床前,身子底下只铺了一张还没有完全干透的牛皮,上面也只盖了一件他自己的皮大衣,穿着衣服就睡着了。我那件皮大衣正好掉在他身上,我伸手过去本来想捡起来,看到这个情景怎能忍心再捡起来呢!我没有捡,只是含着热泪把那件皮大衣轻轻展开,盖在他身上。然后又轻手轻脚地穿上衣服,把床上的被子也悄悄地盖在索朗扎西的身上,随后我走出道班房。用雪擦了把脸,向那天空望去。

这时,东方泛出一片鱼肚皮般的白色。天快亮了,那满天的星辰又大又亮,像一颗颗钻石不停地闪着耀眼的光芒,显得是那样的迷人,那样的高尚。但当我的思绪从天空转移到雪地的时候,我想到索朗扎西和那些道班工人们,他们为我和被困人员付出了一切,他们的心灵不是比钻石更美丽,更高尚吗!想到这些,我这个性格的男子汉鼻子一酸,再一次流下了感激的泪水。

当我们疏通好公路,把那些被大雪围困的车辆和人员护送到聂拉木县以后,已经到了晚上六点钟。为了防止大雪再次封山,给来往车辆和人员造成新的威胁,我们吃点自带的糌粑,就开始往回返。当我们的车队行驶到张东村的时候,突然听到一声声细微的哭声,索朗扎西告诉我:“这里还有被大雪围困的人。”我们停下车,四处寻找,后来才发现哭声是从一座被大雪盖得严严实实的石头房子里传出来的。我调来推土机,把房子前面的积雪推开,索朗扎西推开房门,才发现是一位小女孩在哭泣。经了解才知道,这里原来是一所小学,现在成了危房,雪灾到来之前学生已经放假回家,这个小女孩是这所学校的代课教师,学校放假后留她在这里看校舍。那场大雪来得突然，小女孩没有来得及准备什么吃的，唯一的一块生羊肉也吃光了，主管部门和孩子的父母想给她送点吃的，又因大雪封山来不了，她才遭遇“弹尽粮绝”的处境。看到这个情景，我们只好住下来，索朗扎西拿出烘烤汽车的喷灯，装满一水桶雪烧成开水，又拿出剩余的糌粑，让这个小女孩饱餐一顿。随后，他到这个已经成为危房的学校里转了几圈，发现校舍里空空荡荡，连一张课桌、凳子都没有，没什么值得看守的，只有等着来年开春重建了。索朗扎西就给我商量，想把这个女孩带回去，交给她父母。我点头同意后，索朗扎西把这个孩子的所有“家产”全部装在一个行李包里，第二天我们就踏上了返回日喀则的路。

索朗扎西是从来不为自己的事找我帮忙的。因为他了解我，也知道怎样做人。可他为了这个小女孩，却悄悄地送她来我家三次。因语言方面的障碍，头两次没有说清楚干什么，只是说来看看我。后来我才知道，那所小学建完后，增加了正式教师，她的代课老师的工作岗位没有了，想让我给她找个活干。我与索朗扎西沟通表明我的理解无误后，便与商业、物资等部门联系，看哪个单位有小女孩干的活。索朗扎西也帮着打听信息，最后发现物资门市部缺少售货员，小女孩也能胜任，就与劳动部门商量，给物资局下达一个就业指标，把这个女孩录用了。这件事办成后，索朗扎西高兴极了。他是个热心肠，事情成功他能不高兴吗！

不久，我被调到拉萨工作。索朗扎西来送我，心里特别难过；我看到他，心里也特别难受，想起那些我俩闯过来的路，那些危险时刻他做出的牺牲，还有那个随时可见的热心肠，我真想把他带到拉萨一同工作。可是，组织上有明文规定，作为一个党员怎能不执行？索朗扎西完全理解我的心情，他叫我放心地走，他会管好自己的。就这样，他给我收拾好行李，愉快地送我到拉萨上班。在拉萨，我留他住了两天，好好地招待他一番，也算是我对他的一点回报吧。他返回原单位的那天，我又给他准备了一些吃的，送他上路。临分手那会儿，我俩抱在一起又流下了难舍难分的眼泪；他都开车上路了，我还站在那里忘着那远去的车子，心里仍是七上八下，直到他给我打回电话，告诉我他已经平安到家后，我的心才慢慢平静下来。

淘气包和小大人

我刚到西藏的那几年，住在一个很不起眼的职工小院里。有机会认识了几位藏族小朋友，其中有两个给我的印象最深。一个叫顿珠，一个叫多布杰。那时，他们都在七八岁左右。两人性格不同，顿珠外向，非常活泼，甚至显得有些调皮，大人们因此给他起了个外号，叫“淘气包”；多布杰内向，非常稳重，显得过于老道，大人们便给他起了个外号，叫“小大人”。别看两人性格各异，可他们却是最好的朋友。

现在时间过去三十多年，他们在哪里工作，性格都发生了什么变化，我不清楚。但他们小时候做的几件事，给大人们带来的那些乐趣，至今我却不能忘记。

醉酒

上世纪八十年代的拉萨，没有今天这样繁华，物质也不丰富。逢年过节、客来亲往，各家都是从自家的菜地里把几棵白菜，开上一瓶酒招待一下，就算了事。久而久之，饮酒既成了大人们的一种乐趣，也成为男人们的一种嗜好。但对孩子们来说，却没有更多的乐趣，除了吃点残汤剩饭，再就是观看大人们醉酒的百态，没有其他收获。

客人们饮酒到一定程度时，有的喜欢把男孩子拉到跟前，用筷子头蘸点儿白酒，放在孩子的嘴巴里，说是给孩子开“荤”。对客人们的这份“厚爱”，“小大人”不仅不感兴趣，而且有些“愤恨”。那是因为有一天,一位叔叔来他家作客,晚上吃饭时用筷子头蘸了一滴白酒给他喝,他当时不知道酒是什么味道,张开嘴巴就接了过来。谁知白酒这么辣,一滴酒就把他辣得嘴巴几乎列到了耳朵根。从那以后,他发誓一辈子不喝酒。可“淘气包”却不同,客人用筷子蘸点酒给他喝,他虽然感到酒是辣的,却觉得味道与辣椒不一样,他撇撇小嘴就咽下去了。后来,每逢客人来,吃饭时他都围着桌子转,客人也就顺手用筷子蘸点酒给他喝。久而久之,“淘气包”开始喜欢上酒了,后来还有点“上瘾”。

孩子在成长过程中,自控能力弱,有时就会做点傻事。有一天下午放学后,“淘气包”领着三个同学回到他家,按父母的要求应该好好做作业。可他看到喝了一半的酒瓶子放在橱柜上,就想起学着大人的样子喝酒。当他站在凳子上从橱柜上拿下酒瓶子的时候,“小大人”坚决不同意小朋友们喝酒,就与“淘气包”争吵起来。“淘气包”坚持要喝酒,“小大人”坚决反对,另两个小朋友不知道酒是什么滋味,既不反对,也不表示赞成。“淘气包”个高,力气大,一拧就把酒瓶盖子打开了,“小大人”一看争吵解决不了问题,伸手就去夺酒瓶子,两人憋足劲争夺了一阵子,还是没有夺过来。“小大人”气得脸都红了,背起书包,“嘭”的一声关上房门,就回自己家做作业去了。

“淘气包”一看“小大人”生气走了,便拿出杯子,逐个倒满酒,和另外两个小朋友开始喝酒。酒是辣的,那两个小朋友怎么也喝不下去,“淘气包”一个人喝不了,又怕父母下班回来发现后挨批评。干脆打开碗柜拿出昨天没有吃完的两个凉馒头,掰成几瓣,泡在酒里,三个小伙伴儿分着吃光了。一会儿,小伙伴儿们一个个头晕了,不知不觉地都倒在了地上,直挺挺地睡在一起。

回家做作业的“小大人”,不知怎么了,老是安不下心来,总是担心小伙伴儿们出事。他放下作业，又来到“淘气包”家，打开门一看，把他吓坏了。只见三个小伙伴儿都倒在地上，一股浓烈的酒气差点把他熏倒。他没有多考虑，一个箭步窜出房门，跑到院子里大声呼救：“快来救人啊，‘淘气包’喝醉了！”

这时，“淘气包”的妈妈下班回来了。听到喊声，她马上跑回家里，一看这情景，立即吩咐“小大人”又叫来两个大人，抱起三个孩子就往医院跑。走进医院，急诊室的医生们立刻给三个“小酒鬼”洗胃，而后进行辅助治疗。直到第二天上午，‘小酒鬼’们才安全走出医院。

下午，“淘气包”在母亲陪同下，来找“小大人”道歉，另外两个小朋友也在母亲带领下来到“小大人”家，向“小大人”表示感谢。“淘气包”向“小大人”检讨，“小大人”给“淘气包”一个白眼儿，没有理他。大人们都说“小大人”懂事，向他表示感谢。可话还没有说完，“小大人”却放声大哭起来。边哭边说：“都怪我生气走了，他们才喝醉了。要是我拿块石头把酒瓶子砸碎，就没有这事了。”他越哭越伤心，直到“小大人”父母回家后，才不哭了。

冲马桶

我进藏第五年的一个冬天，大人们都参加藏历新年茶话会去了。孩子们放学后没有别的地方去，就到我家里做作业。小朋友和我家的学生是同学，在一块玩得特别好，来我家都不拘束。可能是有点饿了，他们就翻箱倒柜找东西吃。很遗憾，那段时间大家都张罗着准备过年，那天中午我家没有重新做饭，只是把昨天的剩饭热了热，凑合了一顿，他们自然没能够找到多少吃的。

后来，我们家那位学生出了个主意，叫大家一起动手，向大人学习，自己做饭吃。我家那个学生，别看年龄小，胆子大，主意多，号召力强。他的话一出，“小大人”洗白菜，“淘气包”开罐头，小女孩们就切白菜。我那不大的两间房，立刻就成了他们的“大厨房”，小学生们个个也都变成了“大厨师”。

不一会儿，准备工作就绪，开始做“罐头炖白菜”了。他们把煤气炉子打开，放上高压锅，就把开好的两个一公斤重的猪肉罐头和切好的一筐子白菜，一股脑儿都倒了进去，装满了一高压锅，然后用力按了按，勉强把盖子盖上。

煮了半天，“大厨师”们才想起要往锅里加佐料。这时候，“大厨师”们没主意了，有的说要加盐，有的说要加醋，有的说要加花椒，有的说要加大葱，有的说要加酱油，还有的说要加生姜。孩子们都小，没有做过饭，说法很多，可谁也拿不定主意。后来，“小大人”说：“大肉罐头里面什么都有，咱们别往锅里面加东西了?”“淘气包”首先反对，接着几个小女孩子也反对，“小大人”不吭气了。孩子们你看看我，我看看你，谁也没有再拿主意。但总得有个结论啊？我家那个学生想出来一个抓“啾”的办法。他们把酱油醋、姜葱蒜等佐料，凡是能想起来的佐料名称都写上，然后把纸揉成团，放进一个大碗里，再按身个高矮排成队，按顺序抓起“啾”来。然后，把纸团打开一看，什么佐料都有，他们就分头把这些佐料找全，洗干净，向竹筒倒豆子一样全部倒进锅里。

半个小时后，“猪肉罐头炖白菜”煮好了。他们关掉煤气炉子，把高压锅盖子取下，凉了一会儿。“大厨师”们就拿好筷子和碗，准备饱餐一顿。“淘气包”有点沉不住气了，拿过勺子先给自己成了一大碗，端在一边就想大口大口地吃。可能担心太热了会烫人，他轻轻地拈起一块罐头肥肉放进嘴里，马上就吐了出来，接着就“啊啊”的叫起来。小伙伴们还以为他装怪，没有理他，也开始吃起来。没料到，每个小伙伴放进嘴里一筷子菜，都吐了出来。后来才能明白，这锅猪肉罐头炖白菜里面什么佐料都有，盐也放多了，已经苦的不能吃了。

这时，下班的时间快要到了，“大厨师”们怕大人们回来挨批评，正在寻找办法把这高压锅猪肉罐头炖白菜处理掉。大家你看我，我看你，想了半天也没有想出个主意来，我家的那个学生急得眼泪都下来了，还是没辙。这时，“淘气包”在卫生间里好像发现了什么，他走到“小大人”身旁嘀咕了几句，“小大人”坚决反对；“淘气包”又走到我家学生身边嘀咕，她同意了。但是，“小大人”把着卫生间的门不让进去，他们没有办法，就停下了。一会儿，两个小女学生走到“小大人”身边，拉着他要回家，不在这儿了，他们三个人就走了。“小大人”刚走出房门，“淘气包”和我家的学生抬着高压锅走进卫生间，就把满满的一锅“猪肉罐头炖白菜”倒进了马桶里。不一会儿，马桶就被堵得严严实实，不通水了。

“小大人”听说后，气得脸红红的，冲着“淘气包”发了一通火，然后挽起袖子开始捅马桶。那天我开会没能按时下班，爱人参加茶话会也回来晚了。当我回到家中，才发现满地都是水，我以为是水管冻破了。又看到桶里、盆里、锅里也都装满了水，满身油污的“小大人”正在指挥小伙伴儿们给我们家冲马桶。问清楚后，我才知道了前面发生的那一幕，就叫孩子们停下来，洗洗手和脸，回家吃饭了。

油腻的东西堵在马桶里，夏天用凉水冲都没有效果，何况又是冬天呢？晚上，我烧好几锅开水，又找来一个烘烤汽车的喷灯，准备疏通堵死的马桶。这时，“小大人”吃过饭赶来了，他要帮助我冲马桶。我不同意，他坚决不干。他说：“这是他们堵上的，他们有责任帮助我疏通。”孩子虽小，但做事很认真，该他做的事不让他做是不行的。我挠不过他，只好让他参加了。我先是用喷灯对着马桶烘烤，看着下水管四周的油腻融化了，再用热水往下冲。就这样，反复十多次，一直忙活到晚上十多点钟，才把堵住的马桶疏通了。当我回过头来再看“小大人”的时候，我笑了，他也笑了，原来我们两个都成了个泥人！

第二天，我以为这件事已经过去了。可没有想到，在我上班的半路上，"小大人"带领着那几个孩子把我拦住了。他们每人递给我一封信，我原来认为他们有什么事要我帮助办理，可打开一看，每个人的信封里都装着一份"检讨书"。上面工工整整地写着："对不起，乔叔叔，我们错了，给您添麻烦了。今后我们一定要做个好孩子，多做好事，不再调皮了"！我收下了孩子的"检讨书"，他们高兴得走了。我望着孩子们的背影，心里非常激动，心想"多好的孩子啊"！

找雷锋

或许是一两件错事给孩子们的教育最深刻，也许是随着年龄的增长孩子们会更加懂事。没过几年，我发现这些孩子都长大了，都懂事了。连我住的那个并不起眼的职工小院，好像也在不断地发生着变化。

过去到处都是垃圾的小院，现在经常被打扫得干干净净，我问办公室的负责同志："是谁打扫的？"他们回答："不知道？"夏秋季节满院子的杂草，也经常发现被人拔得干干净净，我问行政科的同志："是谁安排拔的草？"他们也说："不知道？"还有一次，我发现篮球场上的乱石头没有了，破损的篮球网也修好了，我问办公室的同志："谁做的这些好事？"，他们还是说："不知道"。我们这个不起眼的小单位出了个"活雷锋"都不知道，那怎么行呢？假如有一天领导问起来，我都说不出一二三，不就失职了吗？

后来，为了弄清楚"活雷锋"是哪些人，我开始悄悄地"侦察"。每天晚上十多点钟以后，我悄悄地走出房门，来到一个墙角里观察院子里的动静；每天早上，别人还没有起床，我就起来躲在一个墙角里，再观察一阵子院子里有什么动向。时间长了，我终于发现了那些"活雷锋"和他们的活动规律。这些"活雷锋"不是别人，就是"小大人"带领的"淘气包"和在院子里住的那些小学生。他们每周一、三、五晚上十多点钟以后出来，打扫卫生；二、四、六早上天不亮出来，做好事。看到这些“活雷锋”和他们做的那些好事，我心里非常感动。我在想，假如他们这一代人一直坚持这样走下去，一定会成为国家的栋梁之材；我也想到，“淘气包”那么调皮的孩子，怎么那么快会变成“活雷锋”呢？我找不出更科学的原因，只猜想是不是应了“跟着好人学好人，跟着菩萨学下神”那句话！

还有一件事让我大吃一惊。那是夏末秋初的一个早上，天还没亮，一位年轻女职工给我打来电话，说她肚子疼得不行了，让我赶快送她到人民医院。我放下电话，马上叫醒爱人，穿好衣服，带了点钱，就往她家跑。可到了门口，敲了敲房门，屋里没有动静，用手电筒从窗子里往里面看了看，屋内没人了。我当时猜想：她可能是疼得实在忍受不下去了，就硬挺着自己往医院去了。我担心她会倒在半路上，就和爱人沿着通往医院的路找去。结果在路上没有发现那位女职工，到人民医院急诊科后，才发现是“小大人”带着“淘气包”和那几个学生，把那个肚子疼得不行的藏族女职工，连抬带背地拖到了医院，还用父母给他们的零花钱给病人挂了号，已经开始就诊了。后来医生告诉我：“幸亏送来的早，再晚半个小时，阑尾就穿孔了。”

我望着那几个“活雷锋”，又看看已经平静下来准备做手术的病人，心里不仅平静了，而且产生了一股强烈的感激之情，我为这些“活雷锋”感到骄傲，也为这位年轻女职工感到幸运。我虽然不信教，但我还是为他们祝福，祝福“小大人”带领的“淘气包”和他们的同学们，在人生的道路上一路走好！也祝福那位年轻的女职工手术成功，早日恢复健康！

时间过得真快，转眼三十年过去了。当年的“小大人”已经成为真正的大人了，“淘气包”也早就不淘气了，他们都到了而立之年。因为工作原因，我与长大了的“小大人”、早已不再淘气的“淘气包”和他们的同学们很久没有见面了。但据我家当年的那位学生说：“他们工作都很出色，当年的‘小大人’成了领导干部，‘淘气包’也成为单位的骨干力量。”我听后心里很高兴，就像那颗心掉进了蜜罐子里，落了个透心儿甜！

童年的渴望

童年是充满渴望的年代，拉拥、丹增这些藏族儿童也一样，他们来到这个世界上，从哇哇啼哭的那天起，就渴望躺在妈妈的怀里，无忧无虑地成长，进入学龄时，他们渴望有一所好学校，能够坐在宽敞明亮的教室里学习。但他们出生的地方是个穷山沟，交通不便，发展的慢，没有理想的学校。他们只能搬着自己家的小木凳，坐在灰暗的破旧教室里，趴在土坯垒成的书桌上学习。开始他们很不适应，时间长了，他们认为天下的学校也许都是这样的，就慢慢习惯了，再也没有做渴望有个好学校的美梦。

然而，一个偶然的机会打破了学校的宁静。他们的学校来了一帮人，在操场边上安上了一个大锅盖，架起一根电线杆子，牵了几根线，在教室里装上一台电视机。后来他们知道那是远程教学设备。上课时，老师打开电视机，他们看到了内地大城市里的学校都是楼房，教室宽敞明亮，书桌凳子也很漂亮。这些又勾起了他们对美好学校的向往。

又是一具偶然的机会，拉拥的妈妈、丹增的爸爸先后调到自治区外贸部门工作，拉拥和丹增遇上好机会，也分别随着父母前往拉萨，在市第一小学读书，渴望有所好学校的梦想终于实现了。这天，他们穿上统一整洁的校服，背着漂亮的书包走进宽敞明亮的教室，坐着同一规格的凳子，伏在清洁如镜的课桌上学习，那种高兴劲儿就别提了。

环境对孩子童年时代的影响是深刻的。学校环境改变了，拉拥和丹增放学后，连蹦带跳的跑回家,就掏出书做作业,学习的积极性特别高。可惜的是,那时的外贸部门发展缓慢,住宿都紧张。拉拥的母亲只能住在车库楼下的一个单间房里,拉拥也只能坐在饭桌旁,一面看妈妈做饭,一面做作业,不仅活动范围小,而且光线也暗淡,丹增的父亲是个文盲,在单位负责看管大门和卫生清洁工作,只能住在门卫室内,丹增也只能在爸爸的值班桌子上做作业,同样拥挤不堪。好学校带来的好心情,没几天就消失得无影无踪,拉拥和丹增整天闷闷不乐,他们开始为做功课的环境发愁。

这天中午,拉拥家来了几个客人,看到她们母女二人住在一个狭窄的房子里,一面表示同情,一面建议拉拥母亲找单位领导说说,调整一个稍大一点儿的房子,好有个地方让孩子做作业。听到这些话,本来就为做作业环境狭窄而恼火的拉拥坐不住了,她跑到院子里,叫来小丹增壮着胆子,扯着嗓子大声喊起来:"谁是厅长,你给我出来,我有话说!"拉拥的母亲生怕孩子不懂事得罪上级,就跑出来把孩子拉回房内。后来听客人说单位领导很关心职工,不会有什么不良影响。拉拥心中有了底,又跑到院子里叫来小丹增,大声喊着找厅长。这时,我正好下班往家走,在院子中央遇到了这个勇敢的拉拥姑娘。他问我:"叔叔,谁是厅长?""我就是,有事吗?"我说完,用询问的眼光看着她。拉拥一下子愣住了,在她的心目中,厅长一定是位高高大大的叔叔,说起话来很厉害,没想到这个厅长个子不高,说话还挺和气,一时丈二和尚摸不着头脑。稍停片刻,她红着脸鼓起勇气问我:"叔叔,厅长是干什么的?"我说:"厅长就是服务员,为大家办事的。"听到这话,她放心了,马上理直气壮地问我:"服务员厅长,别人都住大房子,为什么叫我们家住小房子?""单位房子少,分不过来,前面正在盖新房子,盖好了就让你们家住大房子。"我指着正在建的房子告诉她。她点点头，满意地走了。这时我才想起小丹增来，我回头朝他家住的门卫室望去，只见小丹增躲在墙角后悄悄地看着我，发现我看他时，立即缩了回去。这是个胆小的孩子，初来乍到，没有熟悉的人，有什么要求都会埋在心里。想到这里，我心里很不是个滋味。

第二天，在上班的路上，我又见到拉拥和小丹增两位小朋友。我主动跟他们说话，他们给了我两个白眼儿，一句话也没有说，低着头就走了。我心里很纳闷儿，就喊他们，他俩不仅没有回头，反而跑着躲开了我的视线。

后来听邻居们说，那天拉拥和小丹增在院子里喊我出来，进行一次老少两辈人的对话后，整个大院里的人们都说这两个孩子胆子很大，敢与厅长叫板儿。还有一些人把我和拉拥说得那几句话进行改编，添油加醋，变成了大人们侃大山的笑料。这些消息很快传到了拉拥和丹增父母耳朵里，在哪个官大一级压死人的年代里，可把他们吓坏了。晚上，他们不约而同地把拉拥和丹增关在各自屋子里，脱掉裤子，用扫把疙瘩狠狠地在那小屁股上打了几下，打得孩子一个劲儿地求饶，直到夜间巡逻的值班人员敲门时，才结束了那场不该发生的家庭暴力。我听到这些话，心里很难受。孩子是无辜的，再说他们也没有给我说什么坏话，挨一顿打是冤枉的。我想给家长们说明情况，可是已经晚了，我的那两个小朋友已经被家长打完了，他们好几天与我走个正对面也不理我，我心里能不难受吗？

好在我和拉拥、丹增两位小朋友住在一个院子里，抬头不见低头见。随着时间的推移，屁股上的疼痛消失了，他们两个对我的成见很快也就烟消云散了，我们又成了好朋友。在一个星期六的下午，我开会回来，在院子里又遇见了放学回家的拉拥和丹增，便开始了第二次交流。“还恨我吗？”“没有。”拉拥说完怕我听不清楚，又摇了摇头，丹增也跟着摇了摇头。“服务员厅长叔叔，这些瓜子壳、水果糖纸是鬼吗？”拉拥指着垃圾堆旁的瓜子壳和纸问我。“不是。”我肯定地回答。“大人们都说，小孩子说不礼貌的话，做错了事，就会遇到瓜子壳和糖纸变成的鬼，夜里悄悄地爬到他的床前，把他的嘴巴撕烂，把双手砍掉，是这样吗？”“不是的。那是大人们吓唬小孩子的，世界上没有什么鬼神，好事和坏事都是人做的。”我说，“瓜子壳和糖纸都是垃圾，吃完瓜籽和糖要把垃圾扔到垃圾桶里，讲究卫生，爱护环境，说话有礼貌，才是好学生。”我停顿了一会儿又说。他俩听完我的话，笑着走了。我站在那里沉闷了许久，想到成年人用鬼故事吓唬孩子，我感到有一种莫名的羞辱。我们这些无神论者，应该站出来说话，否则，会误人子弟的。此后，单位开展了无神论教育，孩子们再不会被鬼神的阴影压得抬不起头来了。

每年的“六一”儿童节，儿童们都穿上新衣服，在父母陪伴下或者逛公园，参加歌咏比赛，高高兴兴地欢度自己的节日。我却发现，只有小丹增一个人没有去，他仍旧穿着那身校服，仍旧和往常一样帮着父亲打扫卫生，像伺侯自家的责任田一样认真。我问他为什么没有去，他脸红红的，没有回答。小丹增的母亲患有肺结核病，每年都要花费很多钱，还要供一个孩子上学，父亲一个人工作，还是个临时工，虽然单位照顾月工资比其它单位临时工高一些，仍然是寅吃卯粮。想到这里，我掏出钱来给他，让他到公园里看看，他说什么也不要。我深知穷人的孩子早当家，他懂事了，男子汉是不会靠别人的施舍生活的，因此我没有强硬地把钱塞进他的腰包里，我怕伤了他的自尊。那天夜里，我躺在床上翻来覆去睡不着，想到小丹增患病的母亲，想到他家捉襟见肘的经济状况，想到他从小帮着父亲打扫卫生的情景，想到他毕竟还是个孩子，应该和其他的孩子一样享受应有的童年生活……想以这里，感觉我必须帮助他。在一次办公会上，我们做出了三项规定：一是在不违反工资制度的前提下，适当增加临时工工资；二是发放福利时临时工与正式工一律平等；三是逢年过节对困难户给予补助。三项措施落实后，小丹增家的经济状况有了很大改善，第二年的那个儿童节，小丹增穿着新衣服和小伙伴儿一道，笑着走进了公园，走进了本该属于他们的童年生活。

又是一年过去了。那年冬天，本该休假的拉拥的母亲和丹增的父亲都没有休假，他们仍然坚守着岗位。拉拥和丹增放寒假后，除了做假期作业和看书外，空余时间就帮助丹增的父亲打扫机关院子里的卫生，把整个单位大院每天都打扫得干干净净，没有一点垃圾和纸屑。这天下午我下班回来，在院子里看到两位小朋友，他们见我下班就迎过来，一个给我拿文件包，一个帮我端茶杯。我们并排在院子里走着，拉拥抱着我的文件包好奇地问我"服务员叔叔，包里装的是什么""都是文件。"厅长两个字没有了，说明我们之间的距离更近了，我心里特别高兴。"文件好懂吗?"小丹增又问。"只要好好学习，知识多了就能看懂。"我说。拉拥举起手来，比划着说："那要读很多很多的书，才能看懂啊!"我说："是啊。"小丹增点了点头，虽然没有说什么，却好像把这句话记在了心里。拉拥是个健谈的孩子，她又问："服务员叔叔，我读很多书后能当服务员厅长吗?""只要下决心多读书，将来不仅可以当厅长，还可以当科学家呢!"我笑着说。拉拥听完我的话，把文件包交给我，双手掐着腰往前走了几大步，回过头来高兴地说："我将来也可以当厅长了啦，你以后就叫我拉拥厅长吧。"说完，她笑了，笑得那样天真，那样爽快，就像是一串铜铃，叮当叮当地伴着她跑回家里，接着传来了新一轮朗朗的读书声。小丹增没有说话，只是咬了咬牙，暗暗地下定了决心，脸上也充满了从未有过的自信。经过那次交流以后，拉拥厅长的名字喊响了，在许多成年人看来，那不过是个笑话，是逗着小孩子玩的。但在孩子们的眼里，厅长是天底下最大的官儿，是他们追求的奋斗目标；官儿就是为老百姓办事的，他们长大后要当这个官儿，也要为老百姓多办些好事。

细算起来有十几年没有见到拉拥和丹增了，因为他们是我最喜欢的小朋友，心里非常想念他们，也时刻惦念着他们。听说他们已经高考，都考上了不错的大学，我心里非常高兴。回顾他们童年的那段生活，虽有许多不能令他们满意的地方，使我们这代人感到愧疚。但和我们的童年比较有了翻天覆地的变化，他们的童年是幸福的，后来的孩子们的童年比他们更幸福，这是人类社会发展的结果，是他们赶上了好时光。我相信，他们的成年也是幸福的，因为我们的国家正在实现现代化的大道上阔步前进，我们的民族正在和平发展；我坚信他们的目标能够实现，因为他们前进的道路已经铺平，发展的条件已经具备，只要坚持不懈地努力，那幅光彩夺目的蓝图是一定能够汇成的！

团　年

上世纪七十年代，在西藏团年活动是很少见的。进入九十年代，特别是随着全国支援西藏工作的开展，各民族优秀文化融通加快，团年应运而生。进入新世纪，团年的内容越来越丰富，形式也越来越多样，使团年成为一种必不可少的文化，在机关、学校、企业和基层社区中蔓延开来。

聚会式团年。九十年代的藏历新年，天还没亮，汉族干部就带着职工登门给藏族干部职工拜年。每到一家，先是拱手互相致新年问候，接着敬献哈达，祝贺藏族同胞们新年快乐、阖家幸福。随后，藏族同胞端出切玛和青稞酒，来宾吃过切玛，还要喝三口一杯的青稞酒。半天下来，大多喝的东倒西歪，下午只好倒在床上呼呼大睡，什么事也做不成。每逢春节，一大早,藏族干部也同样带着职工到汉族职工家拜年,祝贺主人新春快乐,万事如意。汉族干部职工依照来而不往非礼也的习惯,也要斟上白酒敬前来拜年的藏族同胞几杯。拜年的队伍转上几家后,也难免会喝得头晕脑胀。权衡这两种拜年方式之后,普遍认为拜年者和受拜者双方不仅都很疲劳,而且还拜不全,不如单位职工全部聚在一起,于是就产生了聚会式团年。这种拜年形式,大多由本单位办公室主任张罗,在住宅小区里找一块宽敞地方,铺一块红地毯,藏族职工家家户户带上哈达,端出切玛、青稞酒、糖果和菜肴,汉族职工也带上普遍喜欢的酒水和菜肴,大家围坐在一起。为增加喜庆气氛,单位领导讲几句祝贺新年的话后,办公室主任就指挥各族职工互献哈达、敬青稞酒或者白酒。随后,便自由活动,藏族职工按照“三口一杯”的习惯,向汉族同志敬酒;汉族同志则依照各自的规矩给藏族同胞敬酒。待到外单位的亲朋好友前来拜年时,聚会式团年宣告结束,就开始各忙各的了。

娱乐式团年。随着青藏铁路全线开通,到西藏旅游的人迅速增加,东西南北各方文化相互交融,团年的文化氛围越来越浓,形式越来越多,便产生了娱乐式团年。这种团年方式,以单位为主举办,由办公室或者群团组织负责召集,大家围坐在单位的会议室里,或者在住宅小区的宽阔场地上,参加团年活动的各族职工带上哈达、青稞酒或者白酒,穿着节日盛装聚在一起,主持人宣布团年开始,各族职工首先互献哈达,接着就敬青稞酒或者白酒。后来,就是表演准备好的各种文艺节目,有的唱歌,有的跳舞,最后还要来一个大家都参与的大联欢节目,比如,大家一起跳锅庄舞,或共同唱一曲《同一首歌》。歌舞表演完后,开始了活动,比如:有的打藏式竹牌,有的打双抠(扑克),有的掷筛子(一种争上游的游戏)。一直玩到天黑,尽兴后才步入餐厅吃宵夜。

会友式团年。这种形式，既是对古代北方农村过年走亲戚的延续，又是对新时期结交朋友的创新，既不需要拿着酒肉鱼茶来看亲戚，也不需要捧着鲜花会朋友，而是发个短信邀请贵友同学，聚在环境优雅的茶园里，酌一杯乌龙茶或一杯青山绿水（绿茶），然后打开话匣子，或谈天说地，或畅叙友情，或谈古论今，或诠史育人，或交流趣闻，或互倾爱慕之心……谈到高兴时，有的开怀大笑，有的捶胸顿足，而在触及生情处，有的痛哭流涕，有的情不守舍. 直到一杯浓茶浇透神经时，人们才清醒过来，迈开理智的脚步，或走进餐厅，或进入酒吧，要上几道小菜，几听啤酒或一瓶白酒，酌上一小杯白酒或痛饮一大杯啤酒，才又回到那个会友的话题上；直到那一瓶白酒下肚，或者那些啤酒统统倒进肚子里，朋友们个个成了关公，才相互搀扶着回家，一头倒在酒香的睡梦中。这一夜，也许他们还在做着会友的梦，也许他们还在想着会友的香甜，也许……但不管怎么说，他们释放了一年的紧张和苦闷，释放的了一年缺陷和遗憾，释放了一年的辛劳和成就，释放了所有的包袱，一切都可以重新开始了。

旅游式团年。这是刚刚兴起的一种团年形式. 以经过几年的建设，通往各地县的交通条件有了显著改善，特别是青藏铁路全线通车，林芝机场投入运营，与内地各省市的联系更加方便了. 从时间上看，近几年来实行放长假制度，人们有条件集中时间旅游了，便产生了旅游式团年. 由于西藏在相当长的时间内交通不便，出现了"出国容易进藏难"的局面，交通条件的突然改变，使压抑许久的进藏热情迅速爆发，旅游式团年自然也就让位于急于进藏的客人了. 不论是同学亲友，都借团年的机会乘火车进藏，他们一面欣赏着沿途的美丽风光，观赏着野生动物，一面品尝着西藏生产的牦牛肉、人参果等精美食品，不知不觉地进了西藏这块神圣的土地，全然忘却了高山反应。到达拉萨后，又在同学亲友的陪同下，朝拜大昭寺，观赏布达拉宫，随后又乘车前往林芝、日喀则等地观光。一番紧锣密鼓的旅游后，他们坐在环境优雅的茶园中畅谈友情，放松一下紧张的情绪，才走进同学亲友早已准备好的宴会厅。几句简短的祝酒辞把聚集在心中几十年的深情厚谊表达完后，便开始依照西藏的规矩敬酒，藏族姑娘优美的歌声使敬酒达到了高潮，三巡未尽，主宾就都变成了关公。机会难得，主人和客人们都要相互敬一杯含有几十年牵挂和友谊的酒，便流着眼泪拥抱在一起拍照留念。直到夜深人静，才慢慢离开那个期望永不散去的宴席。另一路旅游团年的大军，是长期在西藏工作生活的人们，他们带着土特产和西藏那份厚重的情谊，乘坐火车沿着早年进西藏的那条道路，走向北京、上海，走向全国各地，去与亲戚同学战友团年，直到把每一位亲戚同学战友看完，带着那些厚重的情谊才返回亚太空的那片净土。

在火车行进的途中，他们拿出地图仔细的看着量着，发现西藏与内地的距离还是那样长，但却发现似乎变得比过去近了许多许多，团年不难了。他们望着越来越近的群山，又开始盘算来年如何团年，使年年过得更精彩！

我的窝儿究竟在哪里

结束那场动乱的第二年夏天，我和那批满怀雄心壮志的大学生们一起，乘火车、转汽车，历时半个多月来到被内地人称为天边的拉萨，聚集在自治区第三招待所，等候分配工作。接待我们的组织部的一位处长告诉我们：要好好休息，尽快适应高原气候，到单位后才能尽快进入角色。经历了十年文化大革命那场动乱的人们，都希望尽快安定下来，抓紧建设自己的国家，创造美好的生活。因此，都服从组织安排，严格遵守纪律，老老实实地呆在招待所里，静静的等候分配。

在招待所的那些日子里，除了吃饭、看书，就是睡觉，无事可做，但必须在那里呆着。时间久了，人都疲塌了，满腔的热情也消失了大半。夜里，大家躺在床上，翻来覆去地睡不着，有的索性坐起来看书，有的则忍不住发几句牢骚，认为自己不该到西藏来，要在内地早就工作了。好不容易盼来了自治区领导，他们在小礼堂召集大学生们开了个会，给学生们简要介绍了西藏的情况，要求大家认真执行民族政策，严格遵守组织纪律，自觉服从分配；到单位后，充分发挥自己的才能勤勤恳恳地工作，为西藏的发展做出自己的贡献。散会后，大家仍旧在招待所里等候分配，结果一天过去了，却没有一个人接到分配通知，同学们的心又凉了半截，天还没有黑，有些同学就钻进被窝，捧着小说消磨时光。

也许是因为我在那些学生中年龄偏大，也许是因为我还是单身一个，也许因为我的专业对口，我说不清楚。第二天下午，一位做人事工作的罗同志找到我，把我的行李塞进那辆蒙着黄帆布篷顶的北京牌吉普车，拉上我来到紧靠大昭寺的宇拓路南面一栋两层青砖小楼里，把我的行李放在了一辆闲置的大客车上。走进挂着宣传科牌子的那间办公室，罗同志把我交给一位名叫王文英的中年妇女后，就走了。王文英同志很热情，相互握手寒暄后，便给我介绍单位情况。经介绍我才知道，我被分配到了商业部门，王文英是宣传科科长，我就在她手下工作，心里很高兴。介绍完情况后，王科长带着我拜访了政治部主任和在家的局长、副局长，算是报到完毕。随后，她又带着我来到机关食堂，购买了饭票菜票，吃完晚饭，又把我送上那辆大客车，就同我告别了。

开车的师傅姓陈，北方人，心直口快，也挺随和。我就问他："陈师傅，我住在什么地方？""现在还没有固定的房子，只能找个地方临时住下来。"他不假思考地说。我没有再说话，只是坐在那辆大客车上，一直往北郊的贸易仓库走去。大约走了好几公里，客车拐进一个大铁门，停在了一座土炮楼前。“到了。”陈师傅说着下了车，把我的铺盖卷提下来，放进土炮楼一层的那个木床上，那箱子重得要死的书，仍然留在了大客车上。“明天早上我来接你到机关食堂吃饭。这几天，我就是你的专车司机，这辆大客车就是你的专车。小伙子，安心休息。”陈师傅说完，笑着向我挥挥手，就开车走了。我走进土炮楼一看，才知道这是仓库区的一个岗楼，从上到下都是用黄泥巴锤打而成，里面有一个小木梯子，爬上木梯子，就可以看到对面那座一模一样的岗楼，还有那些像堆积木一样摆在一起的藏式房子和铆着铁皮项的仓库。看到岗楼里面的灯亮了，看管仓库的巡逻队走过来，热情地给我打过招呼，简要地说了些事项，又执行任务去了。通过他们介绍，我才知道，这里是贸易公司最大的东仓库，这间岗楼原来的主人是姓陈的仓库管理人员，他休假去了，才让我在这里临时住一晚上。我简单打扫一下满是尘土的房子，用那张在三抽桌子上的和土一个颜色的抹布，擦了擦那张铺有一张破苇席的木床，铺开被褥就躺下了。也许是忙活一天有些累了，躺下不久便睡着了。大约夜半三更时，一阵阵嘁嘁喳喳的响声把我闹醒了，点上煤油灯一看，原来是一群耗子，不知道从哪个仓库里拖来许多棉花和纸屑，正在构筑它们的窝呢。我敲打了几下木床，耗子们也就不再闹了，岗楼里安静了，我却从此没有睡踏实。我躺在床上，透过那个既没有玻璃，又没有窗棂的四四方方的窗户，看着满天的星星，陷入了孤独又无奈的沉思：耗子还有个窝呢，我的窝在哪里啊？不一会儿，我进入了一个梦境：局机关给我准备了两套房子让我挑选，一套是藏式的，从房梁到墙壁都画着各种图案，漂亮极了。不过，住在这样的房子里，需要请藏族老师给我好好地上一堂文化课，否则，同学们问起那些壁画来，自己说不出个所以然，那多尴尬啊！另一套房子是青砖墙、铁皮项，客厅、卧室各一间，后面还有一间小厨房，所有墙面都用石灰刷得白白的，睡觉的床、吃饭的桌、会客的沙发和茶几，一应俱全，既漂亮又卫生。我通过认真比较，选中了那套铁皮顶房子。这天上午，陈师傅帮助我搬进新房子，我向他表示感谢时，局领导和王科长都来了，还带不了许多鞭炮，噼哩啪啦地响个不停。这鞭炮一响，我醒了，发现除了那些耗子们仍不停地构筑着它们的窝外，什么也没有改变，我还是住在仓库边上的岗楼里，心里不时涌起阵阵酸楚。

第二天早上，陈师傅按时来到岗楼前，帮助我把铺盖卷捆好放进客车里，锁上岗楼门，又拉着我来到局机关。路上，我没有说话，只是想着今晚又会住在什么地方呢？“小伙子，你的命运不错，刚到单位就旅游办公，好兆头啊！”陈师傅好像看透了我的心事，就一面开车，一面开玩笑地说。对于兆头如何，我没有多想，但对旅游办公这个新鲜词儿，倒是很感兴趣。吃过早饭，王科长带着我，来到了距离拉萨大约二十公里左右的七二五油库，开始了第二次旅游办公。油库经理引导我们走进一间不足20平方米的办公室，这是油库仅有的两间办公室之一，另一间是财务室，为了确保安全不让外人进入。陈师傅把我的铺盖卷放在文件柜上面的空档里，经理在并排着四张三抽桌的头上腾出一个位置，拿来一把椅子，算是我的办公地点。白天，我和王科长、油库经理们挤在这四张桌子前办公、开会，听取部门经理的工作汇报。下班后，炊事班的师傅们端来饭菜，我仍然在原来的办公位置上就餐，饭后洗好碗筷送回厨房。晚上，我把摆在桌子上的文件夹和办公用品收拾起来，放在靠近房门的窗台上，在办公桌上铺开被褥，就在上面睡觉。为了不影响办公，第二天天不亮我就得起床，把被褥卷起来，再把文件夹和办公品放回原处,给王科长和经理泡好茶水,等着大家来办公。就这样,我在油库的经理办公室里住了整整一个礼拜。

这天是个星期天,王科长和经理们都不来上班,这间办公室就成了我一个人的天地。我和往常一样,一大早起来,收拾完被褥,把那些文件夹和办公用品归并到原处,就开始打扫卫生,擦洗桌椅,足足用了两个多小时,才把我那个临时的窝儿拾掇干净。紧接着,我又端着半个多月没有换洗的衣服来到消防水龙头跟前,拧开一个小缝,把衣服洗干净,凉在办公室门前那根朽木头支撑着的歪歪斜斜的铁丝上,才坐下来撰写油库的调研报告。刚写了两行字,那些轮休的大男大女们睡醒了,听说油库来了个大学生搞调研,有的刷着牙,有的梳着头,来到经理办公室门前看稀奇。我招呼他们进屋坐坐,那个年代的工人是坦诚的、直爽的,也是不讲究客气的,何况又是同龄人呢?听到我的招呼,都毫不客气,一下子就把办公室挤了个水泄不通。我请工人师傅给我介绍点情况,他们互相看了看,二话没说,都纷纷打开了话匣子,你一句我一句地说了半天,我一归纳只有一个问题:住房紧张。其中有两件事令我至今难忘:一个是有位大龄男青年和女友领取结婚证已经五年,还没有住在一起,更惨的是那两个大龄女青年,谈恋爱时他们两个住在一张双人床上,轮休时才能分别约男友来说点悄悄话。有一天,这位青年休息,约自己的男友来见面,男友中途有事没有能来;另一个女青年的男友休息,要求自己的女友调休,接电话的值班人员没有听清楚,结果没能调成,那位男友却按时来到女友的宿舍,恰逢这天晚上停电,男友上床时才发现,睡在床上的不是自己的女友,险些闯下终生悔恨的大祸,吓得他半小时没有静下心来。听到这些话,我对他们的处境非常同情,也非常难过,对自己的旅游办公生活却增加了一些满足感,至少我没有像他们那样遇上难以启齿的尴尬。后来，我按照这些大男大女的要求，没有公开向单位汇报他们的处境，而是利用晚上休息的机会，向当时的局党组书记做了简要汇报。后来，局里安排几万元钱，在油库办公室边上建了一栋铁皮顶平房，为那些大龄男女们解决了结婚急需的窝，我才放下心来。

新的一周开始了，这天，王科长没有来，陈师傅开着那辆大客车，拉着一位名叫陈学军的中年女干部来接我，老陈是河北人，时任宣传科副科长，很健谈。这天的任务是熟悉下属单位，在车子上，她给我介绍每个单位的情况，从贸易公司到石油公司，又从医药公司到粮食公司，后来又谈到海关和商检，使我对商业局管理的范围和业务有了大致的了解。到每一个下属单位后，她就给我介绍单位的领导和职能及机构设置，使我了解了不少情况，认识了不少人。中午，我们才来到贸易公司，在这里的任务是调查了解公司克服雪灾等困难向阿里地区调拨边销茶叶的先进事迹。办公室主任陪同我们到食堂吃过中午饭，就带领我们来到食品科办公室召开座谈会，会后我又采访了往阿里地区送茶叶的业务员和汽车司机，直到天黑才结束。吃过晚饭，陈师傅在食品科业务员带领下，把我拉到了一间大仓库门前，业务员打开大门，陈师傅就把我的铺盖卷从车上提下来，放进了仓库里，又拉着老陈走了。我意识到这是我第三个临时住所，就跟着业务员走了进去，仔细一看，这是一间茶叶仓库，里面堆着各种茶叶，有藏族人民打酥油茶用的砖茶，业务员告诉我砖茶的另一个名字叫边销茶，这是商业专用名称；有熬制甜茶的金尖茶，还有其它民族和机关干部喜欢的花茶、绿茶、红茶等，几乎堆满了整个仓库。只有靠近仓库大门的地方有一小片空地，那里放着一张铁皮条编织的单人床，我的铺盖卷就放在了那上面，床头右边放着一个空茶叶箱子，上面摆着一盏煤油灯。为了确保仓库安全，业务员离开时特别交代了一席话，其实是约法三章：一是不准在仓库里吸烟，以免发生火灾；二是不准将洗脸洗脚水泼在地上，以免污染茶叶；三是不准在仓库附近大小便，以免污染环境。说完，业务员还不好意思地解释一番：“这里是仓库，没有办法，请原谅。”随后，关上仓库大门，就走了。面对满仓库的茶叶，我这个新到任的商业工作者，感到责任重大，就把业务员的约法三章记在小本上，逐条对照着认真执行：洗完脸和脚，把水端到仓库边上，倒进排洪沟里，要小便跑到仓库院子里的公共厕所里，不敢贪图少走几步路的方便；我中学时代因父亲生病住院，白天上学、夜晚守病人，为防止瞌睡就学会了抽烟，不让抽烟是非常难受的。但也没有办法，实在憋得受不了啦，就跑到仓库大门口的值班室里，和值班人员一起抽支烟，并把烟头用剩茶水浇灭后放进烟灰缸里，再回到茶叶仓库里休息；为了防止那盏煤油灯惹来火灾，本来打算加班草拟调研报告的，也只好停了下来。

这天夜里，我躺在那张铁皮床上，翻来覆去怎么折腾也睡不着，旅游办公十几天了，还要和那些不会说话的茶叶做伴儿，什么时候才是个头呢？越想心里越不是个滋味，一种莫名的孤独感和困惑接二连三地涌上心头。但当我想起油库里那些大男大女们，想起学校领导在我们出发前讲得“西藏还很落后，藏族人民的生活很艰苦”那些话，心里才舒坦了一些。是啊，如果这里不艰苦，要我们这些学生来干什么呢？就这样，我思考着，迷迷糊糊伴着那些茶叶度过了一夜。

第二天，天还没亮，我就爬起来，收拾好铺盖卷，等着陈师傅来接我开始又一天的旅游办公。大约八点半钟左右，他开着大客车来了，装上我的铺盖卷，拉着我就走了，到局机关食堂吃完早饭，我按照以往的习惯钻进汽车里，等候着陈师傅拉我到新的单位办公。可这一天，他开的客车驶出机关大门没有走多远，而是直接开到了机关对面的职工住宅区，停在了一栋铁皮顶的房子前。陈师傅下车后，就把我的铺盖卷和那只装着书的术箱子搬下来，放在房子门口，告诉我："这就是给你安排的住房，和炊事员小李住在一起，钥匙在他那里。"说完他向我挥挥手就走了，我只好坐在门口等炊事员小李开门。

不一会儿，一个矮个男青年叼着半截烟，懒懒散散地走来了，我想那一定就是小李啦，赶紧站起来给他打招呼。他好像不太愿意让我跟他住在一起，听到我给他打招呼，只是爱搭不理地嗯了一声，就一屁股坐在了我装书的那只木箱上。他两只眼睛像审犯人一样，从上到下把我打量了一番后，就斜着眼睛问我："你是哪里人？""北方人。""大学生。""是。""会抽烟吗？""会。"这时我才想起他抽烟的事，赶快掏出从老家带来的大鸡牌香烟，递给他一支，又给他点着。这时，我才感到气氛缓和了一些。我们两个抽着烟，小李开始给我介绍他的情况，包括他的家庭、职业、优点、缺点，就像从竹筒里住外倒豆子一样，一股脑儿倒给了我。我也如实向他说明我的情况，两人谈得很投机。当我递给他第三支烟时，他忽然站起来说："都是好哥们了，我还把你关在门外呢，真不好意思。"说着，他打开房门，就把我的铺盖卷和那箱子书，都搬进了里面那间卧室里，我走进屋一看，这是两间平房，外面一间靠近房门的地方支着一张木床，上面放着被褥，还有一件军大衣，靠窗子摆着一张三抽桌，上面摆着小李和他爱人、孩子的照片，一看就知道是小李居住的地方。背阴面用木板隔开一个小间，用来做饭，是共用还是他自己的，我没敢问。里面是一间方方正正的卧室，墙壁刚好用石灰粉刷过，白白的，一丝污点也没有，靠墙的一面放着一张双人木床，靠窗子的一面摆着一张三抽桌，上面还有一盏台灯。我想，这就是我的窝了。

小李是个耿直、诚实又勤快的人，一旦接纳了我，就坦诚相待。他放下我的行李，就忙着给我铺床，泡茶，擦洗桌椅，不到半个小时就把我的小窝儿拾掇得利利索索、干干净净。从此，我不仅有了一个小窝儿，还有了一位知心的伙伴儿。白天，我工作忙起来顾不上买饭，都是他给我买好端回家里；晚上，我加班写材料，他就在那个小厨房里，给我做几个小菜，煮一碗面条，让我慰劳一下咕咕叫的肚子。我不论买到一条好烟，还是一瓶好酒，都和他一起享用。他敬我一尺，我敬他一丈，时间一长，我俩成了好朋友，好兄弟。

三十多年过去了，因工作变动我搬过十几次家，有过十几个大大小小不同样式的窝儿，现在住进了单位建的周转房。但我却忘不了当年那种旅游办公的生活，忘不了和小李同住的那个小窝儿。特别是想起我和小李住的那间房子，还是一位藏族局长腾出来让给我们住的，心里总是忘不掉那份感激。后来，不管住进什么样的房子，我都常想着自己的窝儿究竟在哪儿？具体答案我一直说不清楚，但我知道我的窝和各民族兄弟在一起，这个窝儿就在民族振兴的脉搏里，在国家富强的蓝图中，在人人心情舒畅的和谐社会里。

无奈的宴席

在古老的国家都有着同样古老的酒文化，不同的民族也有着不同形式的饮酒方式。说起饮酒，童年时始终认为那是大人们的专利；长大成人后看到人们饮酒，又认为那是一种享受；真正轮到自己饮酒时，又感到有一种说不出的无奈。特别是在民族地区，饮酒既是一种礼仪，又是一种展示对客人热情的方式；饮酒的程度，既是反映主人待客厚薄的尺度，又是衡量宾主之间感情深浅的标志。因此，在许多的饮酒场合，不论是主人还是客人，都不得不鼓起勇气喝上几杯。

譬如，当你初到西藏，好客

的主人到机场迎接，献过哈达和切玛（一个木制的长方形盒子，里面装有糌粑和炒熟的青稞，上面插着麦穗，象征吉祥），就要给你敬上一碗青稞酒。盛情难却，不喝不好；喝吧，初来乍到，又担心有高山反应；如果三碗酒下肚，加上高原反应和酒精的作用，就不知道那滋味是什么样子了。假如，你的日程安排较紧，到达拉萨当天晚上，主人为了表达热情和好客，就要抓紧时间为你举行接风宴会。开场就不管有无高山反应，多少都要喝一点；席间，好客的主人安排藏族姑娘给你唱歌敬酒，每唱一首歌，又要饮一点酒。就这样，不一会儿你就会喝得满脸通红，甚至有点醉意。不过现在文明多了，敬酒的形式也改革了，如果你不能饮酒，用无名指蘸点儿酒，往空中、地下和主人中间洒一点，再喝一点，也就应付过去了。主人为了你在西藏生活愉快，也不会让你多喝的。如果你有点酒量，不妨开怀畅饮一次，主人当然也是非常高兴的。

这里，我讲的是上个世纪饮酒的故事。

醉在天亮前

藏族同胞是好客的。每逢过藏历新年都邀请兄弟民族的同志到家里做客。记得那是我到西藏工作后的第一个藏历新年，上司派我陪同单位领导去给藏族职工拜年，因为领导同志是过敏性体质，不能饮酒，我的任务就增加了两条：一是代替领导同志喝酒，二是陪同主人喝酒。这天凌晨五点钟，天还没有亮，我就起床打扮一番，陪着领导同志到藏族职工家里拜年。每到一家，先是握手互致问候，随后给主人敬献哈达，祝福他们新年快乐、扎西德勒（吉祥如意的意识）。接着，主人就捧出切玛让客人吃，然后端着银碗敬青稞酒，我原想用无名指蘸着酒洒三下，表示完“敬天、敬地、敬朋友”的意识就结束，但好客的主人不同意，非要我喝“三口一杯”不可。我看了看单位领导，意思是请示一下能否不喝，可领导感到盛情难却、不喝不好，就示意我喝下去。我只好硬着头皮喝完了三口,又加上一碗,随后我又代表单位领导回敬主人一碗酒,藏族老乡也感到非常满意。就这样,我们走访了十多户藏族职工家,我喝了十几碗青稞酒。这种酒是藏族同胞逢年过节和招待客人常用的酒,它用煮熟的青稞加上酒釉发酵,然后用凉开水冲制而成。头道酒呈乳白色,香甜可口,酒精度数高达三十几度;二道酒颜色稍浅一点,纯厚爽口,酒精度大约二十多度;三道酒色泽清淡,味甘适口,酒精含量在十五度左右。这三道酒混在一起饮用,色泽类似米酒,香甜爽口,非常好喝,酒精含量约有二十度。都说好酒不醉人,这话不对,不管什么酒,只要喝多了,没有不醉的。这天,我喝的酒是一生中最多的,起初还能坚持应酬,不一会儿,就不是当初那种滋味了,只感到脸红脖子粗,浑身发烫,喘气急促,走路也不稳当了。天才蒙蒙亮,我就歪歪倒倒地回到家中,反锁上门,倒在床上呼噜朝天地睡着了。

下午六点钟左右,与我相处最好的索多同志来喊我。这时我已经睡醒,连忙爬起来洗了把脸,就去开门,只见索多同志东倒西歪地走进来,搂着我的脖子说:"你是我最好的朋友,第一次在西藏过藏历新年,没有吃饱饭,也没有喝足酒。走,到我家去"。说着,就拉着我往他家走去。我看他已经进入醉酒状态,也就佯装喝醉酒的样子,东倒西歪地扶着索多同志朝他家方向走去。跨进他家大门,索多的夫人迎过来,给我献过哈达,就扶我坐在了客厅主宾位置上。接着,端上一盘煮熟的牛肉、一盘萝卜炖羊肉,孩子们又给我斟上一杯家藏茅台酒、一杯五粮液,外加一碗青稞酒。我一看这阵势,断定我又要喝个大醉。趁主人们都在厨房忙活的时候,我索性又找来几个酒杯子,都斟满了矿泉水,杯子边上抹了点白酒,放在我和索多同志面前。索多同志从早上五点就喝得东倒西歪,但他却非常清醒,敬酒之前,他端起摆在我面前的两杯酒进行了仔细检查，发现都有白酒味道，高兴极了，挽了挽袖子，连续给我敬了三杯酒，我也很爽快地把那三杯矿泉水喝了下去。然后，他取出磨得铮亮的藏刀给我削牛羊肉，我蘸着藏式辣椒酱大口大口地吃起来。我和索多同志狼吞虎咽地吃掉两盘牛羊肉，她夫人带着两个孩子来给我敬酒，我连忙寻找矿泉水瓶子，发现不知什么时候，那几瓶矿泉水都不翼而飞了。看来只有喝真格儿的白酒了。我接过他夫人端上来的江津“老白干”，与好客的夫人和孩子们碰了一杯，壮着胆子就倒进了肚子里。这时，我发现索多同志眼睛眯成了一条线，已经歪倒在卡垫上睡着了，我也立即闭上眼睛靠着他佯装睡着了。后来，索多夫人和孩子们叫过我三次，我都没有说话。夜里一点多钟，索多夫人给两个孩子说：“叔叔喝醉了，送他回家吧”。两个孩子把我抬起来，放进他家的小汽车里，我没有动；走到我家，两个孩子又把我抬进屋里放到床上，我还是没有动弹。两个傻小子以为我真的醉了，拉床被子搭在我身上，就关上房门离开了我家。我听到他们已经走远，便爬起来洗洗脸就睡下了。这时，我看了下时间才发现，我又醉在了天亮前。

名目繁多的罚酒

不论是南方还是北方，也不论是汉族居住区还是少数民族聚集区，要想让客人多喝点酒，那办法都多的很。主人劝宾客喝酒叫敬酒，这是一种礼节。敬酒有各种各样的方法，能喝酒的与客人碰杯，客人不得不喝；不会喝酒的双手给客人端酒杯，处于礼貌客人也不得不喝。敬酒多少也有讲究，第一主人敬一杯，第二主人敬两杯，其他主人以此类推，逐步加码。敬客人多少杯酒据说也有说词，敬一杯叫一心一意，两杯叫哥俩好，三杯叫桃园三结义，四杯叫四季发财，五杯叫五子登科，六杯叫六六顺等等，如果喝十二杯，就叫月月酒。劝宾主喝酒，平辈之间、职务相差不多的同事之间，大都沿用敬酒的方式,互相敬几杯酒即可。但长辈和晚辈、上级和下级之间,虽有"老敬小越过越好"的说词,但那些居高临下的长者大都不用这种方式,而是采用罚酒的方式劝晚辈或下级喝酒。

罚酒的出发点各不相同。有的罚酒是出于感激、感谢,有的罚酒是出于试探对方的酒量、酒风,有的是希望晚辈青出于蓝而胜于蓝,有的则是图个高兴、热闹一番。罚酒的形式也不同,有的是数杯齐饮,有的是大杯畅饮,有的是碰杯共饮。我不喜好酒场,凡遇这种场合,能躲则躲,能逃则逃,只有万不得已,才鼓起勇气走进无奈的酒场。即便如此,我还是遭遇了几次罚酒。第一次是在北京,我答应陪同单位领导同志招待曾在西藏工作过的几位老领导吃饭,和他们一起过个新年。安排妥当后,我到国家对口机关汇报工作,提前40分钟就往宴会厅赶,生怕晚了对不起在西藏工作过的老领导,但这天正赶上堵车,我紧赶慢赶还是晚了几分钟。我一进宴会厅就向各位领导同志道歉,请求原谅。不论是负责请客的领导同志,还是被请的老领导,都没有批评我,只是不约而同地说了一句:"来晚了,罚酒!"话音一落,服务员按照第一主人的示意,端上来八个小杯白酒,我大气没敢喘一口,就一饮而尽。这些酒还没有咽下肚,第二主人的六杯白酒又端上来了,虽然老领导们都让我吃点菜垫垫肚子再喝,我自知来晚大有不敬之处,哪敢怠慢,就又鼓起勇气把酒倒进肚子里。我利用老领导们吃菜的时间,把放在备酒台上的一碗面条狼吞虎咽地赶进肚里,把那一肚子辣水稀释一下,才回到餐桌边坐下。这时,又轮到我给老领导们敬酒了。我让服务员找来几个小酒杯斟满酒,双手一杯杯地端给各位老领导,他们接过酒杯,却没有一个人往嘴边送,而是要求与我碰杯后才喝。我再三说明:"不胜酒令,请原谅。"他们却说:"刚才是罚酒,现在是敬酒,不喝不行"。众目睽睽之下，我又不能做假，只好再次硬着头皮喝下去。直到那些老领导们个个喝成了关公，慢慢地离开那张酒桌，我才发现自己的上下眼皮开始打架，快坚持不住了，没有等客人走出宴会厅，我就接过服务员递上来的菜单，揉了揉发涩的双眼，草草地签了字，匆匆结束了罚酒的尴尬。

第二次罚酒时我没有上当。那天是我请几位已经退休的老同志吃饭，我提前用瓶子装满了白开水，并和服务员沟通好，如何应付老领导们罚我喝酒。因为工作太忙，我很久一段时间没有和老领导们在一起喝酒了，今天聚在一起，他们格外高兴。开场酒喝罢，带领我从事商业工作的老领导就说：我给他们喝的酒是假的，非要我先喝三杯，看看有没有问题他们再喝。这一招很厉害的，在场的各位老领导都愣住了。我立即叫服务员斟上一杯酒，接过来认真地品尝后发现没有任何问题，接着又叫服务员从后面的瓶子里倒了三杯矿泉水兑的酒，我又喝下去。随后才说：“不是假的，有问题我负责”。这时，老领导们才开始喝酒。第一瓶酒刚喝完，又打开一瓶，刚斟上还没有喝，带领我搞外贸工作的老领导又发话了：“刚才那瓶是真的，这瓶是假的，你得先喝两杯看看真假再说”。服务员斟上一杯，我喝了，他仍然不相信，要换瓶新酒。我叫服务员把这瓶酒拿走，停了一会儿，又拿上来一瓶酒。其实，这瓶酒还是原来拿下去的那一瓶。他喝了一小杯后说：“这瓶酒是真的，你尝尝”。说着他端给我一杯，我只好又喝下去。喝到第三瓶的时候，和我一起在地区工作的那位老领导又说话了：“现在的酒店都是趁着客人喝得差不多的时候上假酒，还是得尝尝这瓶酒才能喝”。说着，他叫服务员拿来四个小酒杯都斟满酒，端给我两杯，他留两杯。这位老领导先是闻了闻味道，接着就一杯一杯地陪着我品尝这瓶酒。直到我把两杯酒喝完，他才笑着说：“看来这家酒店还讲信誉，这酒不假”。就这样，我请几位老领导吃顿饭，尽管准备了一些矿泉水，他们还是变着法儿地罚我多喝了十多杯酒。从此，我才知道罚酒也是很厉害、很无奈的。

千方百计逃酒

有人说，饮酒因人而异，参与饮酒的人相处得如胶似漆，饮酒会多一点儿。也有人说，饮酒与心情有关，心情舒畅可以多喝一点儿，心里不愉快喝一两杯也会醉。论其酒风，有人说实在人喝酒也实在，不实在的喝酒也要滑。说起饮酒过量失态，人们则说这与人的内在素质有关。比如，有的饮酒过量喜欢哭，有的喜欢笑，有的喜欢睡大觉，有的则喜欢到处跑，还有的喜欢把不愉快的事与别人挂钩。对此，我没做过研究，说不出一二三，但我深信过量饮酒对自己、对他人都不好。因此，不论什么场合我都不赞成过量饮酒。

有人说，酒过三巡就难以控制，过去我认为这是不成熟的表现，现在想来也不完全，也许还有其他方面的因素吧。近几年来，由于工作原因，我不得不出席一些稍具规模的宴会。在数十桌规模的宴会上，你到每张桌子跟前敬一杯酒，哪怕每次都只饮一点点，酒量小的人也会喝成关公像，甚至醉倒在地。面对这种场合，不得不摸索一些逃避饮酒的方法，避免出现那种尴尬局面。我的逃酒方法是四步棋：一是以假充真，二是佯装喝醉，三是转圈儿，四是走为上计。所谓以假充真，就是敬别人酒的时候，在喝酒实在的人面前喝真酒，在不饮酒或饮酒较少的人面前共饮矿泉水冒充的假酒。这样，既不得罪喜欢喝酒的人，也不为难不饮酒的人，两全其美。所谓佯装喝醉，就是第一杯酒喝下去，马上喝一杯热开水，促使酒精散发在脸上，别人一看你已经喝成关公脸，就认为你已经喝了不少酒，多数人就不再让你喝酒了。所谓转圈儿，就是别人都来敬你酒的时候，你也到别的桌子上去敬酒，大家互相转圈儿，别人找不到你，就可以少喝一点儿酒。所谓走为上计，就是看到参加宴会的人们都喝得差不多了，开始找熟人说话，或者找到知心人劝酒，这时候就可以选择机会离开。因为次日上班，昨日谁喝了多少酒，给什么人敬过酒，大家都记不清楚，即便有的人记得清楚，也是没有必要提起的。当然，假如你主持宴会，遛之大吉是不妥的，但可以根据宴会进展情况，适时宣布宴席结束，这是宾主都乐意接受的结果。

如同一切事物都有意外一样，也有人饮酒过量后喜欢有一个不散的宴席。遇到这种情况，特别是作为主人，更不能一走了之。记得新千年那天晚上，我陪同退休干部和下岗职工吃晚饭，因为那个年代职工生活状况各不相同，在这种场合，心满意足者心里高兴，就想开怀畅饮；生活和事业不尽人意者心中郁闷，就想借酒消愁。酒过三巡后，所有日程都进行完毕，多数人想走，少数人想留，我只好宣布宴会结束，把想留下来摆龙门阵的人转到小包间继续活动。转到小包间后，人们给我敬完两杯酒，就打开话匣子反映情况，从家庭生活到孩子上学，又从养老保险到医疗保险，一直谈到深夜，才慢慢散去。由于宴会变成了下岗职工座谈会、参政议政咨询会，我不仅没有离开，而且让服务员端来水果，找来笔记本和钢笔，我认真地记下每位下岗职工的意见，此后逐条落实，赢得了下岗职工的信任，促进了人与人之间的和谐。

好多年过去了，我仍然怀念那些宴会转变成的座谈会，也忘不了充满真诚和热情的那些敬酒或罚酒的场面，更喜欢和那些由黑发变成白发的老同志们坐在一起，备三两个小菜，汤一壶“老白干”，举杯忆当年，望月思明天。不过，随着社会的进步和年龄的增长，我对那些不文明的饮酒方式却越来越不敢恭维了，总想着个人饮酒、单位宴会文明多一些、无奈少一点，就好了。

亚太空的雪

青藏高原被气象学界称之为“亚太空”，西藏就在亚太空的巅峰。这里的雪非常特别，令我终生不能忘却。

我喜欢雪。幼年时，一听说下雪了，不管多冷我都会从温暖的被窝中钻出来，先是选择最干净的雪堆成“雪人”，然后才去清扫房前屋后的雪。到西藏后，每逢下雪，我仍是一大早就起来观看美丽的雪景；在下乡的路上，遇到下雪我也会停下来，目不转睛地观察一阵子这些高山上的雪。

亚太空的雪和内地不同，不论是落在草场上、田地里的雪，还是挂在树枝上、电线上的雪，都是洁净无瑕，没有一点污染；仔细观察雪的形状，大都是菱型的，很像莲花牌味精。太阳一出来，金色的阳光照在雪上面，那雪花立刻射出耀眼的光芒，汽车挡风玻璃如果对准雪花的不同平面，它折射出的光线立刻会转换成不同方向的光环，使整个雪地几乎变成了霓红灯的世界。

亚太空下雪的形式与内地也有许多不同。内地冬天下雪，大体上有两种：一种是黑黑的降雨云系布满天空，遇上北方来的冷空气，便飘起雪花，淅淅沥沥的下个不停，不久便给大地披上白色的盛装。老年人称其为“小雪”。另一种是厚厚的云彩带着南来的水分子北上，遇上南下的强冷空气，就会下一场大雪，那雪像鹅毛一样，铺天盖地地往下落，一袋烟工夫，房屋、道路和田园都盖上了厚厚的一床白色的“棉被子”。老农们称其为“大雪”。西藏这地方可不一样，这里不仅冬天下雪，阳春三月和金秋时节高海拔地区照样下雪。下雪的形式也多种多样，有时天上飘过来一块很小的降雨云系，遇上南下的弱冷空气，山上就下一场小雪；有时山顶上聚集起一块稍大的降雨云团，遇上北来的冷空气，就下一场中雪；有时南风裹着印度洋厚厚的降雨云团爬过喜马拉雅山脉，遇上南下的强冷空气，喜马拉雅山一带就下一场大雪；有时印度洋的强降雨云团悄悄爬上高原，在高空气流作用下地面又刮起大风，这云团遇到来自西伯利亚的强冷空气，高山地带顿时就会下一场暴风雪。这种暴风雪危害很大，它不仅可以把水泥电线杆子吹倒，使通讯、供电中断；而且能够把铁皮屋顶掀翻，把牧民的帐篷吹跑，把号称“雪域之舟”的牦牛埋掉，给牧民生产生活带来巨大困难；它还能在半个小时之内把四通八达的道路轻松封住，给抢险救灾设置重重障碍。每到这个时候，人们对暴风雪都表现出少有的畏惧和无奈。

亚太空的雪，不是每时每刻都如同一张“白纸”，有时候则是一道美丽的风景线，给人一种奇特而又赏心悦目的快感。有一年秋天，我陪客人到林芝县的鲁朗镇看林海，途中需翻越色季拉山。开始爬山时云绕山转，不一会儿就下起了小雨，我们沿着盘山路慢慢爬行。十几分钟后，海拔表指向 4000 米高度，这时乌云翻滚，老天突然下起了冰雹，为了防止汽车挡风玻璃被打坏，我们只好停下车来躲避；五分钟后冰雹则变成了细雨，我们又慢慢往前行驶；当海拔表指向 4200 米左右高度时，细雨变成了冻雨，山上出现了雾松景观，满山松柏和灌木林都是银装琼枝，满坡的花草也被“玻璃罩”罩了起来，显得那样的清洁、郑亮、高雅和壮观；当海拔表指向 4500 米左右时，黑黑的云彩罩住了大山，冻雨摇身变成了雪花，把山峰和沟壑装点成银装一片，松柏树木和各种乔灌植物被大雪压弯了枝头，微风吹来洒下银粉一片，随后发出几声咯吱咯吱的声音，树枝才从大雪的重压下解放出来，伸直腰杆，挺起胸膛迎接来自远方的客人。这瞬息万变的自然景象，真正让我们看到了“一山有四季、十里不同天”的壮丽奇观。

亚太空的雪无情又有情。特别是那些突如其来的暴风雪，常常把广阔的草原覆盖得严严实实，把成群的牛羊困在冰天雪地里挨饿受冻，有时甚至把成群的牛羊冻死饿死，表现得异常地冷酷无情。这雪对牛羊无情，对人也无谊。有时它突然降临，把没有来得及转移牧场的牧民困在冰天雪地里，让人们饱受饥寒交迫的煎熬；有时它匆匆降临高原，把道路封堵，它不管谁是到西藏旅游观光的客人，也不管谁是前来做生意的商家，都一视同仁，通通把他们困在雪地里；它常常伴随着低温而行，把人们的耳朵、手指、脚趾冻掉，甚至夺取人们的生命，与其他自然灾害比起来，它的无情真的有过之而无不及。然而，这雪并非全是无情，相反，它有时也重情谊。当人们被困在雪地里口干舌燥的时候，它乖乖的被人们捏成团，一团一团地送进嘴里解渴；当人们的脚趾、手指被冻僵的时候，它乖乖地充当一种特效“药品”，被人们一盆一盆地端过来搓脚、搓手；当各种车辆缺水不能行驶的时候，它心甘情愿地被人们融化成一桶桶水，倒进汽车的水箱里；哪怕是人们因它阻挡道路，一锨一锨地把它铲弃到路边时，它也从来没有一句怨言。每逢想到这些，人们对雪时常产生一种浓浓的亲情。当大雪悄然落地的时候，人们拿出一个个土陶罐子，把雪装进去，再把土陶罐深深地埋入地下，生怕它被高温融化了，这就是那份亲情的体现。

亚太空的雪不仅对人、对牛羊有情有谊，而且对地球上的任何生物也都有着深厚的感情。每年六月，我都去林芝地区参加杜鹃花节，开幕式结束后我都要到色季拉山顶上去观看盛开的野生杜鹃花。有一次，天刚刚下过一场大雪，那杜鹃花从山腰到山顶联成一片，各种颜色的杜鹃花顶风冒雪，争相斗艳，非常壮观。参观的人们纷纷拿出照相机、录像机照相、录像，显得特别兴奋。我喜欢那些在平原、在河谷从来没有见过的野生杜鹃花，但我更喜欢这亚太空的雪。因为我深知，只有有了这高山上的雪，才会有这五颜六色的野生杜鹃花。

当人们沉浸在花的海洋中的时候，我却被山上的雪吸引住了。我蹲在杜鹃花丛中，仔细地观察那花上的和地上的雪，它在阳光的照射下，慢慢地变成水珠，从花枝到花杆又慢慢地流下来，静静的渗透到土壤里；土壤里的水分可能是太多了，太拥挤了，我听到土壤下面的石头缝里发出轻微的滴答声，才发现这雪融化成的水珠开始“转移”了。我遵循“水往低处流”的规律，沿着公路边向下游方向去观察水的去处，发现有的雪水沿着地表形成的自然水沟流向远方，有的则沿着修路工人开出的排水沟流下来，还有一些雪水渗入到土壤中，穿透泥沙和岩石变成一股股泉水，悠然自在地从山坡矮处的石缝里涌出来。尔后，这些从不同方向、以不同形式流出来的雪水，朝着同一个方向结伴而行，在十余公里处汇成涓涓小溪；然后，它们冲破山谷、躲过山崖，历经千难万险，在几十公里外的深沟里汇成小河，向着既定的方向滚滚流淌；最后，小河变成大河，大河依地理、乘山势，便有了力量，这些“雪水们”团结一致，以排山倒海之势冲出高原，跳跃峡谷，越过平川，直奔大海。

这些“雪水们”，不论它们是处在涓涓小溪的幼年时代，还是形成滚滚流水的青壮年时期，都为改善人类的生存环境付出了心血，作出了“苍天不忘、大地见证”的贡献。它们每到一处，都使荒漠变成绿洲，荒山披上绿装，河川长满稻谷，即使奔腾入海，也不惜牺牲自己的一切，为哺育海洋生物奉献着全部的身心。由于有了亚太空“雪水们”的滋润，数不清的植物得到繁衍生息，实现了多样性的发展和变迁；动物们靠着“雪水们”的帮助，在雪域高原、在深山峡谷、在丘陵平原构筑着各自的乐园，承载着自身世界的历史变迁和兴衰循环；包括被称为高级动物的人类，也与这“雪水们”结下了不解之缘。人们靠着它浇灌农田、哺育城市，缔造人类所需要的一切甘甜。不难想象，假如有一天这“雪水们”突然消失，动植物们将会遇到什么样的灾难，人类会有怎样的明天……

然而，人们却很少关心这水的生存和发展。有的人为了自己的一时利益，不惜浪费水资源，使遍布高山平原的河流走进干枯的边缘；有的人为了自己的发展，从不担心环境污染，将大量污水排入河流湖泊，把水弄成了“大花脸”，使它无力再为人类作奉献；有一些人不顾苍天的承受能力，毫无节制地排放温室气体，使气候变暖，降雨减少，雪线上升，导致亚太空这座“亚洲水塔”里的水逐年锐减；还有一些人为了自身的地缘政治利益，不惜四处发动战争，动用大规模杀伤性武器，造成亚太空严重污染，使人类面临严峻的环境灾难。面对这些威胁，动物们纷纷自缢，向人类表示不满；植物界无序发展，不断地向人类发起挑战；苍天不能忍受人类对它的欺凌，时常发怒，干旱、洪涝、台风、龙卷风、热带风暴、地震、海啸等自然灾害，不断侵蚀人类生存的空间。这些灾害年复一年地发生，向人类提出了数不清的警告，引起人们对大自然的重新认识和思索，大声疾呼着“要善待自然”！

当我每一次站在青藏高原的雪山顶上，望着那一望无际的山的世界和雪的海洋，我都会自然想到，这些亚太空的雪带给人类的不只是害处，更多的是给予人类的优质资源，它不愧为是亚洲的“水塔”，地球的空气“调节器”。论其功过，它在维系人类居住的星球过程中功不可莫。假如没有了它的存在，我们生存的这个地球将会变成一个毫无生机的空核桃葫。因此，我对那些雪山和常年不化的积雪，经常产生一种深深的爱恋，有时还会情不自禁地向着大山行一个注目礼，感谢这些雪山带给人类的一切。

当我每一次站在拉萨河边，看着那些雪溶解成的水，历尽千难万险、冲破重重阻碍，来到拉萨的身旁，心里感到特别亲切。我走到河水边，伸手捧起一捧河水送进嘴里，一股清冽的甘甜顿时沁透肺腑，感到浑身有一种从未有过的轻松和爽快；再捧一捧清凉的河水擦把脸，洗一洗睡意朦胧的眼睛，顿时感到双眼明亮，视力似乎提高了许多，眼前的一切都显得特别清晰。特别是看到那河水奔腾不息、滚滚流去的时候，我立刻对人类生存发展的前景充满了信心，同时对人类赖以生存的地球充满了信任。

当我每一次站在江河湖泊的边沿，看到那些湖泊水位下降、江河水流减少的时候，我的心里又陡然生出一种莫名的惆怅：我为这些湖泊水位下降、河水减少担心，生怕有一天这“水塔”中的水会离我们远去；我总想向人类大声疾呼，不论其国别和社会制度如何，也不论其能力大小，都行动起来，共同关注这个人类赖以生存的地球，共同保护地球上的生态环境，减缓雪域冰川融化的速度，留住人类的恩人——那些亚太空的雪。

游览府南河

外甥女贺玎玲，小学三年级的时候写过一篇游览府南河的作文。在不到500字的短文中，说那府南河现如今如何如何美好，过去如何如何脏乱。因为这篇作文是带着感情写的，老师的评价也很高，从此，调动了她写作文的兴趣。我读过后，被文中描写的府南河优美景色所感动，也就增强我游览府南河的决心。从此，茶余饭后我也一遍又一遍地游览府南河。

时间久了，看得多了，想得多了，发现的新变化也自然了多起来。特别是打开门户、面向世界以后的二十几年里，发生在府南河边的几件事让我永生不能忘怀。

从腐烂河到府南河的变迁

成都是西藏的门户，进出西藏必走成都；府南河是成都的标志，游览成都必须观看府南河。由于职业原因，我途经成都进出藏的机会很多，游览府南河的机会自然不会少，感慨也自然很多。我记忆中的府南河是一条臭水沟，河两边歪歪斜斜地散落着黑如锅底的老式房屋,横看不成排,竖看不成行;大大小小的排污口像一条条乌鱼嘴,从四面八方伸向河中,吐出来的全是带着泡沫的黑水,把整个府南河变成了一条臭水沟;河两岸的生活垃圾、建筑垃圾随处可见,风刮起来,各种颜色的纸片和塑料袋满天飞舞,风停后便毫不留情地落在房顶上、电线上和人的头顶上,有时还会落在临街的小吃摊儿上,弄得食客们哭笑不得,食欲大减;乌黑的水面上偶尔飞来几只白色的水鸟,在那泛着白色泡沫的黑水中打几个滚儿,顿时变成了灰雀,尽管鸟儿们飞上河边仅有的几棵歪脖子树,拼命地抖动羽毛,那颜色仍是不会变白的。无奈之下它们只好扇动着翅膀飞往遥远的清洁地;河水本是鱼儿生存繁衍的好去处,可这清水变成了白泡黑水后,鱼儿们没有办法呼吸和寻找食物,也只好携家带口游往他乡。从此,府南河失去了往日的风采,失去了与它相依为命的绿地、树木、花草、鸟儿和鱼儿,便成了一条腐烂河。就连与它相伴终生的邻居们,对它的态度也由喜欢变成讨厌,路过它身边时都捂着鼻子,直到离开那河中的臭气才把手放下来,深深地吸一口没有被腐烂河污染的空气。

世人都知道,府南河变成腐烂河并不是河的本意,而是人的过错。随着门户开放和春风的吹拂,人们认识到府南河的重要,这年政府投巨资整治府南河,拆掉烂棚屋,清除随处可见的垃圾,堵塞横流的污水,河两边种上绿草花卉,河两岸装上护栏和电灯,定期输水冲刷河床,实现了地变绿、水变清的目标,腐烂河从此变成了府南河。鱼儿携家带口摇着尾巴结队而行,重回故里;鸟儿展开翅膀长途飞行,返回容城,伴随着现代化的音符奏起了小夜曲;人们也不再仇视府南河,不论大人小孩闲暇之余都围着府南河转,有时候还紧贴在府南河的护栏上,静静的听那河水的呼声,看鱼儿尽情地游动,特别是逢年过节,人们还聚集在河边的音乐广场，放声歌唱府南河的变化，或者在合江亭放灯，告诉故人这条河的欢乐与忧伤。

人和狗的随地拉撒与文明觉醒

不知是条件所限还是懒惰所至，毫不夸张地说，过去的府南河是个大厕所。记得是在上世纪九十年代，我多次到成都出差或休假，因为不会打麻将，又不愿进娱乐场所，除了读书，闲来无事就到府南河边散步。那时的府南河在我看来，等同于深山老林中的村庄，没有公共厕所，到处都可以大小便，与具有西南地区经济文化中心地位的成都市很不协调。那一天，我吃过晚饭，独自一人从新南门大桥开始，沿着府南河边漫步到合江亭，一路上发现多次不愿看到的事情：一是有十多个成年人，光天化日之下在河边随地大小便；二是遛狗的人特别多，狗屎自然也就特别地多，稍不小心就会遇上“狗屎运”。散步的人们都小心翼翼地往前走，仍有不少人踏上了那些擦不净、甩不掉的臭狗屎。更可笑的是，有一位年过五十的男子可能憋极了，前后看看没有多少人，就在河边解小手，没想到一位打扮的非常漂亮的女士牵着一条大白狗走过来，那条狗也可能控制不住了，也跑道到那位男士解小手的地方撒尿。男士把小手解到了河里，狗却把尿撒在了男士头上，那位男士提着裤子上岸来，张口便骂：“妈吆，谁家的狗把尿撒在我头上？”“你都能在河边撒尿，还不允许狗在河边撒尿啊！”那位女士是得理不饶人的。当那位男士听到这句话，用白眼儿看了看那位女士，不仅没有说出话来，而且脸羞得红到了耳朵根儿，随后低着头向女士相反的方向走去。是啊，人都这样子，还有什么理由说狗呢！

府南河整治工程完工后，在适当的位置设置了公共厕所，配备了环境卫生管理人员，在绿地等要害部位树立了“禁止宠物入内”的标牌。环境卫生发生了巨大变化：随地大小便的人大大减少，除了身体有病、内紧不断的个别人外，都做到了大小便入厕；宠物狗虽然没有完全禁止，但毫无顾忌地放养宠物的人减少了，遭遇“狗屎运”的人自然也就很少。假如宠物爱好者在给宠物穿衣服的同时，再给小宠物带上个粪兜，这府南河可能会更加卫生的。特别令人欣慰的是，如今，人们的环境卫生意识增强了，随地大小便的现象有人公开制止了。前天中午，我到府南河边散步，看到一位成年人在新南门大桥附近的一个角落里撒尿，一位老年人当即上前制止，并说：“年轻人，这里有公共厕所，不能随地大小便，你不感到丢人，我还害羞呢！”老人一席话，说的那位年轻人脸红的向大红布一样，频频点头向老人认错，直到老人让他走时才离开。我相信，那位年轻人从此不会再随地大小便了，否则，怎么对得起政府的努力和老人的劝告呢，怎么对得起已经清洁的府南河呢！

贼心与良心的对话

这是一个真实的故事。那是上世纪八十年代初的一个春天，府南河还没有整治，散落的黑色木屋背后，杂乱无序的灌木丛中，不仅有男女青年依偎在一起谈情说爱，而且还有一些带着墨镜、穿着皮夹克的被称为“三只手”的小偷，如同老虎窥视羚羊一样，目不转睛地寻找着可供他们涉猎的目标。我从新南门大桥向合江亭方向行走，因为身无分文，不担心那些“三只手”会插入我的腰包，也就不理睬躲在灌木丛中的“对手”。当我漫步快到安顺桥的时候，迎面走来三个穿皮夹克的小伙子，走到我跟前时就把我撞了一下，幸亏那时年轻，没有把我撞进河里，也没有撞倒在地上。我回头看了他们一眼，那三个穿皮夹克的人快走了两步，便钻进了灌木丛中。我从来不把路上的行人当作坏人，认为他们撞我是无意的，便不怪罪他们，就径直向合江亭方向走去。当我从合江亭返回时，在安顺桥跟前又遇见那三位穿皮夹克的人，当我与他们会面时，只见一把纸屑撒在我面前，“穷光蛋”，接着就是一声责骂。这时，我摸了摸装在衬衣兜里装门面的钱包发现不见了，才知道被他们偷走了。可惜里面没有一分钱，才惹来了那句肮脏的恶语。

后来，因为我这个“穷光蛋”的名声在“三只手”的天地里传开了，从此再也没有人掏过我的钱包，但别人的钱包就说不准了。大约是府南河整治后的第二年的一个中午，我散步到廊桥边，发现河边围了一大群人，靠近一看，是一名年轻妇女跳河了。合江亭码头清理垃圾的工作人员开着小艇把那位妇女救了上来，巡警也赶来了。通过警察的询问才知道，那位妇女的孩子得了重病，这位年轻的妈妈带着家里仅有的500元钱，抱着孩子来城里给孩子看病，没想到钱却被偷走了。那位妇女哭得死去活来，令在场的男女老少都潸然泪下，纷纷掏出身上的钱，不管是面额大小或者钱有多少，一股脑儿塞进那位妇女的手里，由警察搀扶着，把那位妇女和棉被裹着的孩子送进了附近的第七人民医院。后来听说，当天晚上那位妇女收到了一个塑料袋，里面装着500元钱，还附有一张纸条，上面写到：“都怪我无知，偷了你的救命钱，现在还给你，原谅我的罪过吧”。那位妇女双手捧着失而复得的钱，抖动着双手说：“谢谢好心人啊！”说完，就如释重负般地瘫倒在病床边。

听到这些话，我心里很不是个滋味。人心都是肉长的，再没有钱也不能偷人家的救命钱啊！社会在变，环境在变，人也应改变一下，否则，怎么对得起社会呢！那些“三只手”们该用清清的府南河水洗去污垢，走一条正路，做个好人！

麻将桌上的争斗与和谐

肩负重任走南闯北一辈子，老来总得有个落脚的地方。同事翻着地图、掐着手指琢磨了好长时间，兴致勃勃地告诉我，居家最好的地方是成都。理由是，成都遍地有茶馆，处处有麻将。

从此，我也就随着择居的大军，在成都购买了一个“窝”，先让老人和孩子定居下来。

成都的麻将是出了名的。有人说，天下最大的赌城在四川，四川最大的麻将桌在成都。还有人说，乘坐的飞机还没有落地，就听到成都的一片麻将声了。这虽说有一些夸张，但说明这里生活气息很浓厚，很悠闲。我住的地方靠近府南河，河两岸是人们散步、休闲的好去处，自然少不了茶馆和麻将馆。漫步河边，走累了在茶馆里坐坐，泡上一杯产自青城山的春茶，品上一口，倍感浑身清爽；再看看打麻将人的执著，听听麻将的撞击声，也感到生活的悠闲自得是一种享受。

我对麻将是没有兴趣的。刚参加工作时，麻将桌上常常是三缺一，领导指示我学习打麻将，为不扫领导和同事悠闲生活的雅兴，我苦学了一个通宵，算是取得了上麻将桌的资格。后来，麻将桌上很少出现过三缺一的现象，学习麻将的机会也就少了，我就只好天天读书、“爬格子”。再后来，上级组织为了避免有人利用麻将赌博，禁止在公共场合打麻将，单位领导派我检查禁止打麻将的活动，这麻将桌从此与我更无缘了。

特别是府南河边上发生的那件事，几乎令我到了谈麻色变的程度。那是上世纪八十年代初的一个冬天。听说有一伙乐山农村的老乡，第一次进大城市，感到一切都新鲜。本来是买点蔬菜种子就返回的，结果兴致一来，一口气就逛了几条大街，累得腰酸腿疼，实在不想走了，就钻进合江亭附近的一间茶馆里，泡了一壶茶，痛痛快快地喝了一阵子，感到浑身清爽，心情好极了。又看到茶馆里都在搓麻将，手一痒痒，也租来一副麻将，按照乡下的规矩搓起麻将来。那位身穿黄棉衣的年轻人，看来是从部队上转业不久的军人，手中有点钱，下的赌注大一些，可运气不好，不到一小时，就把手中的 400 多元钱输光了。他想捞回来，但摸摸口袋里没有钱了，就把手表押上，又搓了一把，还是输了。另外三人都不想再打了，收拾东西准备回去，这位复退军人不服气，非要再搓一把不可，另外三个哥们怕伤了和气，就又坐下来。复退军人没有赌本，就掏出烟盒纸，翻过来写上刚过门的新媳妇的名字押上去，结果又输了。

这时，几个穷哥们完全没有了初来时的好心情，他们站起来，晃晃悠悠地往车站走去。走到汽车站，正赶上一趟开往乐山的班车，他们又晃晃悠悠地钻进汽车里，一屁股坐在最后的位置上，迷迷糊糊地睡着了。回到家中，谁也没有想到那位复退军人输掉新媳妇的消息已经传遍整个村庄，小媳妇也已经吊死在村东头的桉树上。三个穷哥们寻找复退军人不见踪影，他们又连夜赶回成都打麻将的那间茶馆，只见他已经喝得烂醉，趴在茶馆门外的水泥地上睡着了。他们叫醒他，告诉他："新媳妇上吊死了。"这位复退军人听到这句话，如同晴天霹雷般，眼睛直勾勾地望着天空说不出话来，当即晕倒在地。他望着滚滚东去的府南河，就直奔那波涛去了。也许，只有这条路才是他的好去处。尽管人们想尽一切办法打捞他，但始终没有见到他的踪影。这虽然是听说的，但麻将桌上造成的悲剧，却始终留在我的心里，久久挥之不去。

人的聪明之处就在于会总结经验教训。现在，府南河边麻将桌不多了，即便有也不再赌钱了。这并不是说老成都和新成都人不打麻将了，而是麻将桌上的活动丢掉了赌钱的恶习，变成纯粹的娱乐活动了。最近一段时间，我常到府南河边散步，看到那些搓麻将的人们仍在活动，也有一些小的刺激，不论是赢是输，都不再争吵，也不再赌博了。特别是那些老麻友在一起搓麻将，大都是心平气和，输了的不发牢骚，赢了的也不把钱装进自己的腰包，而是在附近的小餐馆里点两个菜，或者要几碗面条，与麻友们共进一餐权作汇报。我的一位老领导，近十多年来不打麻将，退休后闲着没事做，也重操旧业，成为麻将桌上的一把好手。他对我说：“府南河边上的小麻将，是联络感情、促进和谐的好形式。”这话，开始我不敢相信，几次目睹后才信服了。几位老者往那里一坐，每人一杯茶，搓着小麻将，国家大事可以谈谈，张家长李家短也可以说说，就连平时沟通不够、容易产生误会的事，在麻将桌上聊一聊也就没事了。正是这个原因，过去我听不惯的麻将声与河中鸟儿的叫声、夏季的蝉鸣，都变成一支社会和谐的变奏曲，给人一种从未有过的愉悦。

这时，我才真正感到，社会变了，府南河变了，人也变了。那府南河变得越来越美丽了，社会也变得越来越和谐了，人也变得越来越文明了。我坚信，只要按照今天的路子走下去，今后的社会还会更加和谐，府南河还会更加漂亮，人也会发展得更加全面。

阿妈卓嘎的春天

每年都有春天，但每个春天都不一样，有风调雨顺的阳春，有春雨贵如油的旱春，还有冰雪料峭的寒春。春天能给人带来希望，有时也能给人带来灾荒。人类社会发展的春天更是如此。阿妈卓嘎讲起春天的故事总是滔滔不绝，悲喜交加，她既为那些失去希望的荒春而伤心，也为那些风调雨顺的暖春而兴奋。我每逢想起她讲的那些春天的故事，心里总是十五个水桶打水——七上八下的，不管是农民还是牧民，谁不希望有个风调雨顺的春天呢。

阿妈卓嘎生活在札囊县的一条山沟里。解放前祖祖辈辈靠给领主种地维持生计，每年春天都看着老天爷的脸色，瞅准下雨的机会耕地播种，夏季精心伺侯，盼望秋天有个好收成。可到了秋天，又得看着领主的脸色收割，精打细收，颗粒不丢，统统装入口袋。领主高兴时给她们留下点儿下角粮，填填肚子；不高兴时颗粒不留，都要送到领主的仓库里，全家人只有吃糠咽菜，勒紧裤腰带度过春荒。有一年春天，饿得皮包骨的弟弟哭着要吃口糌粑，可家里仅有一点儿野菜汤，没有一粒粮食，她在播种青稞时就悄悄地留下一把种子，不料被监工的管家发现，不仅可怜的弟弟没有吃上那口糌粑，睁着眼睛离开了人世，自己还挨了一顿毒打。

和平解放后，政府领导人民进行了民主改革，阿妈卓嘎一家从此摆脱了领主的剥削和压迫，分得了土地，成为了名副其实的农民。那年春天，一场春雨后，她们全家来到属于自己的土地上，翻耕土地，播下充满希望的种子。这年老天爷也帮忙，风调雨顺，秋天获得了大丰收。阿妈卓嘎一家精打细收，把一袋袋青稞和小麦扛回了家。阿妈卓嘎的母亲从来没有见过那么多粮食，捧着颗粒饱满的青稞激动地流下了眼泪。嘴里念叨着："托共产党、毛主席的福啊！"说完，她从柜子里捧出毛主席的像，擦了又擦，看了又看，然后供奉在佛龛里，点上酥油灯，烧上香，叫儿女们过来磕头，感谢毛主席给她们带来了好日子。

不久，阿妈卓嘎的父母和那些大人们聚集到村头的打麦场上，听着喇叭里传达的来自上级政府的文件。这时才发现，山沟里和内地一样发生了巨大变化：今天成立互助组、初级社，明天又成立高级社，后天改成了人民公社。这些突如其来的巨大变化，像烙发面饼一样，一会儿一个样儿，是对是错还没有来得及弄明白就变成了现实。但她们坚信，这些都是毛主席他老人家领导翻身农奴走的幸福路，二话不说，就跟着潮流吃上了"大锅饭"。

农民是最诚实的。在那个年代，不论是生产队长还是公社书记布置的事儿，他们都紧跟其后，认真地去做；不论是学大寨还是学列麦公社，阿妈卓嘎和她的邻居们都拼命地去干，垒梯田，修水渠，积农家肥，每样活路都不惜力气。人勤地不懒，头几年穷山薄地的山沟里收成也不错，年年不仅能吃饱饭，还多少有些余粮，父老乡亲们心里都高兴。后来，一场席卷全国的"文化大革命"开始了，阿妈卓嘎所在的山沟也被卷了进去。当官儿的被打成走资派，尽管上面有话不让群众斗群众，可那些大大小小的官儿都被批得不敢说话，群龙无首，农牧业生产受到严重影响。好不容易盼到被解脱出来的生产队长能够带领大家“抓革命促生产”了，可社员们却没有多大兴趣，每天走到地头上，就把铁锹往地头上一插，开始喝青稞酒、聊天儿，真正出力干活的人越来越少，而出工不出力的人越来越多。种上的青稞无人管理，由肥变瘦，又由瘦变黄，收成大幅减少；没有播种的农田变成一片荒地，除了几只羊在那里添食几根燕麦草外，没有一点儿收成。佛像被推倒，信教被视为封建迷信，寺庙变成公社的仓库，她们怀疑那场运动，却又理不清这场运动的对与错；她们依旧怀着那份朴素的感情看待所有问题，认为发动运动的那位老人是对的，天天供着毛主席的像，发誓要跟着他老人家将革命进行到底；在她们心灵深处，总认为数百年供奉的佛像没有错，心疼那些祖祖辈辈被供奉的佛像，就悄悄地把被推倒的佛像和那些宗教用品收藏起来，期盼着有一天再把他们送回寺里，和往常一样供奉起来。从此，收入年年减少，阿妈卓嘎和她的邻居们心也渐渐凉了，只是盼着尽快结束那场运动和那个寒冷的冬天。

七十年代末的那年春天，北京召开的那次会议像一声惊雷震撼了大地，似一股甘露滋润着每个人的心田，动乱的时代结束了，紧闭的国门打开了，改革开放成为新时代的主题。阿妈卓嘎所在的山沟沸腾了，人们放下那些说不清、理还乱的说教，翘首期盼着暖春的到来。八十年代初的那个春天，一位老人在祖国南方划完那个对外开放的圈儿后，派人来到西藏，在这里洒下一场充满厚望的春雨，把包括阿妈卓嘎在内的西藏人民浇了个透心甜。中央文件下发了，明确规定“土地归户，自主经营，长期不变；生畜归户，私有私养，长期不变”。从此，阿妈卓嘎一家不仅再次分到了土地，还分得了一些牛羊，拥有了生产经营自主权，开始做起脱贫致富的美梦来。为了让农牧民休养生息，中央政府还规定：免除农牧业税，取消粮食派购，对农用柴油、化肥、农药实行政府补贴，减轻农牧民负担。这一系列优惠政策，把农牧民推进了糖罐里，赚了个透心甜，极大地调动了农牧民的积极性，促进了农牧业生产。这年秋天，阿妈卓嘎家种的庄稼获得了大丰收，上万斤青稞、小麦堆满了仓库，肥壮的牛羊挤满了畜棚，乐得全家老少合不拢嘴。藏历新年前夕，阿妈卓嘎卖掉几千斤粮食、近百只牛羊，拿出上万元钱来到泽当镇，给老人和孩子们买了新衣裳，购买了一台小四轮拖拉机，又专门到书店“请”了一幅中央第二代领导集体的相片，双手捧着坐在新购买的拖拉机上回到家中，放进了粉刷一新的佛龛里，点上酥油灯，烧上香，怀着那份虔诚的感恩之心，叫来全家人拜谢恩人。起初，我认为这都是对宗教的虔诚，其实也不完全，你想，过上好日子的农牧民，怎能不感谢关心他们的恩人呢！

那场春雨实实在在地给西藏人民带来了很多实惠，至今仍然享用不尽。然而，大自然却不是总能遂人心愿的。八十年代中期，西藏中部地区连续三年遭受百年不遇的旱灾，导致冰川退缩，池塘见底，水井枯竭、田地龟裂，山泉断流，春天播下去的种子刚刚发芽，就被酷热的骄阳烤焦，牛羊只能用前蹄扒开河里的沙子润润舌头，人们吃水也遇到了严重困难。信教群众请来喇嘛念经，祈求老天爷下点儿雨水，可老天爷并不领情，持续几十天滴雨未下。村委会只好请求各方支援，当地驻军和消防队派车给老乡们送水，才度过了那个干渴难耐的旱季。身为公仆的干部们看到群众遭受旱灾，生产生活遇到严重困难，心如刀绞。他们爬山涉水，走遍沟沟岔岔，巡视着，规划着，在这里建水库，在那里截潜流，企图改善生产条件，彻底消除旱魔给人们带来的苦难。但是，由于经济不发达，没有钱怎么建设这些设施呢？正当人们为手中无钱发愁的时候，九十年代初从北京来了一位老人，听完地方领导的汇报，看过老百姓的生活情况后，挥起那双大手，把“一江两河（雅鲁藏布江、年楚河、拉萨河）”中部流域划成了农牧业综合开发区，拨出巨额专款进行开发，在这片广袤的土地上建设商品粮基地、副食品基地、农副产品加工基地。阿妈卓嘎所在的县被化为商品粮基地县，农业发展部门的技术人员，经过勘察测量和规划设计、拨出专款修建公路，供电部门建设输电线路和水力发电站，水里部门实施截潜流、建设水渠等水利工程，从根本上改变了生产生活条件。阿妈卓嘎抓住机遇，带领全家人早出晚归，把靠近自家农田适合种庄稼的荒地开垦成农田，不适合种植粮食作物的荒地改造成草地，种草种粮不适合的荒滩都栽上杨柳树。两年后，她家的农田增加一倍，草业连年翻番。从此，不管老天爷是否帮忙，粮食和牧业都以两位数的速度增长，氆氇、糌粑等农畜产品加工业蓬勃发展，方便农牧民的小商店、小茶馆也应运而生，现金收入逐年增加，小日子过得如同吃着干蔗上楼梯——步步高、节节甜，别提多美了。

西藏的发展牵动着国家的发展，得到了中央政府和全国人民的关心。九十年代第四个春天，那位老人在北京亲自主持召开了西藏工作座谈会，作出了中央关心西藏、全国支援西藏的重大决策部署，给西藏安排了一系列建设项目，赋予特殊优惠政策。从此，各省市援助西藏的干部队伍纷纷来到西藏，深入地县调查研究，制定发展规划，安排开发资金，加快建设步伐，使西藏迎来了又一个加快发展的春天。从这个春季开始，中央和对口支援单位拨出专款建设各类学校，对学生实行包吃、包住、包学费的“三包”政策，解决了农牧民子女上学的后顾之忧，使他们享受到了国民教育的最优惠待遇;援藏干部安排专项资金,请来技术人员,扶持发展农牧业产业化生产。从此,有机蔬菜、礼品水果、食品加工、建筑建材等产业,纷纷落户高原。阿妈卓嘎在援藏干部的帮助下,在开发建设和市场经济的大潮中开阔了眼界,增长了见识,督促儿女们走进了竞争的行列。女儿的种植业、养殖业引进了新品种、新技术,质量不断提高,效益连年翻番。儿子外出打工,学会了技术和管理,完成了原始积累,购买了机械设备,组建了自己的建筑公司,当上了老板。看到这些巨大变化,阿妈卓嘎高兴地笑成了弥勒佛,她逢人就讲:“共产党好!社会主义好!民族团结好!”

新千年的那个春天,对阿妈卓嘎来讲是个终生难忘的春天。从这一年起,国家在西藏实施了一百多个建设项目,包括举世瞩目的青藏铁路在内,让她高兴的梦中都笑醒了好几回。那一年,农村建设更是搞得热火朝天,新建项目一个接一个:先是从山沟深处的泉水边往村里铺设输水管道,把自来水引进家家户户的院子里,阿妈卓嘎拧开水龙头,捧着清澈的山泉水喝了几口,就在水龙头上系上一条哈达,拉着儿女们围着水龙头跳舞,感谢中央政府给他们送来了幸福水。接着,村头打麦场上并排竖起两根电线杆子,中间放上了变压器,从上面牵出几根电线,一直接到家家户户房子里,装上电灯炮,一拉开关,把整个房子里照得通亮。没过几天,阿妈卓嘎又发现村委会的院子里支起一口大锅,架起一根高高的天线,她开始担心又要吃“大锅饭”了,但仔细一看没有人做饭。正纳闷儿时,女儿抬着一台大彩电进家了,接上那根天线,打开开关,就看到中央领导看望老百姓的画面,听到了中央领导同志询问老百姓生活情况的声音,就像中央领导来到自己身边一样。阿妈卓嘎高兴地一个劲儿地鼓掌。看完那个节目,她跑进屋里拿出一条哈达挂在电视机上。随后陷入了沉思，她不明白电视里那些图像是从哪来的。为了弄个究竟，没有人的时候，她围着电视机前前后后看了好几遍，也没有找到一个开门的地方。晚上，她躺在床上一直想着那个解不开的谜，翻来覆去睡不着，就悄悄地跑到女儿床边“请教”，直到女儿告诉她那口大锅和天线是电视差转台，电视信号是从那里接受过来的，她才明白了科学的威力和神秘，安心地睡着了。

也许这几天喜事太多了，阿妈卓嘎一直沉侵在兴奋之中。她庆幸农村人过上了城市人的生活，庆幸那些新事物的出现，整天乐得合不拢嘴。记不清是哪一天了，一个背着电话匣子的人走进她的家门，从外面电线杆子上拉过来一根线，给她家装了一部电话机，告诉她按几个号码就可以给外面的人通电话。她按照女儿告诉的号码，试着给儿子打了个电话，听到了儿子的声音，就像在身边一样清楚。阿妈卓嘎乐了，她感叹：现在的人真神啊，一根线就把儿子叫住了。第三天，儿子回来了，给她带来了一个小机器，拿在手里按几个号码，也能给外面的人说话。她按照儿子告诉的号码，试着给女儿打了个电话，又通了，和那个电话机一样清楚。她高兴了，也糊涂了：电话机有根线能够通话，这个没有线的小东西也能通话，她翻来覆去地看着那个手机，怎么都想不通。儿子告诉她：村南面的山坡上架设了一根天线，手机的信号是从那里发出的。这天中午，阿妈卓嘎跑到那根天线杆旁围着电线杆子转了好几圈儿，也没有找到任何可以发射信号的门道儿，只好带着疑问回到家中。不过，她认定现在的人都变了，一个个都“科学”了。

第二天早上推开大门以后，她发现好端端的路被年轻人们扒了个稀巴烂，正想着到村委会问个明白、讨个说法，领头的年轻人走过来，笑着对她说：“阿妈，我们在这里修路，给您添麻烦了，有不方便的地方，请您原谅！”一听说修路，盼了多少年的好事就要实现了，阿妈卓嘎高兴极了，甩着手对小伙子说："孩子，修吧，修得越快越好。"二十多天过去了，门前的那条小路变成了宽敞的大马路。这天，县城里的公共汽车开进了村，听到喇叭声，阿妈卓嘎和乡亲们拿着哈达跑过来，像看新娘子一样把汽车围了个水泄不通，争着往汽车上献哈达，倒车镜挂满后，她们就往车顶上扔。随后，又钻进汽车里，免费逛了一次新县城。这天晚上，阿妈卓嘎更加睡不着了，她看到县城变了，变的她不认识了：过去的破旧房子没有了踪影，取代它们的是一栋栋高楼；小街小巷没有了，都变成了大马路，大小车辆来来往往；马路两边都是商店，什么商品都有，向拉萨一样繁华。她对比着、盘算着：农村人有了宽敞的马路，看上了电视，喝上了自来水，可还住在那些破旧的房子里，看病也不方便，如果像城里人那样，住上高楼大厦，看病上学都方便，该有多好啊！

新千年的第五个春天，中央给西藏发来一份红头文件，为老百姓规划了一幅幸福图。接着，广播里、电视里就传出了建设新农村的声音，农牧民又迎来了一个追赶城市人生活的火红的春天。阿妈卓嘎和她的邻居们坐不住了，听到村委会广播里通知要开会，要求每一个家庭来一位主事儿的人，可家家户户不管那么多，男女老少放下手中的活儿，一窝峰式地涌进了村委会大院，紧罗密鼓地开了三天会儿，商量的都是对老百姓有利的好事。第一件事儿就是建卫生院，进行合作医疗试点。阿妈卓嘎一听就高兴地手舞足蹈，小跑着回到家里，拿着钱又小跑着回到村委会办公室，第一个交上参加合作医疗的钱，还悄悄地给村委会主任说：她要当村卫生院建设的业余监督员，不要一分钱的报酬。村委会主任答应后，她每天都端着小板凳坐在工地上，看着那些施工人员干活，哪个人偷懒，哪个人浪费了水泥或砖头，哪个人垒墙不认真，她都要说几句，直到认真校正了，她才放下心来。不了解情况的人，还以为她就是卫生院院长呢！卫生院落成后，她三天两头往那里跑，医生认为她是来看病的，可她说："不是，只是想来看看。"问得次数多了，阿妈卓嘎也不好意思，就让医生给她量量血压。后来，听到街坊邻居们都说，现在看病方便，医生态度好，药品价格便宜，她才放下心来，才意识到业余监督员的任务完成了，就再没有去看她心上的那个卫生院了。

第二件好事是民房改造。这是老百姓一生中的大事。多年来，阿妈卓嘎始终做着建设一座漂亮房子的美梦，不论是走亲戚还是访朋友，她都留心观察各个村庄的房子，每逢发现一座好房子，都会站在那里看一阵子，想着自家的房子应该建成什么样子。可那些年日子过得不富裕，没有钱建房子，只能是看一看，饱个眼福罢了。现在好了，政府鼓励建新房，不仅帮助解决木料、沙石料等建筑材料，还给补助建房资金，天下哪有这样的好事啊！阿妈卓嘎拨通电话，把儿女们都叫回来，开了个家庭会议，传达政府的部署，察看新农村建设规划方案，商量自家建设新房的意见。第二天，她向村委会递交了建房申请，领取了两万元建房补助款，从银行取出了儿女们的存款，交给儿子管理的建筑公司，开始备料。一周后，儿子带着技术人员回到家里，拿出一份建房图纸请卓嘎阿妈看，她看不懂标着各种符号的图纸，就叫技术人员解释，客厅有多大，卧室有几间，厨房在哪里，仓库能装多少粮食，牛羊圈修在什么地方，自来水有没有接到厨房和牛羊圈等等。技术员指着图纸一项一项地解释，她听明白了，满意了，接过儿子手中的钢笔，在图纸右上角画了个藏文符号，才放心地交给了技术人员。三天后，技术人员带着一帮年轻人进入施工现场，拉着皮尺打下几根木桩，用石灰画出一些白线，点然一串鞭炮，就破土动工了。从这天起，卓嘎阿妈每天都端着小板凳坐在工地上,像监督村卫生院那样,盯着一帮年轻人建设自家的新房。几个月后,那栋崭新的藏式房子建成了,雕刻绘画也同时完工,卓嘎阿妈走进新房,扶摸着门窗和雕着各种图案的柱子,看遍每个房间,又来到厨房拧开水龙头,看看是否通水,最后来到羊圈和仓库,看看养牲畜的地方是否暖和,仓库是否够用。直到全部满意后,她才回到老房子里,报来一堆哈达,给每个柱子挂上一条,最后,笑着离开了她那栋漂亮的新房。

这天是共和国的国庆日,卓嘎阿妈安排儿子搬家,借庆祝国庆的机会庆祝全家人搬进新房。村里的年轻人都来帮忙,扛得扛,抬得抬,搬得搬,像送姑娘出嫁一样涌向那栋新房子。走到半路上,卓嘎阿妈传话过来,叫大家都停住了。她在老房子里的佛龛前点上酥油灯,烧好香,磕完头,从里面捧出中央领导的相片赶了过来。搬家的人们看到这个场面才知道,她要让中央领导们的相片先住进她们的新房。走进新房,她把相片恭恭敬敬地放进佛龛里,摆好供品,点然酥油灯,磕完头,才让那些年轻人把家具搬进屋里,摆在确定好的位置。

那天晚上,卓嘎阿妈叫女儿开着拖拉机从镇上买来了煮熟的牛羊肉、啤酒、青稞酒,还有一些水果,招待帮助搬家的人们,坐在宽敞的客厅里,好好庆祝国庆节和她家喜迁新居。大家一边喝酒,一边唱歌跳舞,痛痛快快地度过一个通宵,到天快亮时大伙才慢慢散去。儿女们都睡了,卓嘎阿妈躺在床上,看着宽敞明亮的新房,久久没能入睡。她掐着手指计算着,她的父辈活了多少岁,吃了多少苦,经受了多少个饥饿难耐的春荒;她这辈子赶上了好年景,自从走上新社会这条道儿,没有挨过饿,日子一年比一年好,托共产党的福啊!如果没有国家的好政策,她那把老骨头早就不知道烂到哪里去了。想到这些,她从床上爬起来,走到佛龛前,往供灯里加了些酥油，恭恭敬敬地朝着党和国家领导人的相片磕了个头，完了便做早饭去了。

又是一个春天来临了。这天夜里下了一场小雨，把家家户户的院子、房顶和条条公路都冲刷得干干净净。第二天一大早，卓嘎阿妈坐着儿子开的汽车前往拉萨旅游，心情特别舒畅。她望着连接北京的那条柏油马路，语重心长地对儿子说："孩子，咱们要沿着新社会这条道儿走到底，千万不能改变方向啊！"儿子好像没有完全听懂母亲的话，就问："为什么？""傻孩子，这条道上有暖春啊！"话音刚落，她笑了，儿子也笑了，母子俩笑得那样开心，如同那一轮朝阳永远向着那些火红的春天开放着，开放着！

最可爱的人

爱美之心人皆有之。年少时，总认为上世纪六、七十年代影视上的男演员，都是男人中的美人。随着阅历的增多，发现美有好多种：有的是体形美，有的是五官美，有的是气质美，还有的是心里美。年过半百时却发现，这后一种美往往令人难以忘怀。

我有一位朋友，名叫邓军。第一次认识时，他才三十几岁，在一个汽车修理厂当厂长。别看他穿着沾满油污的工作服，可擦完一把脸，就会露出那张清秀白嫩的书生相；叼上一支白纸卷成的磨合烟卷，又显得比中年人还老成十分。遇到厂子里有紧急修车任务，他就像一位战场上的连、排长，带头抢修车辆，那技术的熟练程度，还有那冲锋陷阵的劲头，谁都认为他是车间主任，或是技术能手，怎么也不会想到他就是一厂之长；遇到技术难题，他又像个"医生"，拿着榔头、试电笔等"听诊器"，一会儿量量这里，一会儿听听那里，一根烟的工夫，就能诊断出汽车是"患感冒"（排气不畅），还是"消化不良"（油路不通）。然后，"对症下药"，瘫痪的车辆就会发起"威"来。这干脆的性格，雷厉风行的作风，第一次就给我留下了深刻的印象。

也许是因为工作关系的缘故，抑或是职业习惯，我每次到汽车修理厂检查工作，都想听听邓军同志的工作汇报，还想听听工人们对他有什么样的评价。他的工作汇报从来没有"穿靴戴帽"，往往都是"单刀直入"，直奔主题，从不拖泥带水；谈成绩是党和国家的，论功劳是工人群众的，说缺点错误是自己的。这也许就是那个时代工人阶级的性格和品质。

谈起邓军这个人，上级主管部门说他："顾大局、识大体，办事公道，关心群众，勤政廉洁"；老工人都说他："厚道、诚实、肯干、正直"，是他们的"主心骨"；年轻小伙子说他："生产线上是一把好手"，"技术线上是一把能手"，"生活上是他们的好帮手"，"事业上是他们的好舵手"！有一位名叫卓玛的年轻藏族姑娘则指着脖子下面（说心里话）说："邓厂长是一百个人中最好的好人，一万个人中最美的美人。要不是他有了老婆，我就……"话没说完，就捂着羞得彤红的脸，躲了起来。

这些话都使我认识到，邓军是个好人，他的心灵最美。他在工人心里已经扎下了根，在我心里也留下了难忘的印象。

时隔一个冬春，我因出差、休假，有段时间没能见到邓军啦，心里一直惦念着他。初夏的一个早上，我出差回来还没来得及上班，就直奔汽车修理厂去看邓军。这时，他正爬在一辆柴油车底下带着工人们修车。听说我来了，马上从汽车底下爬出来，用沾满油污的手抹了抹脸，就冲着我"嘿嘿"地笑起来，那张棱角分明的脸顿时变成了一幅"油墨画"。

这憨厚而又有点不自然的笑声，让我感到既熟悉、又生疏，从这不自然的笑声中我感觉到他好像有什么事瞒着我。我俩往厂部办公室走，同时，我仔细打量着他。快到办公室门口时，我发现在这春暖花开的季节，他却戴了一顶冬天老年人才会戴的套头帽子，把两只耳朵捂得严严的。我问他："怎么回事?”他一直不说。直到我快生气了,他才漫不经心地说:“今年元月份,唐古拉山下了一场大雪,路上堵了一千多辆车。我带领车队去救灾,在外面呆得时间长了,不小心两只耳朵外圈就‘下课’啦”。他说完又冲我笑起来。

他说得是那样的坦然和轻松,我听得却十分沉重。这是一位多么帅气的年轻人,两只耳朵外圈突然没有了,和正常人的耳朵相比足足小了一半,工人师傅们、同事们怎么看他,他的爱人看到那熟悉的耳朵小了很多,会有多么心疼!想到这些,我一阵心酸!

从那时候起,不论是在一起开会,还是在街上偶尔遇到,每每看到邓军那两只缩小的耳朵,总会想到很多很多。这耳朵少了整整一个外圈,从外观上看是没有以前那样美观了。但是,那两只耳朵的外圈,是因为邓军站在零下 40 多度的雪地里疏通道路冻掉的,是为了上千名驾驶员和过往行人的生命安全才被冻掉的啊!假如,他在雪地里少待一些时间,或者他在汽车内暖和一会儿再出来指挥车辆,本来属于他的那两只耳朵外圈也不会离他而去。

每当想到这些,我都深切感到:邓军没有因为两只缩小的耳朵而变得“丑陋”,相反,他变得更美了。这种美,是心灵深处的美,是共产党人那种毫不利己、专门利人的美,是最值得后人永远学习的心灵美,是任何一种美都不能比拟的!

从那以后,邓军不仅成了我学习的榜样,而我也更加关心他了。在长期的观察中,我发现他身上值得人们学习的地方特别多:当灾区人民过冬遇到困难的时候,他首先捐出被子、棉衣等过冬物资;当政府下达捐款扶贫的通知后,本来生活并不宽裕的他,捐出的款项却最多;当职工生病住院,他第一个到医院看望,并帮助困难职工支付医疗费;当医院血库里急需血液的时候,他一大早就跑去献血;当困难职工的子女上学交不起学费时,他总是慷慨解囊，帮助孩子去圆大学梦；当职工家庭出现不和睦的时候，他总是第一个去做思想工作，从小家庭的和睦谈到祖国大家庭的和谐，从和睦相爱到和气生财，一席话说完总能使不愉快的疙瘩烟消云散；当遇到失去双亲的孤儿时，他总是毫不犹豫地把孩子带回自己家里，向抚养亲生子女一样培养并教育他们。就这样，年复一年，虽然我对他了解很多，但是，邓军究竟帮助了多少名困难职工，我说不清楚；他到底做过多少件好事，我也道不明白；他捐出了多少钱物，也没有人能够统计清楚。但是，得到邓军帮助过的人们，心里那本“公德账”是清楚的，是永远不会忘记的。

毛泽东同志曾经说过，一个人做点好事并不难，难的是一辈子做好事。这话一点也不假，真正做一辈子好事确实不容易，从过去、现在到将来，多数人都做不到，但是，邓军同志做到了。回顾他在西藏奋斗的二十几年，他时时刻刻想着人民群众，日日夜夜做的都是对老百姓有利的事。因此，在我们那个追赶英雄的年代，他在老百姓“这杆秤上”的份量最重；在我们心里，他是那个时代“最可爱的人”。

掐着手指头算下来，邓军离开西藏已经十几年了，但他在人们心目中的份量一点儿也没有减轻。当每一次自然灾害发生时，当每一次为贫困家庭和失学儿童捐款时，他的身影总会出现在我们面前，久久不会离去。

最令我难忘的是，当自然灾害来临的时候，他首先想到的是要确保国家和人民生命财产安全，却从来没有想过他自己。上世纪拉萨戒严的那个冬天，一场特大暴风雪封住了拉萨通往亚东的道路，不仅党中央派来的亲人被困在亚东县城，而且在堆拉山一带被大雪围困的群众也遇到了生命危险。

灾情就是命令，我立即通知有关部门组织抢险救灾队，带着推土机到堆拉山一带推雪，疏通公路。这时，邓军同志

第一个打来电话，要求跟我一起去救灾。我想，他已经在唐古拉山那场抢险救灾中丢了两只耳朵的外圈，这次救灾说什么也不能再让他去了。于是，我果断地拒绝了他。

夜里零时20分，当我上车准备出发时，发现他早已上了我的车子。我再三劝他不要去，他不同意，坚持要和我一起去抗灾。我实在挠不过他，就只好与他并肩开赴“前线”了。

这是一场百年不遇的暴风雪。据驻守嘎拉兵站的战士讲：不到半个小时的光景，拉萨至亚东公路中的堆拉山段就被大雪封住，交通中断；数百根水泥电话线杆子全部被大风刮倒，通讯中断；没有到达终点的车辆和行人被困途中，没有来得及转移的牧民和牲畜被困在大雪覆盖的草场里，情况十分危急。我们顾不上喝一口兵站战士们端出来的酥油茶，就开始推雪，想尽快疏通公路，为抢救被困群众创造条件。

从嘎拉兵站到堆纳乡之间，路面积雪不是很厚，推雪的速度较快，一天左右就疏通了六十多公里的道路。到第二天夜晚，我带领的救灾队就到达了堆拉山脚下。这时，雪停了，但风越刮越大，我们前面推出的公路不一会儿又被风雪盖住了。在一望无际的雪地里，我们借着月光看到一辆辆被困的汽车。车上的人看到有人来了，感到有了生存的希望，都跳出汽车向我们打招呼。但是，由于又冷又饿，却没有力气向我们走来。我们感到形势严峻，必须尽快把被困人员转移到安全地带。这时，熟悉救灾工作的邓军二话没说，带上我们仅有的一点苹果、馒头等食品，向被困人员走去。

这时，已是第二天深夜十二点钟，气温降到零下30多度，空气中的含氧量也降到了最低点，高山反应非常剧烈。邓军和他的朋友们往前走几步，就不得不蹲下来呕吐一阵子，然后再往前走。就这样，他们边走边吐，用了一个多小时的功夫，胆汁都吐光了，才走完了800多米的路程，终于把带来的食品送到了被捆人员的手中。

然后，他又组织救灾队的同志，分头把被困旅客组成几个小组，手挽着手，把他们送到了附近的公路道班。当邓军看着被困人员安全转移后，他才松了一口气，本想往回走，可他往后退了两步，便晕倒在地上。看到这情景，我放下手中的指挥旗，和司机立即赶了过去，把他扶上了车。

在车上，我看到他嘴唇发紫，呼吸急促，脉搏跳动每分钟超过了130次，就立即把氧气管插在了他的鼻孔里。二十分钟后，他缓和过来，二话没说，又下车组织救灾去了。看到他那种不怕死的劲头，我深深地感动了，“这是多么好的同志啊！”。想到这里，我感动地流下了眼泪。

由于自然灾害无情无意，我们疏通的公路一次又一次地被暴风雪封堵；由于西藏发展滞后，没有无线通讯，有线通讯又中断，我们失去了联系，走投无路。在那种饥寒交迫的环境中，我们只有像邓军那样的好同志，只有那种不畏艰险、不怕牺牲、顽强拼搏的勇气，只有那种共产党人固有的乐观主义精神。嘴唇干裂了，大家用雪水擦擦嘴，称赞这“雪”是上帝赐予的最好的“唇膏”；肚子饿得咕咕叫，我们抓起一把雪，捏成团，大口大口地吃着，称赞这“雪团”是上帝赠送的最好的“糌粑”（一种藏族食用的食品）；不少同志的眼睛得了“雪盲”（高原雪地中的一种眼病），我们就把衬衣边上的布条撕下来，用钢笔水涂上两个篮圈，用来遮挡强烈的紫外线，大家就称赞这是老天送来的最好的“墨镜”，还要去注册商标！

就这样，我们用推起来的雪充饥，终于把公路疏通到帕里镇以南。这时，已到第三个深夜，气温降到零下30多度，镇上的居民已经入睡，一缕灯光也没有，漆黑一片。推雪现场除了满天星星、满地积雪，什么也看不清楚。我感到天特别冷，冻得浑身发抖，满身的血液似乎都要凝固了一样，我预感到“死神”已经来到我们身边。但是，没有任何办法，借着月光，我和邓军同志对视了一下，两个人用力握了一下对方的手，同时说了声："不怕，我们的同志不会去见马克思的，即便去了也会被赶回来的"。说完，我们吃着雪，借着月光，又继续推雪。

快到拐弯处，发现一个黑影出现在前方。我用望远镜一看，是一头牦牛倒下了，牛背上的黑影掉下来，又开始往我们所在的方向爬。也许我们还有点力气，也许是一种渴望生存的欲望支撑着。我和邓军同志奋力朝那个黑影走去。等走到跟前一看，原来是亚东县人大副主任次仁南木加同志来救我们了。

他见到我们，说了一句："我可找到你们了！"话音一落，他就昏了过去。我和邓军把他抬到我们的车上，把仅有的半瓶啤酒灌进他的嘴里，马上给他插上氧气管子，我按住次仁南木加同志的"人中"穴位，邓军用力按住他的"虎口"穴位，不停地喊着："南木加兄弟！""南木加兄弟！"

十多分钟过去，次仁南木加同志醒过来了，我们的心才像一块石头落了地。他醒后，紧紧握住我的手，断断续续地给我们讲了一个至今不能忘记的故事：自我们这支救灾队伍出发后，由于通讯中断，疏通的公路又被大雪封住，前后失去联系。自治区的领导从此没有睡过一个安稳觉，他们日夜守候在电话旁，一会儿把电话拨到地区，一会儿又拨到亚东县，并要求地区无论如何也要把我们找到。后来，地区命令江孜县往康马县方向寻找，康马县往亚东县方向寻找，亚东县往康马县方向寻找，各县的同志都行动起来了。听到这里，我哭了，救灾队的同志们都哭了。西藏的领导同志多好啊，他们和我们心连着心；藏族同胞多好啊，他们冒着生命危险寻找我们，怎能不让我们感动呢！

拐过那道弯之后，突然发现亮了很多。盯紧一看，寻找我们的车队赶上来了。有地区和江孜县的，还有康马县、亚东县的同志都赶上来了，我们抱在了一起，激动的泪、担心的泪、感激的泪，都混在一起流了下来。他们给我们带来了吃的，由于两天三夜没有进食，救灾队的同志们不管拿到什么，都大口大口地吃了起来。第二天才发现，余下的卤鸡身上，毛还没有拔掉呢！这不并奇怪，救命如救火，在这紧要关头谁还能那么仔细呢？

天亮时分，救灾队终于赶到了亚东县。我们看到从北京赶来的亲人都在，救出来的被困人员也没有受重伤，便相互抱着流下了放心的眼泪。

吃点早餐以后，邓军清点完人数，走到我跟前，从上到下把我打量一番，大概发现我的胳膊腿都是好的，就冲着我笑了；我也看了看他那两只本来已经缩小的耳朵，发现还“正常值班”，于是会心地笑了。接着，我们分成两路，各带一台推土机，一路在前面开道，一路在后面收尾，护送北京来的亲人和被困人员返回拉萨。当“大部队”度过风雪阻挡路段后，我们又清理一遍容易封堵的路段，才慢慢地撤回日喀则市。

两年后，邓军同志因家中特别困难调回老家工作。我听到这个消息，心里很不是滋味。凭着那些生与死的交往，我要亲自送他到青海省格尔木市，再转机回家。第二天一大早，我就赶到汽车修理厂，准备给他装行李。车子刚停稳，就见他已经提着马背包大小的行李卷走了过来。我当时很纳闷：别人内调时都是用木板钉几个大箱子，装得满满的，邓军却什么也没有？后来，才听他的徒弟说：“邓师傅平时就把东西捐得差不多了，临走时又把锅碗瓢盆送给了困难职工，值得带走的东西就没了。说完，他招呼给邓军送行的人们去了。

听说邓厂长要走了，不论是男女老少，也不论是在职的或退休的，都端着契玛（木头做的盒子，里面装有糌粑面和青稞粒，上面插着麦穗，象征吉祥）、酥油茶，拿着哈达，一大早就赶来给邓军同志送行。送行的队伍，在汽车修理厂内外排了足足一里多路长。论阵势，比修理厂的新厂房竣工还壮观;论热闹,不逊色于厂子里的集体婚礼;论感情,比壶里面的青稞酒更浓烈。特别是藏族职工与邓军同志感情很深,邓军要走了确实难舍难分。他们跳起舞蹈给邓军献契玛、哈达,敬青稞酒、酥油茶,那青稞酒、酥油茶喝了一碗又一碗,哈达献了一条又一条,脖子上戴满了摘下来再献。直到每个职工都敬了青稞酒、酥油茶,都献过哈达和契玛,邓军才含着热泪与大家告别,坐进我的车子里。当邓军乘坐的汽车缓缓驶出厂区,驶向被大山包围的公路时,送行的人们还在频频向我们招手,久久不肯离去。

当车子行驶到唐古拉山和五道梁附近时,我们停了下来,在邓军同志冻掉耳朵外圈的地方默默地站了很久。邓军不信迷信,他只是祝愿那双冻掉的耳朵外圈安心呆在这里,陪伴藏族同胞;我也是无神论者,不会祈祷那双耳朵外圈起死回生,但我还是祝愿邓军全家和那双留在唐古拉山上的耳朵外圈吉祥、幸福!

我们的汽车驶进格尔木机场时,客人已经开始登机。我们两个紧紧拥抱过后,他登上飞机,在飞机窗子里面仍不停地向我招手。我朝着那架已经滑向跑道的飞机,深深地鞠了一个躬:祝愿我的老朋友一路平安。然后才恋恋不舍地离去。

这天下午,格尔木机场刚下过一场秋雨,水气在阳光的折射下形成两道彩虹。那彩虹一头把唐古拉山联结起来,一头向大西北的天空伸展开来。飞机已经在我的视线里消失,我也已经离开机场,可这两道彩虹却久久不愿散去。我猜想,这一定是那双耳朵外圈搭起的空中彩桥,护送他们的主人荣归故里!

诗 歌 集

杨树·蘑菇

一排大杨树，
脚下绿茵铺；
夜半洒雨露，
早晨捡蘑菇。

斑鸠小息

斑鸠欲小息，
找到大杨树。
精心筑巢穴，
细心育小雏。

白居寺

白银装点万佛塔，
朱砂侵透百面墙；
曾传此寺变粮仓，
经幡钟声史中藏。

金瓶缘

祈祷声中金瓶现，
众僧期盼如心愿；
纵观史制与实践，
金瓶掣签定真缘。

观珠峰

云遮雾障数千年，
往返多次难见面；
偶尔虔心抵脚下，
仰面观见真容颜。

雪卡白云堤

立闸挡水水更急，
水龙喷处银雾起。
疑是羊群饮甘露，
近看只有百云堤。

巴松湖小岛

近看湖水清，
远望松树葱。
绝处山无路，
石阶慢步行。
风来波涛涌，
潮去湖面平。
何处最奇妙，
登岛有佳境。

办公楼意境

国徽映日月，
旗展山河红；
青松见骨气，
寸草思真情；
环境示容貌，
屏风定航程；
功过知多少，
皆在百姓中。

贺政协大门竣工

国旗彩旗顶上插，
会徽八宝中间挂；
两边狮子滚绣球，
礼兵威武亦挺拔；
鞭炮齐鸣车马响，
志士贤达感语发；
委员之家门楼启，
协商民主建新家。

（会徽：指政协会徽；感语：是感谢话语的简化；八宝：指吉祥八宝图案。）

博物馆

红山环保博物馆，
吸引游客千百万；
馆内故事听不完，
承载历史与变迁。

参观学经班随感

昔日求学处，
戒律早规定；
今日学经班，
章程亦定明；
守规如守法，
岂能不遵从。

若进学经班，
必须按程行；
牢记千古训，
不忘新章程；
护国又利民，
生死不离宗。

鼻　烟

藏胞喜鼻烟，
四季都不断；
传说能提神，
其实亦解馋。

鼻烟壶

多彩鼻烟壶，
吊在荷包间。
不只为装烟，
亦是图好看。

藏火镰

寸宽青钢板，
刃口开里面。
对打莹火石，
火星引纸燃。

藏家小舍印象

白色墙壁红顶檐，
喇嘛托拓彩经幡。
炊香紫烟四周飘，
五星红旗插中间。

藏家小水径

水径似脉悬，
推着经幡转。
悠然走四方，
小息歌台前。

藏王墓(一)

山下坐落藏王墓，
昭示游人来旅游；
昔传故事千万部，
今言保护是文物。

藏王墓(二)

青山绿水藏墓群，
四周麦浪杨树林；
浪伴水声奏凯歌，
从古至今皆佳音。

藏香猪

乌黑油亮藏香猪，
体小如兔行如鼠。
春夏喜食草药菜，
秋冬专食果桃核。
渴时痛饮矿泉水，
淡时添食咸石头。
长到能做巴士排，
脱掉黑发筒体售。

（巴士排：指能够制作带骨猪排肉的时候；筒体售：指整体出售藏香猪的一种形式；咸石头：在石头上放盐喂猪。）

放养藏香猪

晨赶香猪进山林，
午唤香猪啃石头。
晚催香猪回家去，
夜拌精料调胃口。

（啃石头：指在石头上给香猪加盐；调胃口：用可口的精饲料给香猪开胃。）

垂柳树

排排垂柳树，
护河又护路。
风来拂水摇，
雨去展新柳。

当当藏布

当当藏布溪一条，
水育牧草沙藏宝。
昔日采金挖沙走，
留下沙坑黄水谣。
今朝退牧封草原，
育得草肥羊增膘。

（当当藏布：位于雅江上游右侧；黄水谣：描述生态遭破坏的歌谣。）

昌珠寺一

昌珠寺里史话藏，
珍珠佛像立中堂；
善男信女来朝拜，
不思炎凉盼兴旺。

昌珠寺二

珠红殿中珍珠像，
擎天经幡立中央；
门庭经筒转不停，
期盼明天更吉祥。

大本营

珠峰脚下大本营，
汇聚探险众英雄。
科证天晴地利时，
争先恐后去登顶。

德庆塘休整

头枕雪山脚蹬岭，
队伍藏在花丛中；
昼热拉松遮蔽日，
夜凉把火烤鲑星。
君弹六弦把歌唱，
鸟学歌声最动情；
风吹玉兰舞长袖，
雨润杜鹃巧美容。
南亚雨系北长征，
百里山塘景不同；
若看山色吞日月，
美景变幻更无穷。

（鲑星：指身上长着星星状斑点的鲑鱼；六玄：指当地藏族居民常食用的一种乐器；鸟学歌声：指一种名叫太阳的小鸟会学人唱歌。）

普兰老边贸市场（一）

一条小道绕山岗，
山洞当作商品房。
以物易物好传统，
木碗甑具做度量。

普兰老边贸市场（二）

卵石当床天作被，
油茶奶桃填肠胃。
白天交易虽辛苦，
夜晚把酒亦陶醉。

波绒塘

昔日波绒大草塘，
不见牛羊见虎狼；
今日农家塘中居，
草丰水肥牛羊壮。

（波绒塘位于吉隆县马拉山北侧。）

宿营佩古措

钢架帐篷石垒窝，
食物放进汉洋锅。
队伍夜宿佩古措，
把酒当歌伴日月。
（措:湖的译音。）

雅鲁藏布江大拐弯

飞云遮面山清幽，
雨障山峰美景收。
万尺深谷立绝壁，
一湾银浪绕山流。
（位于林芝地区米林县派镇。）

大美唐古拉山

铁龙飞驰山海间，
不见唐古拉山险。
莫到山海无险境，
只因站在山之巅。
（山海:指山的海洋。）

达角冰川

雅江上游达角川，
滴水万千成江源。
推石裹沙东流去，
冲决千豁和万山。
灌溉万顷花草地，
育肥千顷粮油田。
看过万里山河秀，
听完千年悲与欢。
（达角冰川:位于雅江上游,是该江的发源地。）

登山有感

游过武当登泰山，
方知佛山皆峻险。
来到雪域去登山，
才知登山处处难，
不是雪域山峻峭，
只因都是山上山。

老榆树

鱼鳞纹身叶裸筋，
植物园中藏美人。
春来巧扮仕女像，
夏至佯装蘑菇群。
歉年全做美食料，
丰年大餐待贵人。
（蘑菇:指整理后的树冠形状。）

登红山

平息漫步上红山，
喘息之余赏景观。
呼吸深体缺氧苦，
赏景方知登高甜。

典角边贸市场

典角小市场，
山短水流长。
夏响牧羊曲，
秋哼生意啌。

（典角边贸市场：位于阿里地区扎达县。）

地热泉

通门人杰地灵验，
乡镇处处有温泉。
有益元素能治病，
绝境佳处好休闲。

（通门：指日喀则地区谢通门县。）

冬古拉山

翻过一山又一山，
才知冬古在眼前；
盼着瞬间下山去，
一走又是大半天。

风吹泽当毛杨林

风吹毛杨波光粼，
一半翡翠一半银。
乍看树叶奇妙多，
其实阴阳颜色分。

多布塘

昔日多布塘，
荒沙岗连岗；
今朝面貌变，
麦浪青纱帐。
春来铁牛跑，
夏季菜花香；
秋到金山起，
冬闲忙打场。

（金山：指收割后的粮垛。）

砂石滩

昔日绒河洪水滥，
风吹土跑砂石现。
鸟不作窝兔搬家，
粮无收获草枯完。
今朝绿化复生态，
杨树沙槐连成片。
河堤锁住洪龙首，
万物栖居好家园。

拉萨柳树林

古城拉萨旋柳林，
左旋右偏不离根。
风吹雨淋冰霜打，
枝枯叶落不变心。

冈仁波齐神山

端坐西天数千年，
风蚀雪裹千万圈。
传说转山能强身，
奇妙神功在锻炼。
偶有香客随天去，
寿终正寝亦自然。
朝圣旅游平常心，
何谈天地方和圆？

拂地云

雪域景观奇，偶现拂地云。
车马云中行，犹如白障隐。
玉兔云中窜，隐身又现身。
牛羊踏拂云，恰似金镶银。

街心牦牛公园(一)

一对牦牛立园中，
如同金山矗圣城。
四周绿荫伴红花，
两张水屏照尊容。

街心牦牛公园(二)

药王山前牦牛园，
鲜花绿树围周边；
此地牦牛不食草，
只为城市增光环。

岗巴拉迎春花

崇山峻岭一哨卡，
阿哥驻防我安家；
风霜雪雨花不怕，
誓随阿哥保卫家。

（迎春花:爱上边防军的藏族姑娘。）

观宗山抗英遗址有感

亲临宗山一圣地，
默读护国英雄史。
不羡群英奋战日，
却恋忠将壮烈时。

烽火台

千年磨砺擎天箭，
万块石铸烽火台。
昔日烽火报危情，
今朝旅游赚外汇。

中流砥柱

貌似山峰不是峰，
风吹浪打呈英雄；
春夏秋冬涛中立，
水蚀浪剥不动容。

高原爱情花

亭亭玉立一把伞，
取名高原爱情花。
年年岁岁育花蕾，
岁岁年年香天下。

观白居寺有感

白居塔中万佛居，
相安无事百春秋；
世间万物皆如此，
怎说人间难相处？

观景台

斜石铺地木栏围，
筑起亭台观风景。
景致藏在林海里，
风摇林海景无穷。

观昌珠寺

每到山南观昌珠，
几度登临意未衰。
国投巨资美容颜，
修旧之处旧貌在。
宫殿朱色神威浓，
萨披金衣笑开怀。
香客朝拜求来世，
万千收银惠当代。

生态站

色季拉山生态站，
默默守护生态源。
万千数据展变化，
科学研究释由缘。

年楚河随想

年河治理别荒阴，
河谷城乡面貌新。
一部电影牵旧梦，
勋章应献众故人。
（注：电影指《红河谷》。）

观满拉水利枢纽随感

两山夹溪原成害，
大坝截水今变湖；
引水发电灌粮田，
送给乡民百年福。

古格王宫

土木古堡依山建，
曾现辉煌与庄严。
昔日杀戮血染河，
王子威严全不见。
今朝古格逢盛世，
游人香客不间断。

跟着共产党
才能走上革命路

——电视剧《跨越》观感(一)

农奴制,害死了多少兄妹和父母,
农奴制,拆散了多少家的亲骨肉;
多少人忧来多少人愁,
多少人笑来多少人哭;
多少人不知道——
苦难的日子何时才是个头?
迷惘中盼来了共产党,
农奴们才走上了革命的路。

农奴制,邪恶埋没了多少人的发财梦,
农奴制,黑暗阻隔了多少人的创业路;
多少人成功多少人败,
多少人穷来多少人富;
多少人不知道——
贫穷的日子何时才是个头?
探索中盼来了共产党,
农奴们才走上了幸福的路。

共产党来了苦变甜

——电视剧《跨越》观感(二)

终年劳作无吃穿,
服役还贷没有完;
仰脸问天何时熬出头?
天不应来地无言。
霹雳一声震天响,
共产党来了把身翻。

改革开放谋富裕,
粮油满仓钱满罐;
扪心自问福从哪里来?
男女老少有答案:
不是菩萨保佑咱,
共产党来了苦变甜。

观纳木措有感

雪山蓝天碧水涟,
一望无际难到边;
山养峻岭不锁风,
水滋草原绿盖天;
散牧牛羊肥又壮,
经幡哈达史话传;
别说美景是人造,
此处美景属自然。
(措:藏语是湖泊的意思。)

观米拉山过山云

黑云压顶鸟不飞，
唯有云朵过山隐；
跨过一山又一山，
太阳照处不见阴。

吉隆迎客松

幽谷云雾育青松，
英姿飒爽巨石中。
有心盛情迎游客，
无意揽胜展美容。

观雅江山南段

此处浊水宽无边，
不见尽头只见天。
莫道雅江皆如此，
十有八九一线天。

观贡嘎雅江大桥

一道彩虹横江面，
挽起两山系住原。
观尽雅江风流事，
送给人间多方便。

路过米拉山

一山矗立在云端，
尼洋拉萨分两边；
分时聚来满河水，
琼浆浇灌万顷田；
合时并肩入雅江，
雷霆震撼千座山；
千难万险志不改，
斗转星移勇向前。

（尼洋、拉萨：分别指尼洋河和拉萨河。）

观雍布拉康（一）

雍布圣景天下传，
史记奇闻任畅谈。
光荣传统应牢记，
开拓创新放在前。

观雍布拉康（二）

高楼坚础立山顶，
半入尘寰半仙境。
夏秋笑迎远来客，
冬春独享近出风。

羚羊泉

怒江上游曾有泉，
乳头滴水把石穿。
常有羚羊来吸水，
昂首挺胸享甘甜。

（注：80 年代由那曲县到比如县，在河边小歇时发现此泉。）

泽当柳树林

昔日江岸水沙丘，
今朝生出连片柳。
丘立帐篷休闲伞，
柳推波浪荡轻舟。
夏初江鸥忙育仔，
秋末牛羊赛肥瘦；
山水林木都和谐，
咋说人间不幸福？

江河汇合口

尼洋雅江汇此处，
黄色半幅绿半幅。
不是嫦娥织锦绣，
而是水母绘彩图。

龟望水化石

化石乌龟仰天卧，
盼望滴水解口渴；
可惜老天不介意，
一等就是万年多。

（2009 年 7 月陪团到林芝巨柏园参观，发现一块石头上有一只乌龟仰头朝天想接掉下来的一滴水解渴，形象生动，便把那块化石翻过来藏好，准备返回时带走。不料被有心人收藏了，深感遗憾，随之写下此小诗，以记住此情此景）

嘎拉湖

三山两溪筑彩湖，
五颜六色绣彩绸。
几对野鸭戏蓝天，
一幅唐卡挂幽谷。

栽核桃树

书记来看山，
要栽核桃树；
不为功名成，
只图百姓富。

吊篮花

犁沟叶底幼芽出，
顶端花下吊篮现。
一代跟着一代走，
世世代代开新篇。

卡定沟

三山一水卡定沟，
鱼鸟结伴水中游；
左悬菩萨观云飞，
右挂银纱织锦绣。

拉萨铁路桥

谁人鲁班功，
造出巨桥来？
装点山河美，
引得铁龙开。
（铁龙：指火车。）

雨到巨柏园

雨打山坳云遮树，
千枝百杆挂水柱；
风卷哈达绕树飘，
云播暴雨树飞瀑。

藏家宴

游子回故乡，
山海把歌唱。
喝的青稞酒，
哼的雪域腔。

千层山

横崖跌宕千层山，
乍看旋风向上窜；
云来雾降不见面，
晴天自若傲苍天。

林芝春

五月桃花节，
六月杜鹃秀。
七月百花开，
九月看菊舞。

江孜秋

风吹叶落秋收忙，
车搬金山堆满场；
机器脱粒风去糠，
农舍变成粮油仓。

康马夏

几场春雨山变绿，
牛羊埋进草场里。
数月贪食满身膘，
一朝涌进集市里。

净心泉

拉孜沟底一清泉，
传说净心最灵验。
古有名师光故地，
今见百姓做保健。

康布温泉

亚东河上康布泉，
温度适宜元素全。
自古传说能治病，
如今居民常泡泉。

鬼湖的传说

神湖旁边小鬼湖，
车碾过后玛瑙出。
传说宝贝神工造，
其实万物自然储。

聂拉木县飞来石

聂拉木县飞来石，
独居千年人世稀；
过往人群都觉怪，
科证冰川造奇迹。

高原棉花云

蓝天捧出棉花云，
一朵一朵纯又真。
忽然一阵秋风吹，
棉朵变成万卷锦。

冈仁波齐神山

素衣白帽一神仙，
傲霜斗雪坐山颠。
观尽苍穹悲和喜，
揽完人间怒与怨。

满拉水坝

两山挽手满拉坝，
雾锁蛟龙映彩虹。
根除水患幸福到，
惠及两岸老百姓

玛卡鲁峰

域内山国七峻峰，
玛卡鲁山最威风。
风来雾罩不遮面，
山崩地裂不动容。

（七峻峰：指国内 7 座 8000 千米以上的高峰。）

老虎嘴水坝

神工鬼斧显神威，
重坝锁住老虎嘴。
蓄得水能来发电，
赐福两岸众百姓。

米拉山植物化石

米拉山下植物石，
乍看像藤缠石壁；
捧起卵石细端详，
又似活佛坐山里。

雅砻河堤

石筑河坝桥连堤，
横扫水患如卷席。
守住两岸绿长在，
呵护一城好生意。

年楚河堤

携风裹雨百十里，
巍峨屹立两岸堤；
锁住蛟龙与水患，
保护生灵与土地。

拉萨河堤

依山傍水铸大堤，
规范蛟龙来与去；
呵护圣城美容貌，
保卫拉萨众生益。

玛旁雍措

水戏蓝天白云涌，
玛旁雍措神秘厚。
万千香客来朝拜，
宽衣沐浴除病诟。

（措：是湖的译音。位于阿里地区普兰县。）

母鸡石

总院后山石母鸡，
带领小鸡在食米；
电闪雷鸣不动摇，
凸现母子真情意。

（2010 年 6 月在西藏军区总医院治病时看到后山梁上一块石头活像母鸡带着一群小鸡觅食，便有感而发）

南迦巴瓦峰

南迦巴瓦情谊浓，
形影不离九弟兄。
平日喜爱纱遮面，
贵人来时露真容。

（九弟兄：指九座山峰。）

牛皮船（一）

牛皮木杆铸方船，
悠闲荡在江水间；
农忙季节去摆渡，
收鱼时刻装鱼还。

牛皮船（二）

牛皮木杆无桅船，
划桨掌舵一根杆；
和平年代谋生计，
战争岁月斗敌顽。

艾马岗

昔日黄沙岗，
今日变粮仓；
粮丰牛羊肥，
土豆美名扬。

帕羊草原

风吹草涌拍青山，
羊随草动不听鞭。
百里草原无道路，
四时难见羊入圈。
花开时节蜂采蜜，
雨打水面鱼儿窜。
秋割牧草备冬食，
羊肥牛壮方凯旋。

怒江山

千回百转怒江山，
鸟飞不过兔难攀；
如今山道变通途，
人车过山不觉难。

趴地云

似棉似雪似藏锦，
像雾像风像浮云。
紧贴地面护水气，
雷打风吹不动身。

聂达草场晨景

太阳揭幕晨星坠，
野鸡高歌催人醒。
山花含笑迎日出，
百草伸腰傲苍穹。
溪水潺潺随草走，
鱼儿迎水追丰虫。
姑娘溪边巧梳妆，
小伙赛马论输赢。

（丰虫：指丰年虫，是一种高档鱼饲料。）

转经筒

闪闪转经筒，
永远转不停。
既求今富裕，
变求来年丰。

佛耳山

乳玉环绕百余圈，
偌大佛耳居中间。
暴雨冲刷祥云飞，
彩虹笼罩彩霞艳。

（佛耳山：位于日喀则市至谢通门县中部雅江对岸，与千叠岩相邻。）

奇彩五零宝瓶

釉中奇彩五零瓶，
八宝呈祥彩云腾。
虹牵万物铸同心，
月伴廊亭奏和声。

（五零宝瓶：纪念西藏政协成立五十周年宝瓶。）

千叠岩

临江矗立千叠岩，
跌宕起伏数百旋。
凹凸避雨鸟做窝，
悬崖峭壁保安全。

（千叠岩：位于日喀则市至雄村铜矿中上部雅江南岸。）

青藏川藏公路纪念碑

遥望纪念碑，
思绪捻转回；
块块铮铁骨，
汇进碑体内；
路碑通心扉，
难忘忠贞魂；
立碑真善举，
感召后来人。

千眼石

偌大一颗千眼石，
数百眼睛瞪着你；
黑色眼球深又亮，
看透世间诡与秘。

心中的纪念碑

此处无碑胜有碑，
天地见证繁森伟；
梦里常见亲友面，
白天难望故人回。

（繁森：指原阿里地委书记孔繁森同志。）

酥油茶桶

手扶酥油桶，
茶油倒桶中。
顺势拈压转，
桶内茶香浓。

（酥油：牛羊奶提炼出来的油脂；酥油桶：多指打酥油茶的桶；壶：指装酥油茶的铝壶。）

通麦桥

山环水绕通麦桥，
三年两回换新貌。
木石砼钢悬拉吊，
皆随波涛下泥沼。
期盼彩虹依山架，
巨龙乘坐钢拉桥。

苏洼龙站址

神秘苏洼龙，
传说在天坑。
水急怪石多，
诱君看究竟。

金秋年河湾

绵延百里年河湾，
左边丘陵右边滩。
滩上谷物波连波，
岭下羊群帆接帆。
田间机器收谷禾，
路上铁牛搬金山。
农家小伙干劲足，
牧羊姑娘歌声欢。

帕里古镇

堆纳山上一古镇，
饱经风霜和怨恨。
昔日空作洋货场，
今朝能赚百万银。

送魏洪罗先生

微风秋雨洗君尘，
藏肴国酒送贵宾。
劝君再饮一杯酒，
北进京城无故人。

康莎桥

樟木河上康莎桥，
冬盖冰被夏泥沼。
如今彩虹腾空起，
车如流星任飞跃。

太昭古城

小小太昭城，古代名望重。
商贾常居此，共谋买卖兴。
今建新如旧，意在承传统。
昭示游客来，再念旅游经。

江孜古城

年楚河畔一古城，
连接南北和西东。
昔日专营洋货物，
今营国货万千种。

桃花林

桃花村有桃花林，
不见农舍不见人。
春夏秋冬香猪在，
赏花食桃腿脚勤。
若问村民去何方，
举家搬迁新农村。
种地养畜忙生意，
偶尔光顾桃花林。

唐古拉山

铁龙飞驰山海间，
唐古拉山不见险。
莫道山海无险境，
只因站在山之巅。

松鹤楼小境

柳拂青松随风展，
鸽戏青山绕蓝天；
六角亭边玫瑰艳，
白杨林中蘑菇鲜；
白衣使者技艺高，
粉衣护师心诚谦；
养身静心好去处，
治病疗养皆悠闲。

趴地松

片片趴地松，
形如灌木丛。
狂风搬不走，
根扎深土中。

五道梁

乌云拂拨五道梁，
犹如海涛浪推浪。
千百车辆从头越，
只见浓雾不见浪。

喜马拉雅山脉

喜马拉雅多奇峰，
绵延万里气势宏；
脚生云雾盖寰宇，
身披彩霞罩太空。

水映益西松树林

深山石岭松树林，
水映松枝波光隐。
不是松树水情长，
而是仙女故抚琴。

（仙女：指松树林里的一块像是女人的石头。）

乌烟包

小小乌烟包，
传说畜粪造。
脚踩冒黑烟，
止血效果好。

（乌烟包：指一种干后冒黑烟的蘑菇菌。）

长尾猴

白面黑发长尾猴，
悠闲栖息吉隆沟；
闲来观景看人流，
忙时觅食育幼猴。

夏鲁寺

白色墙体绿瓦顶，
喇嘛砣托汉斗拱；
汉藏大师巧合作，
建筑史上夺头功。

地木耳

林周山北地木耳，
形状如同鸡耳坠。
雨季来时连片生，
天干水断无踪迹。

（地木耳:雨季常见的一种食用菌。）

赞吉隆沟

马拉山南是桃园，
景致特殊胜外天。
幽雅景观在谷底，
云雾缭绕是山颠。
村庄靠水依山座，
小径穿林绕粮田。
边贸市场谈生意，
峡谷深处好休闲。

小舍夜读

一行白杨映红瓦，
两排冬青捧碧珠；
四颗银盏伴明月，
七星北斗听君读。

歇尔瓦口岸

一水携两山，
石桥连山道。
边民常来往，
贸易促友好。
灾害虽阻路，
邦交辟新道。
互补生活美，
携手生意好。

药圣洞

奇峰壁立怪石山，
看是房间实自然；
仙人居此习医术，
赐福百姓美德传。

桑耶修行洞

面壁十年苦修行，
潜心毅力惊苍穹；
食素忍寂不言败，
护国利民记心中；
不恋修行成正果，
坦然化烟升太空；
圣贤舍身名号在，
来者切莫盲尊崇。

高原野杜鹃

不恋沃土爱高原，
迎风冒雪绕山转；
雨打风蚀枝斑驳，
雪压雾罩花更艳。

木　碗

木碗真奇妙，
荆子木头造。
车旋疙瘩纹，
油鳔把光抛。
镶银艺饰座，
中央镶绿宝。
饮酒可辩毒，
品茶味道好。

（荆子：一种含磷多螺旋纹的木头，适宜制作木碗；绿宝：指绿松石。）

德庆湖人

德庆湖畔一小村，
住着大爱德庆人；
常在雪中救过客，
难忘湖人救命恩。

雪古拉山

风驰雪舞百余圈，
难见雪拉真容颜。
昔听一山有四季，
今见十里不同天。

雪域景观

雪域众河山，
景观皆斑斓。
一山有四季，
十里不同天；
两江一山隔，
相见要半年；
春花雪前艳，
秋实雨后甜。

后藏小布达拉宫

后藏宗山建一殿，
红白宫墙金瓦顶；
盘山道路绕胸前，
乍看真的像布宫；
游客观之多疑惑，
认为圣地皆布宫；
昔日此为旧政府，
今朝建宫博物用。
（布宫：布达拉宫简称。）

亚东边贸市场

一市连四方，
囊括货万庄。
油盐酱醋茶，
烟酒绸布糖。
美酒酬宾客，
香烟待客方。
生意悠闲做，
诚信情谊长。

雅鲁藏布江大拐弯

岭锁雅江雾遮岸，
青峰翠嶂两边悬；
忽然云雾收容颜，
立见雅江大拐弯。

羊八井地热田

群山环抱羊八井，
岩浆煮水热气腾；
推动电机来发电，
携友游泳任驰骋。

易贡茶

云雾缭绕遮茶树，
叶芽含情抱露珠。
天地合力育圣茶，
香飘万里风润路。

品易贡茶（一）

水雾上青天，
色柱下绿潭。
香透茶艺馆，
醉透众客官。

品易贡香茶（二）

开包香入鼻，
入壶色浓艳。
初饮润心肺，
常喝体魄健。

雍布拉康（一）

依山傍水一宫殿，
藏乡文化此发源；
观尽历史数千载，
见证当代巨变迁。

雍布拉康（二）

山顶矗立第一殿，
驿道顺着山势转；
朝观彩云太空飞，
暮送乡民把家还。

白朗送蔬郎

冬裹棉被夏遮阳，
拉着蔬菜走四方。
远赴边关销果蔬，
近去城乡卖菜忙。
只要顾客有需求，
再苦再累都无妨。

小僧夜读

夜半三更似天明，
寺内传来读书声；
疑似高僧悔喇嘛？
只闻书声不见影。

办公楼小境

一边杨柳三边松，
两片草地绿莹莹；
三栋白楼依次坐，
五星红旗立当中。
公仆主人常来往，
信步走在鲜花丛；
和声细雨议大事，
鸟不飞来车不鸣。

一号院小景

杨柳树下石头径，
径边座落房几栋；
方舟小池野鸭飞，
春夏秋冬不断影。

赞乌多

牧羊姑娘真漂亮，
乌多裹石当鞭扬；
驱赶羊群吃肥草，
招呼牦牛回家乡。

牧民小伙真健壮，
九眼乌多当刀枪；
驱赶虎豹护牛羊，
追杀豺狼保家乡。

（乌多：是一种用羊毛绒编织的放牧工具，《藏汉大辞典》中翻译为投石带。中间呈菱形，最多的有九个眼，能够放置石块，既可以驱赶牲畜，也可以赶走狼群等野兽。在 1840 年抗击英帝国主义侵略分子时，作为杀敌工具发挥了重要作用）

雨到庐山

崎岖山路四百圈，
两边沟壑雨水簾。
风摇山花戏松柏，
气煞满山红杜鹃。

大柏树雨景

闪电过后瓢泼雨，
柏林上空搭云梯。
云裹雨水朝天行，
身不晃动力不惜。

赞江孜宗山

江孜英雄山，
豪气冲云天；
峻峭云山外，
美传在人间。

赞亚东沟

堆拉山南亚东沟，
气侯宜人山河秀；
河产鲑鱼刺生耳，
七星灶里淌美酒；
木棂窗台花飘香，
妙龄儿女舞长袖；
贤达商贾临贵地，
休闲兴业忘回府。

（刺：指一种生长珍贵木耳的刺树。）

赞泽当城

两水二山韭字田，
泽当坐在麦浪间；
过去说城不是城，
今天比城更壮观。

（两水：指雅鲁藏布江水和雅砻河水；二山：指东西两面山。）

赞两桥一洞

江风河风一洞通，
太空史上神工程；
一洞相连江河路，
两桥联手锁蛟龙；
桥洞相接省百里，
车如马龙赛京城；
千年沙丘变绿洲，
寂寞河谷换新风。

（一洞：指嘎拉山隧道；两桥：分别指与隧道相连的亚鲁藏布江大桥和拉萨河大桥；京城：指北京。）

赞人民的好门巴

身背药箱跨骏马，
走遍城乡和哨卡；
救死扶伤为民众，
人民称赞好门巴。

（门巴：藏语指医生。）

藏族保洁工

飒爽英姿保洁工，
肩扛扫把手提桶；
诚信热情为住户，
勤奋服务扬美名。

展佛台

强巴巨佛悬台头，
千万信徒俯首叩。
未来今世何时好，
结论尽在心里头。

泽不日山化石

说是化石貌不洋，
刨开才能看端详：
黑像乌金白如玉，
图有千种形万状；
海花鱼虫神态美，
水生植物体悠长；
都说泽山是故里，
原籍古海万年藏。

扎什伦布寺

雪域处处皆寺庙，
偏爱扎寺依山造。
旋柳百尺护苍蒲，
经帆千丈绕壁峭。
风吹春雨育金禾，
雷唤秋风收金桃。
大师塔内布经道，
护国利民需记牢。

政协会徽赞

红旗招展映蓝天
金穗逐浪天地阔；
政协徽章多灿烂，
映红高原映红祖国；
昭示你来协商，
引领我来合作；
团结民主进取开拓，
共同创造幸福生活。

红旗招展映蓝天，
金穗逐浪天地阔；
政协徽章多耀眼，
照亮原野照亮心窝；
指引你去调研，
引导我去探索；
围绕中心服务大局，
携手共建富强祖国。

阿里土林

远看像城堡，
近看似土雕。
精致赛宫殿，
宏伟胜城堡。

獐子峰

珠峰怀中獐子峰，
山国里面小弟兄。
亲情育出靓小伙，
冰雪刻就松骨风。
父情母爱难忘怀，
姊亲兄义不了情。
都说天下无难事，
唯独难负小英雄。

共产党领导农奴走上致富路

——电视剧《跨越》观感(二)

共产党,民主改革领导农奴闹革命,
共产党,建立政权带领农奴来作主;
百万农奴载歌载舞庆解放,
百万农奴手舞哈达热泪流;
农奴明白了不是今世命中苦,
是农奴制给他们酿得苦和愁;
只有跟着共产党,
才能走上当家作主的解放路。

共产党,分配土地领导农奴迈进发财梦,
共产党,改革开放引领农奴走上创业路;
党和政府定政策拨资金全力支持,
兄弟民族派干部送技术倾力相助;
农奴们忘不了党恩国情好制度,
是新社会给农奴送来了好年头;
只有跟着共产党,
才能走上创业脱贫的致富路。

仲巴黑颈鹤繁殖区

沼泽河滩草甸密,
珍惜神鸟常栖居;
秋末夏初循来往,
夫妻子女皆适宜。

卓奥友峰

看似山峰无峰顶,
如狼似虎又象龙;
平日温如年河女,
风雪来时显威风。

野牡丹

枝繁叶茂野牡丹,
簇拥栖居百花滩。
雨润枝干叶茂盛,
风摇花蕾绽笑颜。

(百花潭:位于南伊沟的药材产地。)

咱的日子比蜜甜

种粮养畜有奖励，
产品销售有订单；
购买农资有补贴，
科技服务有农机站；
如今生产样样好，
生产经营都不难；
谁敢说日子不如前，
咱的生活比蜜甜。

烧茶做饭有沼气，
广播电视有能源；
大病小灾有医保，
孩子上学管吃穿；
如今生活样样好，
家务休闲都方便；
谁敢说日子不如前，
咱的生活比蜜甜。

各民族都是好兄弟

不论你来自哪个民族，
我和你都是好兄弟；
携手扛枪闹革命，
并肩开辟新天地；
不管谁挑拨我们的关系，
我们都形影不离；
永远高举五星红旗，
奔向那光辉灿烂的新世纪。

不论你来自哪个民族，
我和你都是好兄弟；
携手推进改革开放，
并肩创造新的业绩；
不管有多少曲折和困难，
我们都坚定不移；
永远高举五星红旗，
创造那民族复兴的新奇迹。

山的欢聚

幡舞雨雪风兜圈，
五大山弟来联欢。
希夏小弟舞彩绣，
老大珠峰展笑颜。
四个弟兄放声唱，
歌声倾倒同拉山。

（五大山弟：指珠穆朗玛峰、獐子峰、骡子峰、马卡鲁峰、卓奥友峰；希夏：指希夏邦马峰；同拉山：指拉萨至聂拉木口岸途中位于喜马拉雅山脉的山口。）

大菩萨

丰水福地灵云壁，
菩萨常年来栖居。
游客进藏先拜见，
诚心求个早吉利。

难忘 2008

难忘 2008 的悲喜交加，
初春中州南国低温冰冻雪花；
东南西北披星戴月紧跟太阳，
斗风战雪迎来春光赶走冰雪。

难忘 2008 的声泪俱下，
中夏府国陕甘天崩地陷山塌；
党政军民众志成城生死救援，
永不放弃挽救生命托起中华。

难忘 2008 的大喜泪花，
北京奥运成功举办誉满天下；
中华民族群策群力展示精华，
生态领先科学创意扬我文化。

难忘 2008 的科技跨越，
神州七号飞行成功威震华夏，
各行各业科技精英不懈奋斗，
坚忍不拔科学发展铸就奇葩。

难忘 2008 的实践经验，
改革开放科学发展创业兴家；
56 个民族团结一心跟党走，
苦也兴帮难也兴邦灾也不垮。

太平山

江当坝上太平山，
金燕神鹰竞相旋。
昔日神鹰谋生存，
今朝金燕不恋原。

（江当:是日喀则市的一个乡,位于雅鲁藏布江南岸;太平山:是天葬台的汉语别称;神鹰:指参与天葬的鸟;金燕:指来往的飞机。）

白玉兰

亭亭玉立白玉兰，
默默栖息密林间。
风来摇头舞长袖，
雨打花瓣竞妖艳。

苦黄连

历经风雨雪霜寒，
悄悄长在林水间。
吃进自然千般苦，
造就终身苦与寒。
得知人患肠胃病，
苦杆枯叶保安全。

博物馆

洪山怀中博物馆，
吸引游客百千万。
馆内故事说不尽，
承载历史与变迁。

茶马古道

茶棉一肩挑，
游走山间道；
行雨宿寒冰，
开辟川藏贸。

送来棉茶碱，
带回毛绒药；
历尽千般苦，
揽完万千妙。

药王山（一）

传说药王山，
住着一神仙；
能测又会算，
许愿很灵验；
实情真与假，
还需靠实践。

药王山（二）

城中药王山，
竖立灯塔线。
承载三网波，
传播信息源。

冲巴湖

巍峨雪山头上悬，
牛角龙角手相连；
突然一坝挽两壁，
冲巴湖面接蓝天；
手把闸舵转几圈，
青龙白虎往外窜；
灌过草原浇良田，
造福百姓千万年。

（冲巴湖：位于日喀则地区康马河上游左前方；牛角、龙角：分别指形状如同牛角、龙角的由冰川冲击而成的自然湖泊；青龙白虎：形容喷涌而出的湖水来势凶猛。）

雅江飞来石

雅江中间飞来石，
老家原在北山岭；
不知何方大力士，
将其铲到江心中；
是为消灾替童女，
是为筑坝救苍生；
问天问地无结论，
答案还在自然中。

（飞来石：位于雅鲁藏布江大竹卡至日喀则段中间江心处；童女：昔日指为百姓消灾而投入江中溺死的少女。）

游太昭古镇

崎岖山间道，
联接川与坳；
肩挑畜背驮，
筑就川藏贸。

蒸子定度量，
易货代钞票；
公平货移主，
诚信最可靠。

菜花香来果花甜

菜花香来果花甜，
祥云围着家乡转；
富民政策到藏家，
乡村面貌换新颜：
耕地种田不用牛，
机器围着田地转；
放牧转场不费力，
卡车隆隆把场搬。
多亏党的好政策，
生产样样都方便；
多亏赶上好年头，
日子越过越香甜。

菜花香来果花甜
祥云围着家乡转；
富民政策到藏家，
藏民生活比蜜甜：
做饭烧茶不用柴，
打开沼气火自燃；
学习娱乐不用愁，
广电网络进家园。
多亏党的好政策，
生活处处都方便；
多亏赶上好年头，
日子越过越香甜。

大桑树

千年一桑条，
今朝偌大树；
冠遮千丈荫，
根固万方土。

飞来的瀑布

晴时水枯瀑不流，
雨天水丰关不住。
旱季如借水浇地，
镐铲瀑布水不出。

大峡谷畅想(一)

山高沟深大峡谷，
寂寞万载藏清幽。
神女揭面观世界，
万千物种都害羞。

（神女：是南迦巴瓦山峰的别称。）

大峡谷畅想(二)

云缠雾绕南迦头，
浪推江水钻地流。
车马舟排望不尽，
前呼后踊抵峡谷。

（南迦：指南迦巴瓦山峰。此小诗为大峡谷旅游发展迅速而作。）

大峡谷随想

昔日谷底水蚀柱，
今日消失大峡谷。
明朝探水成文物，
招引来人去怀古。

（注：此诗为修路桥而消失的怪石而作。）

大峡谷畅想(三)

巴瓦低头云拂水，
平湖挺胸奉甘露。
千米虎口蛟龙出，
万千彩虹织锦绣。

（巴瓦：指南迦巴瓦山峰；此小诗为盼大峡谷电站建成而作。）

大峡谷畅想(四)

云天无门山有雾，
滔滔江水无去路。
横浇竖坝成平湖，
水助轻舟竞自由。

（此小诗为盼大峡谷电站建成而作。）

洗胃泉

拉隆村边一神泉，
洗头洗胃能保健。
虽说科证无结果，
历代传说都称验。

（拉隆村：位于日喀则地区拉孜县境内。）

政协委员之歌

学习修养坚持始终，
荣誉责任牢记心间；
维护稳定是第一责任，
关系团结与国家安全；
谁敢分裂我的祖国，
我要坚决与它开战；
流汗流血甚至牺牲，
在所不惜勇往直前。
啊，你要问我为什么？
因为我是政协委员。

服务大局任劳任怨，
严肃认真从不偷闲；
促进发展是第一要务，
关系国强与民众期盼；
视察调研民主监督，
反映民意议政建言；
不怕辛苦不惧困难，
再苦再累心甘情愿。
啊，你要问我为什么？
因为我是政协委员。

永远跟党走那特色路

蓝天麦穗红旗迎风舞，
光芒四射照耀政协楼；
精英贤达聚一堂，
国是民生装心头；
政治协商图国强，
参政议政谋民富；
不怕那云遮雾障，
不怕那风雨狂骤；
只为国安民和谐，
永远跟党走那特色路。

蓝天麦穗红旗迎风舞，
光茫四射照亮前进路；
各族各界勇开拓，
争当改革开放族；
反映信息关爱民生，
民主监督服务进步；
不怕那挫折挑战，
不怕那风雪路阻；
只为国强民富裕，
永远跟党走那特色路。

工布山景

横观似锦绣，
竖看像瀑布；
绝嶂何处来，
天公妙手出。

千丈瀑

樟木沟悬千丈瀑，
如棉似锦像丝绸。
别疑上苍降彩布，
天干水枯无水柱。

神　山

雪域无处不是山，
谁神谁仙皆虚幻。
虹降祸福风降灾，
皆为人间自杜撰；
雨带冰雹洪水泛，
亦是来源大自然；
预报倒是合逻辑，
科证天时地行缘。

百水湾

嘎林岗上百水湾，
曲曲弯弯倒台前。
跷腿望月目不转，
神不守舍成电源。
攀着电线走万家，
鞠躬尽瘁乐贡献。

（百水湾：形容溪水弯道多；台前：指发电站进水口。）

我爱政协好家园

我爱政协好家园，
跨进大门心舒坦：
协商民主议国事，
参政议政谋发展；
没有烦恼位超脱，
服务建言皆坦然；
不管你到哪里，
不管你走多远；
那怕是走到海角去，
也忘不了这个好家园。

我爱政协好家园，
跨进大门心舒坦：
调查研究问民情，
民主监督谈期盼；
兄弟姐妹亲无间，
国事家事都能谈；
不管你是干什么，
不管你是易和难；
那怕你遇上天大事，
也忘不了这个好家园。

南尼寺

康马河畔大象山，
南尼座落象怀间。
莲花先师魔杖挂，
好免灵地遭涂炭；
昔日联手抗倭寇，
驱赶虎狼护家园；
今朝团结建伟业，
创业修行只等闲。

（魔杖：据说是莲花生大师用过的，曾在南尼寺悬挂多年，供信徒朝拜。）

经幡林

七彩幔帐伴绿茵，
疑似鲜花衬树林；
近看却是经幡树，
祈祷赐福后来人。

茶水涧

神女峰下茶水涧，
春夏秋冬茶水甜。
不是少女赐甘露，
甘甜来自大自然。

（茶水涧：是帕里镇至亚东县之间的一条小溪，水色如同茶色，口味甘甜，被过往商人称为茶水涧，有的亦称茶水河。）

哥哥你走高原

哥哥你走高原，
一去就是几十年；
吃过了多少人间苦难，
作出了多少新的贡献；
忍受了多少孤独寂寞，
熬过了多少不眠夜晚；
心中装着多少大小事，
还有哪些难舍的挂牵。

哥哥你走高原，
千万别把家事挂念；
孝敬父母是我的责任，
养育子女由我来承担；
家政事务由我去安排，
田园生产有我来打点；
唯独夜半三更难入眠，
常常惦念着你的安全。

哥哥你走高原，
别忘了我那份心愿；
常去看看年迈的阿妈，
送去我给他买的衬衫；
路过扎西门口时停下，
给小丹增送点零花钱；
咱这一辈子不图个啥，
只盼国泰民安人团圆。

雾中翻越马拉山

风裹雾锁马拉山，
左转右旋百余圈；
疑是天堂仙境路，
回首笑看是人间。

观佩古措

四面山中一盆水，
蓝天白云配翡翠；
风吹浪滚撼山岳，
雪盖波静藏宝贝。

巴松湖

雪山绿林捧碧水，
冬蓝夏乳秋翡翠；
快艇飞渡揽胜景，
漫步湖畔品美味。

（蓝、玉、翡翠：指不同季节的湖水颜色；美味：当地生产的松茸，是一种食用菌。）

湖心岛

巴松湖中一小岛，
奇妙事情真不少；
宗教生殖皆崇拜，
藜叶藏文松抱桃。

（藜叶藏文：高山栎叶子背面有藏文字母；松抱桃：桃树当中围抱着一棵松树。）

雨到羊湖

黑云压顶狂风怒，
风卷暴雨流如柱；
浪推小舟摇摆舞，
水逐浪花放排走；
低压迫使鸟停飞，
浊水催鱼四处游；
雨打老农收犁耙，
风吹牛羊往家走。

（羊湖：指羊卓雍湖，位于浪卡子县境内。摇摆舞：指小船左右摇晃；放排：形容浪花成排，如同伐木工人放出的木排；低压：指下雨时气压降低）

西藏政协之歌

你来自腹地他来自边疆，
五湖四海铸成铁壁铜墙；
民主监督共谋民众富裕，
政治协商共图国家富强；
不怕路崎岖山隔水挡，
不怕风雨狂云遮雾障；
啊，西藏政协永远跟着党，
团结各方反分裂；
联合民众打豺狼，
维护国家统一和西藏安康。

你代表文宗他代表农工商，
各族各界凝成发展力量；
参政议政促进改革开放，
聚集民智建设和谐小康。
不怕旧理念阻挡改革，
不怕山高远影响开放；
啊，西藏政协永远跟着党，
调查研究找经验；
反复论证求良方，
服务科学发展建设新西藏。

热莎小学颂

在那香獐出没的地方，
座落着一所小学堂；
黄鸭戏水掀起波浪层层，
日月倾听孩童书声朗朗。
啊，热莎小学，
您托起大山的太阳；
啊，热莎小学，
您捧起沟豁的荣光！

在那香獐出没的地方，
座落着一所小学堂；
云拂青稞送来丰收希望，
风摇菜花飘来醉人芳香。
啊，热莎小学，
您挽起大地的梦想；
啊，热莎小学，
您举起蓝天的期望！

在那香獐出没的地方，
座落着一所小学堂；
园丁含辛茹苦哺育幼苗，
优惠政策扶助栋梁成长。
啊，热萨小学，
您是国民教育的光荣榜；
啊，热萨小学，
您是利民报国的功德墙！

友谊桥

一道彩虹架南北，
钢枪界碑显神威；
友好邻邦常交流，
团结共赢系安危。

繁忙的旱码头

来往商人如穿梭，
你上山来我下坡；
人背马驮糖酒布
车载机运众百货；
热时不怕汗湿背，
冷时不惧衣单薄；
忙时潜心做生意，
闲来舞袖奏凯歌。

雨到樟木沟

两山一水百道弯，
左悬瀑布右挂帘；
雨润杜鹃换新貌，
水滋玉兰更鲜艳。

游樟木镇

一山树木半山城，
白墙红瓦藏林中；
排排商铺街边座，
曲曲弯弯到边境。

高山栎

黝黑簇拥高山栎，
叶生硬刺木质密。
不恋肥水爱瘦土，
常伴松树育蘑菇。

冷杉林

茫茫冷杉林，
株株扎根深。
不图名美妙，
只图报国恩。

固沙柳

沙海一片柳，
守水固沙丘。
别嫌成才慢，
功盖花草木。

高山马尾松

穷山喜长马尾松，
此松爱结绿灯笼。
不顾鸟儿来剥食，
年年育龄在碧穹。

虫草园

虫草原在牧场生，
蛾传菌粉草变虫。
如今生大来实验，
草虫互变都成功。
倘若成果推开去，
国家富裕民不穷。

（生大：指广东生物医学院营养医学研究所；虫草园：是该所建在色季拉山上的试验园。）

观祥云鼎有感

祥云鼎立亚太空，
团结民主记心中；
斗转星移志不变，
护国利民忠义情。

（亚太空：气象学家对青藏高原的称呼，此处亦指祥云鼎后面墙上的瓷砖壁画内容；团结民主：祥云鼎主题词；护国利民：江泽民同志为扎什伦布寺题词）

大竹卡渡口

巨岩石滩筑峡口，
锁住蛟龙封去路；
昔日过江难上难，
唯靠驳船来摆渡；
如今一桥贯南北，
深水险滩变通途；
行人过江不再难，
商家运货不发愁。

针柏树

雅鲁藏布针柏树，
杆挺质坚叶如瀑。
风摇雷打嫩芽细，
雪压冰划枝干粗。
倘若科证究缘由，
叶迎朝阳根故土。

老杨树

斑驳老杨树，
壮枯皆是书：
少时育嫩芽，
壮时顾实木；
闲来皮肤细，
忙时皱纹粗；
植物皆如此，
何言人间苦？

望归石

娘热沟西一面山，
山上端坐两老汉。
昼观圣城新变化，
夜盼游子把家还。

（娘热：地名，拉萨市城关区娘热乡所在地；圣城：拉萨圣城的简称。）

邦达草原

昔日花草映碧天，
羊肥牛壮纯牧园；
如今忽见银燕飞，
衔来城景落高原。

沙生槐

沙槐丰收财路开，
叶果饲料杆是柴。
果喂牛羊肥又壮，
柴炒青稞香味来。

紫血藤

蛇形紫血藤，
汁液血样红。
焙烤成良药，
驱赶丹毒浓。

宁金康沙峰

巍然屹立康沙峰，
潇洒应对四面风。
不畏风雨冰雪狂，
不恋夏绿秋叶红。
斗转星移志不改，
忠贞不渝守边城。

卡若拉冰川

神女婷婷展容颜，
金环银纱披在肩；
冷时潜心聚雨雪，
暖时溪流润粮田；
闲来微笑迎宾客，
忙时拂袖育草原；
春夏秋冬忙不停，
倾心竭力为人间。

（神女：卡若冰川主峰的美称。）

贺拉萨第一座立交桥

左绕右旋一立交，
连接四方交通道。
车马人行分道走，
东西南北皆逍遥。

羊卓雍湖

一湖蓝天半湖山，
恰是翡翠镶山涧；
人称油画浓彩绘，
却比油画还壮观。

青藏铁路

千里高原一张梯，
五百冻土成顽疾。
攻坚科证数十载，
雪域大地现奇迹。
铁龙山海任驰骋，
风驰电掣高山低。
若问苍天谁聪明，
中华民族数第一。

（五百冻土：指青藏铁路途径500多公里冻土带，热胀冷缩波动很大，在冻土上建设铁路历来是世界一大难题；山海：雪域是山的海洋；一张梯：形容在高原上行车像爬梯子一样，过了一道山又过一道山。）

羊湖夕照

云遮金山风拂面，
数叶小舟湖中泛；
湖鸥结伴闹山野，
鲶鱼成群斗蓝天；
牛羊啃食岸边草，
老农收镰搬金山；
帐篷农舍炊烟起，
把酒荡歌赛神仙。

（金山：夕阳照射下的山峦；湖鸥：生长在湖中的水鸟；搬金山：搬走堆积如山的金灿灿的粮食；赛神仙：指生活悠闲自得。）

朋友你别走

朋友你别走，
我要敬你一杯酒；
冰冻雨雪袭来的时候，
你救出了亲友和父母；
圆了兄弟姐妹的生还梦，
解了天边游子的忧和愁。
我要敬你一杯酒，
谢谢你，我全家的好朋友！

朋友你别走，
我要敬你一杯酒；
四川汶川地震的时候，
你牺牲家人把别的孩子拯救；
托起了民族的希望和栋梁，
你不是父母胜过父母。
我要敬你一杯酒，
谢谢你，孩子们的好父母！

朋友你别走，
我要敬你一杯酒；
北京奥运会成功举办的时候，
你付出了多少心血多少辛苦；
熬过了多少白天和黑夜，
实现了中华民族的千年盼头。
我要敬你一杯酒，
谢谢你，中国人的创意手。

朋友你别走，
我要敬你一杯酒；
神州七号成功飞行的时候，
你付出了多少汗水和辛苦；
度过了多少不眠之夜，
迎来了五星红旗映五洲。
我要敬你一杯酒，
谢谢你，华夏人的科技族！

朋友你别走，
我要敬你一杯酒；
跳梁小丑在藏区闹事的时候，
你冒着生命危险守候千家万户；
受过多少风吹日晒，
才换来了社会稳定人民幸福。
我要敬你一杯酒，
喝了它，咱们一起去守国土！

二牛抬杠

红缨木杠架牛肩，
同心协力去耕田；
不怕腰疼腿乏力，
只盼有个丰收年。

政协宴会楼

吉祥八宝映五洲，
雕梁画栋宴会楼。
精英贤达来聚会，
藏肴国酒醉心头。

迎宾姑娘

头顶蓝天舞长袖，
双脚踩出踢踏舞；
手捧哈达迎宾客，
青稞美酒待朋友。

共　勉

光阴荏苒殊堪忧，
共学共勉数春秋；
事业需要暂分离，
唯盼再见庆功楼。

野牦牛

雅江上游野牦牛，
成群结队信步走。
不再担心威胁在，
国家保护第一牛。
（第一牛：指野牦牛，是国家保护一类野生动物。）

松林寄生菌

说虫不是虫，
型状像根藤。
附在松树上，
摇摆在空中。
不为名利来，
只图逍遥行。

藏野驴

无人区内藏野驴，
三五成群自栖居。
若有车辆入领地，
驴与汽车齐奔袭。
车到山前拐弯去，
驴回故里守栖席。

藏野鸡

各色藏野鸡，
栖息草丛里。
日出呱呱叫，
夜黑无声息。

贝母鸡

小小贝母鸡，
专食贝母籽。
吃饱晒太阳，
饿时再寻觅。
若有危险来，
护仔不顾己。

七彩鸡

高原七彩鸡，
颜色最美丽。
尾巴翘得高，
形同一杆旗。
如有同伙来，
打扮又梳理。
若遇危险时，
展旗又示语。

游索朗峡谷

三尺浊水两山秀，
一叶小舟浪中游；
山上獐子追情侣，
岸边香猪食桃核。

（索朗峡谷：位于拉萨与日喀则之间的妥下大桥段。三尺浊水两山秀：江面狭窄，山势陡峭秀丽；獐子：香獐；香猪：当地群众饲养的土种猪）

拉萨铁路桥

谁人鲁班功，
造出巨桥来。
惹得山河笑，
引得铁龙开。

鸡腿茸

小小鸡腿茸，
长在杨林中；
不恋水肥厚，
不惧土软硬；
只为自然美，
乐意死或生。

小小鸡腿茸，
藏在林草中。
你若留意它，
汇进菜与羹；
你若不在意，
它也笑脸迎。

游飞来石景区

我挥神铲学愚公，
产块巨石掷江中。
不图造田为安澜，
好让百姓去谋生。

赞药用藏香

溪水推磨碾香木，
妙方调浆香柱出；
瘟疫斜毒不惧怕，
香气飘处病诟除。

雨中过米拉山

山高云低雨水聚，
风大水浓含氧低。
扯把水云洗把脸，
张开大口好呼吸。

扎玛林卡景观

翠绿拂黄沙，
碧水泛红舟。
野兔观鸟飞，
鱼儿跃船头。

中流砥柱观感

雷公劈山山变涧，
龙王搅水水成兽。
波涛肆意蚀山骨，
难撼动中流砥柱。

松鹤楼

亚太空中松鹤楼，
山峻水肥田清秀。
绿医心红技艺湛，
园添艳丽人增寿。

赞石锅鸡

石锅炖鸡名席宴，
白菜豆腐掌参鲜；
游客贤达常品赏，
严冬酷暑皆健康。

观林芝风景有感

云遮雾锁山海天，
水润风铸彩云环；
揽尽人间众仙境，
唯我林芝振心寰。

观林芝山水随感

风拂雨洒七彩山，
水绕浪转数百圈；
展不尽四季美景，
叙不完朝夕乐旋。
（乐旋：说唱工布的故事；
七彩山：山岭俊俏、彩色多异）

亚东鲑鱼

生在深山沟，
长在激流中；
食尽自然物，
运动秀体型。

观布达拉宫随感

蓝天白云苍穹隐，
红白宫墙金瓦楼；
稀世珍宝阅不尽，
传世典故听不够；
只叹参观时间短，
离店两步三回首。

圣城蕙兰花

俊俏大蕙兰，
微笑吐舌尖；
红唇护乳舌，
黄粉润美颜；
远看尚大方，
近瞧半遮面；
看似怯生境，
其实显娇艳。

强悍工布人

皮衣马靴貂皮帽，
横马响箭射大雕；
银碗喝酒刀食肉，
火把对天乐逍遥。

朝佛路

千里朝佛路，
一步一叩首；
不只祈来生，
还图练筋骨。

阿爸拜佛

伟人艺照龛中放，
烧香磕头永不忘；
若问阿爸为什么？
感恩今朝好时光。

高原菱箭荷花

型如匕首又似箭，
不恋沃土爱高原。
春夏精心壮筋骨，
冬春忘我秀美艳。

并蒂兰

亭亭君子兰，
姊妹肩并肩；
沐尽高原露，
花开更鲜艳。

七彩哈达

七彩哈达空中舞，
雪域儿女放歌喉。
歌唱强国梦实现，
祝愿华夏更富足。

洁白的哈达

洁白哈达丝织就，
扎西德勒绣里头。
吉日迎送贵宾客，
平时酬谢众亲友。
祝愿宾客多吉祥，
期盼亲友更幸福。

读释迦牟尼简历

纪前六百年，
生于山国乡；
父为山国君，
释迦门第郎。
精通文史哲，
苦练武艺强；
自幼常沉思，
长大悟性强。
常思人间事，
亦曾为国王；
终因难全事，
弃王林中藏。
苦研佛教学，
天竺布道场；
善待众弟子，
常辩识为上。
一生为民众，
四海美名扬；
德厚众徒爱，
尊为佛国王。

（注释：2013 年 1 月 18 日下午，帕巴拉·格列朗杰主席赠我释迦牟尼佛像一尊，当晚查阅佛祖简历，为强化记忆，随写此诗，以示纪念。

山国：指今尼泊尔。

净饭：时任北天竺迦毗罗卫国（今尼泊尔）国王，系释迦牟尼佛祖的父亲，释迦牟尼系其长子。）

雪域灯笼梅

像叶如蕾又似花，
花蕾绿叶别样发；
俏蕾绽放叶隐去，
花落变笼绿叶拔；
春叶夏花秋灯笼，
遵循四季起变化；
若论花叶谁尊贵？
叶花灯笼皆自夸。

庆丰收

男女老少挥哈达，
东西南北彩霞舞；
歌舞同奏和谐曲，
欢天喜地庆丰收。

雪域爱情花

亭亭玉立一把伞，
伞顶举起众喇叭；
喇叭无声不奏乐，
却引蜜蜂忙逗花。

会议室

吉祥八宝镶四墙，
雕梁画栋议事堂；
各方贤达来议事，
团结民主释衷肠。

盼新年

腊八过后盼新年，
盼过春节盼藏年；
儿时盼听鞭炮响，
亦盼有个好吃穿；
长大盼有好职业，
年年都能多挣钱；
老来啥都不贪图，
只盼身心都康健；
逢年早把国旗挂，
期盼国安人团圆。

百节吊兰

阳台边上一吊兰，
夏顶风雨冬冒寒；
不恋水肥土薄厚，
一节一节往下窜；
春夏孕育众子女，
秋冬绽放花百串；
一年四季不图名，
年复一年花争艳。

怀念十世班禅大师额尔德尼确吉坚赞

威武又慈祥，
体壮又健康，
雪域名大师，
国家忠栋梁。
幼时习经书，
才成谋国强；
常念众民生，
时盼国兴旺。
虽经文革苦，
亦曾遭冤枉；
报国志不移，
为民心不忘。
终前嘱后人，
深情意悠长；
德厚普众生，
勿忘国兴旺。

赞文成公主

文成任城人，
出生皇室门。
故为皇家女，
亦属帝王亲。
乖俏盖千古，
艳丽赛绸锦。
自幼守闺矩，
四季不出门。
闻讯选宫女，
赴藏去联姻。
扶栏细思量，
国事定乾坤。
忽闻吉日到，
车马送忠臣。
辞过父王相，
驶入西天云。
淌过千条河，
穿越万重林；
登上吐蕃地，
重礼献藏亲。
先送百物种，
后献千丈锦；
递过帝王笺，
再荐众匠宾；
礼罢安家居，
公主成藏人。
诚心侍藏王，
热肠待众民。
昼伴君读经，
夜灯织绸锦。
教农播谷物，
授匠盖瓦檩。
四季轮回过，
吐蕃面貌新。
著书颂功德，
歌舞赞贵人。
从此藏与汉，
骨肉一家亲。
坤转百千载，
生死不离分。

（任城：今山东省济宁市；
吐蕃：元朝时期西藏的称谓）

车行加措雄乡柳树林

车行加措柳树林，
不见车影不见尘；
偶闻风吹喇叭响，
才知车被柳树隐。

生日蛋糕

七彩礼盒红烛包，
政协给我送蛋糕；
电话传来祝福语，
愿我长寿福星照。

祝　寿

七彩礼盒红烛照，
八宝吉祥绕蛋糕；
志士贤达来祝寿，
共祝健康福寿高。

办公室

一墙书柜半壁橱，
两幅地图挂在墙；
电脑国旗案上坐，
国事民情心中藏。
坐班伏案多读书，
闲来对图细思量；
择日闭门忙调研，
打开电脑写文章。

朗萨姑娘

朗萨后藏女，
生于年河畔。
秀色盖亘古，
山水羞露面。
拂袖戏绿水，
开口放歌欢。
笑伴皓齿出，
醉倒河与山。

（注释：朗萨：传说中的仙女名字。后藏：指日喀则地区。）

野香瓜

秧蔓卧草丛，
牵出一串瓜。
型如吊葫芦，
头顶脱胎花。
切开尝一口，
香脆甜倒牙。

十世班禅大师遗愿

翠山绿水白云天，
大师曾居山水间。
千载难逢此圣地，
萌生建造极乐园。
昼思夜想难入眠，
披袈伏毯绘图案。
千辛筹措百万银，
不料西去成遗愿。
后人善解大师意，
铲除荒草建粮田。
育得粮丰瓜果香，
伴随遗愿任史传。

拉萨河（一）

左摇右摆数百弯，
逍遥自得到天边；
清风浮水柳拂面，
群山倒影碧水间。

拉萨河(二)

拽着杨柳绕山转，
牵起乡村住身边；
逗着鱼鸟追水跑，
挽起河水浇田园；
滋润小草频点头，
喂得牛羊直撒欢；
莫道河水情意深，
只因它在天地间。

拉萨河(三)

昔日狂奔无遮拦，
两岸频遭洪水患；
莫怪河水不听话，
只因多年无人管。
如今修坝又筑堤，
河水浇地又发电；
若问河君为什么？
只因日子苦变甜。

拉萨河(四)

一河横在两山间，
挽住大山护住原；
滋润良田产五谷，
培得草肥育羊欢；
涵养群山绿常在，
孕育城镇好家园；
唤起产业快速跑，
搀扶居民来休闲。

拉萨河(春)

浪过涛息径如溪，
野鸭戏水起涟漪；
风吹柳花逐浪走，
扶平浪波好洗衣。

拉萨河(夏)

夜半三更一场雨，
如同甘露洗大地；
沙尘簇拥随雨去，
留下清新赶走泥。

拉萨河(秋)

条条绿带迎彩霞，
片片黄叶映碧空。
渔翁停船忙收网，
江鸥捉鱼碧水中；
河边老农收青稞，
镰刀伴歌和秋风；
深夜河面水气浓，
不见人影只见灯。

拉萨河（冬）

冬雾盖水不显形，
只闻潺潺水流声；
岸边树影一排排，
疑似沙场秋点兵；
河面江鸥掠水过，
只闻鸟鸣不见型；
即使渔船迎面来，
先闻其声后见影。

拉萨河沐浴

拉萨河水青无苔，
常有仙女洗漱来；
面对水影描朱唇，
笑看山型把眉开；
企盼千古奇恋生，
更盼今朝结良缘；
若真洗浴生喜事，
年复一年去又来。

大朝寺

古城金瓦映碧天，
大朝金店座中间。
寺内佛祖排排坐，
信徒绕寺天天转。
祈完来生祝后世，
年复一年香火传。
忽闻室内法号响，
香烟如海幡遮天。
吉日巧逢佛转世，
信徒簇拥佛祖前。
诵罢经文拜佛祖，
金瓶掣签定真缘。

哲蚌寺

翠山碧水白云天，
白墙红檐挂山边；
疑似农舍山上挂，
细看寺庙依山建。
史传此寺佛威重，
经书超万僧过千；
今有僧侣常朝拜，
招徕游客数百万。
若遇雪顿展佛日，
车水马龙踊山前；
风吹旗展法号鸣，
佛居半山人半山。

（注释：雪顿：拉萨市的一个文化节日。）

帕龙藏布大拐弯

帕龙藏布大拐弯，
三年五载换容颜。
若问旧貌何处去？
峻岭低头江无言。

曲泥滩

静静一片滩，
躺在河中间。
昔日不长草，
野兔也不见。
今日得开发，
荒滩变良田。
夏秋神稞香，
冬春果蔬鲜。

（曲泥滩：位于拉萨市达孜县境内的拉萨河中间。神稞：指生长在高原上的青稞，是一种粮食作物，属大麦类。）

易贡藏布抢险

翠岩绝壁五千三，
两千年夏遭斧砍；
易贡山公未觉痛，
发现美容已变脸。
撕掉土石十余万，
抛入谷底把江揽；
蓄起河水数十亿，
惊得赤龙巨浪翻。
电波传至中南海，
急令神兵来抢险。
搬走山石铲除坝，
赶走洪魔保平安。

木耳园

方方正正一坪地，
菌包整齐排坪中；
水雾条条均匀洒，
木耳徐徐往上升。
待到木耳拇指大，
颗颗摘入箩筐中；
倒入凉棚阴处晒，
干后收入陶瓷瓶。
巧手分出等级差，
销售划出夏秋冬；
贴上商标装入袋，
一路高歌进圣城。

（圣城：指拉萨市。）

酥油茶（一）

雅安砖茶销藏家，
承载汉藏情意浓。
砖茶酥油伴盐熬，
一杯香茶一份情。

酥油茶（二）

汉阳锅里熬茶砖，
酥油桶里把茶搅。
香茶一杯浸心扉，
情深意浓情感好。

酥油茶(三)

翻山越岭雪域行，
茶砖凸显国家情。
酥油调茶香飘溢，
香浸心扉别样浓。

酥油茶(四)

雪域常喝酥油茶，
御寒解渴保康宁。
茶香胜过四海露，
油浓赛过五洲琼。

春游南伊沟

漫步青山碧水间，
翠柏松幔入眼帘；
凡人俗子入此处，
不信佛祖也成仙。
茴香炖肉待朋友，
香草烤鱼胜国宴；
三巡美酒喝下肚，
不会跳舞也狂颠。
赏过山菊观牡丹，
观完杜鹃看马兰；
倒骑牦牛射响箭，
不会催马也扬鞭。
访过门巴民族史，
观过奇特风俗园；
直到星月吞山岭，
方知睡眠更香甜。

马攸木山景

天下山梁短，
地上溪流长。
坡旁松趴地，
溪畔山花芳。

樟木沟挂山溪

云罩巅峰沟降雨，
百丈峭壁挂银溪。
不恋蓝天爱飞雨，
天晴水断溪休息。

康沙石拱桥

两山钳住一涧水，
半月拱桥架上面。
常有车辆桥上过，
惊得弥猴不饮泉。

洗车泉

山神抛下一股泉，
逍遥洒在公路边。
终年畅流无所求，
只为汽车洗把脸。

帕巴拉·格列朗杰主席宴请各界政协委员

主席设宴待贤达，
香茶藏肴国牌酒。
酒过三巡激情起，
四方志士放歌喉。
巴顿将军唱赞歌，
卓玛仙女舞彩袖；
但愿此景能常驻，
歌声永绕贵宾楼。

观僧舍有感

昔日闭静处，
坐落房几间。
墙是干打垒，
顶檐铺石片；
路为石径连，
花草列两边；
室内无衣柜，
卡垫两三片；
香炉伴枯灯，
经书陪茶碗；
凸显僧生活，
纯朴又简单。

今非昔日比，
僧舍换新颜；
墙为石头砌，
顶是防水掩；
路成水泥地，
两边是花园；
室内柜桌床，
家电也齐全；
念经电灯明，
电脑供休闲；
僧尼也现代，
一步一重天。

冷杉树（一）

树干挺拔入碧空，
风吹雨蚀皆葱茏。
才成庙中挑经幡，
闻过诵经听钟声。

冷杉树（二）

挺拔树干插云霄，
林海之中真英雄。
观过林间风流事，
品尽雨雪不了情。

冷杉树（三）

顶风冒雪立山坳，
护住泥土留住草。
成才为国做栋梁，
倒下为民当燃料。

冷杉树(四)

不畏冰霜山峻峭，
子身矗立山涧中。
生时倾力做贡献，
死后悄然无声息。

观珠穆朗玛峰

山国最高是珠峰，
常披银纱不露容。
偶遇山风裹纱去，
峰公含笑看太空。

晒粮架

东南山区多阴雨，
秋晒粮油无场地。
搭起木架一排排，
代代架上晒草米。

喇嘛岭寺

坡前喇嘛岭，
经幡遮碧空。
灯下僧诵经，
马鹿听钟声。

雪域野茴香

亭亭一香草，
骨风似青松；
风吹叶茂盛，
霜打更葱茏。
夏开艳丽花，
秋结果香浓；
一生无乞求，
乐归藏肴中。

黑颈鹤迁徙

草茂水肥江源头，
招徕黑鹤育小雏。
待到冰雪盖天地，
携儿带女去林周。

（江源头：位于日喀则地区仲巴县西部，是黑颈鹤的繁育地之一。林周：指拉萨市林周县，是黑颈鹤的越冬地之一。）

鸳鸯戏湖水

四面山涧一盆水，
吸引鸳鸯来戏水；
岸边梳羽悄悄话，
水里觅食嘴对嘴；
追着鱼儿逐波澜，
伴随小雏展翅飞；
遇到湖面狂风起，
老少御寒偎一堆。

野外熬制酥油茶

三块石头"品"字灶，
牛粪当作薪柴烧。
汉阳锅里煮砖茶，
陶瓷杯内酥油搅。

挺拔大柏树

挺拔大柏树，
八人围不垄；
冠遮百丈荫，
根固万方土；
宾客来朝拜，
感慨涌心头；
别时情难舍，
三步两回首。

千年核桃树

不爱肥水滩，
却恋瘦沙土。
春春绽花蕾，
秋秋奉翠珠。

路边核桃树

路边核桃树，
冠如大蘑菇。
看惯车马行，
忘却辛与苦。

古桃树

雪域古桃树，
百年木不朽。
春花酿蜂蜜，
秋桃喂香猪。

手摇毛桃树

冠似猴头菇，
枝旺无人修。
春开串串花，
秋挂条条珠。
抓枝摇一摇，
毛桃落黑土。
洗毛慢品尝，
香甜皆可口。

高山灯笼花

亭亭一株花，
灯笼高高挂；
不见灯光亮，
只见香飘洒。

野芹菜

林中无菜园，
采来野芹菜；
加入葱姜蒜，
一品胃口开。

吉莆吊桥

两道钢索挽翠山，
一条山道雾中来；
踏桥扶揽观谷景，
阵阵凉风钻裤管。

亚太空的雪

块云过山顶，
群山戴雪帽；
乌云碰寒流，
大雪盖地来；
狂风伴雨云，
暴雪扫尘埃；
若遇太阳照，
雪水入地脉。

（亚太空：气象学家称青藏高原为亚太空。）

雪域春风

微微拂尊容，
暖暖润容颜；
吹得柳枝摇，
暖得花儿艳。

孔塘拉山

巡边经商过孔塘，
脚印烙在古道边；
孔塘岩下留字铭，
记录变迁与艰难；
走南闯北一条道，
山口亦曾设税站；
若问税官今何在?
跟着歌舞往前看。

水中大石柱

水中大石柱，
流蚀冰刺骨；
矗立百千年，
无意向岸游。

佩古措

雪山绿地间，
镶颗大宝珠；
千古谁人错，
遗宝成佩古?

（措：湖的意思。佩古措，位于吉隆县波绒草场中间。）

采蕨菜

春雨沐松林，
蕨菜卷须开；
踏露采须节，
专为做鲜菜。

羚羊石

佩古湖边石羚羊，
昂首侧卧山岗上；
召引儿女来食草，
呼唤情郎回故乡。

泼墨崖

山公怀揣一张屏，
水墨行书任驰骋；
传闻墨客不小心，
错将黑墨洒屏中。

开热大瀑布

一股激流喷涌出，
呼啸坠底难回头；
左冲右突跳跃走，
一路奔腾到幽谷。

开热冰瀑

数九寒冬到，
水瀑变冰瀑；
晶莹又剔透，
洁白如玉佛。

英雄崖前怀英雄

涧深壁绝猿难攀，
道路不通人行难。
金珠玛米为人民，
奉命开路除山险。
悬空炸石凿山道，
血染山崖命归泉。
名伴星辰年年明，
功盖寰宇代代传。

高原鲤

佩古高原鲤，
酷爱黑长袍；
若让其离水，
胡须打问号？

（高原鲤：是高原冷水鱼的一种，黑皮肤，长胡须，无鳞。）

热索村

三面绝壁是城墙，
两江相汇为城门；
一条山道通边境，
挽起中尼成挚亲。

热索人

男士种庄稼，
女眷织绸锦；
春秋忙农活，
闲时贩商品。

吉隆镇晨景

一轮朝霞东山起，
军乐唤醒吉隆镇；
推窗不见人赶市，
只见野猪钻山林。

乃　村

曲折山路到山顶，
十里平坝座乃村；
山林水潭雾隐去，
神稞菜花银点金。
东看格鲁银鱼跃，
西观乔古金贵身；
再望南北山高低，
只有云雾上下分。

（格鲁：位于尼泊尔境内的格鲁尼峰，也称鱼尾峰，海拔6977米，像一条头上尾下、奋力腾跃的银鱼，定格在天边。乔古：指西侧隔谷相往的乔木古都雪山面目清晰地矗立在眼前，雪岭连绵，岩峰林立，张显高大伟岸的身躯。）

热索桥

木桥铁桥水泥桥，
凸现不同时代造；
边民易货桥上过，
凸显中尼友情好。

霸王鞭

排排霸王鞭，
高大又伟岸；
不是来旅游，
而是护家园。

（霸王鞭：仙人掌科植物。）

霸王鞭花

多棱霸王鞭，
花开似彩盘；
不来参花赛，
只为笑对天。

高原鳅

条条高原鳅，
河湖无肥瘦。
若入山涧溪，
来去更自由。

拉朵山口

山口高矗经幡柱，
白条经幡空中舞。
东坡侧卧玛尼墙，
不思悲伤为祝福。

（拉朵拉山：位于吉隆镇东边。）

杜鹃谷

五月踏进杜鹃谷，
满眼杜鹃入眼帘。
花团层层向山涌，
蜜蜂叠叠绕谷转。
伴随山势低变高，
树冠变小花变淡。
植物界内皆如此，
怎言候鸟不冬迁？

吉隆镇美景

银河倾玉珠，
玉峰罩纱帐；
隔江观猕猴，
邻山听鸟唱；
幽谷藏农舍，
峭壁经幡扬；
佳境何处有，
绝处在天堂。

（天堂：二战时期，曾有一位英国士兵在回忆录中称吉隆县为天堂。）

吉隆县岩洞

连绵起伏黄色岩，
神工巧排数洞天。
绝处不知怎入洞，
暗道明梯把洞连。
大小洞穴巧布局，
起居供佛兼休闲。
不知古所何王住？
期待学者作证验。

巡视红豆王

乔松铁杉密林处，
悄然矗立红豆王。
三人合臂围不拢，
猜测树龄千年长。
腰系哈达臂挂牌，
森警持枪巡周旁。
保卫树王安然在，
亦为森林防火忙。

西藏长叶松

西藏长叶松，
冠如孔雀屏。
雨打枝挺拔，
风摇展翠屏。
春展雄雌蕾，
夏吹两性风。
秋结同胞籽，
冬雪并肩行。

（西藏长叶松：生长于吉隆县江村自然保护区，喜温，耐寒，抗火灾。）

拉玛曲丹塔群

昔日古湖畔，
矗立丹塔群。
古为镇水妖，
今飘吉祥云。

大雪莲花

傲霜斗雪大雪莲，
巍然屹立在山巅。
历经寒霜三五载，
抖掉秋露展香颜。

高原藏野驴

高寒缺氧人烟稀，
草塘偶见藏野驴。
车过惊得驴奋蹄，
踏出驴径几十里。
春秋逢旱冬无雪，
百里草塘遭旱袭。
驴蹄跑沙找水处，
几眼驴井水涌起。
羊随驴径觅草食，
人找驴井把水提。
自古天无绝人路，
驴到之处有生机。

（驴径:野驴奔跑踏出来的路，牧民称之为驴径。驴井:野驴用蹄子在地下水位较高的地方刨出来的沙坑，水渗出来，牧民称之为驴井。草塘:指高山草场中的低洼处。）

长尾叶猴

吉隆长尾猴，
头戴白绒帽。
喜食芽花果，
乐与人拍照。
冷时钻深谷，
热了攀树梢。
平安低头语，
遇险尾巴翘。

（尾巴翘:遇到危险时翘起尾巴，向同伴发出信号。也向来犯者提出警告。）

黑颈鹤

两条高跷腿，
一顶红毡帽。
行走如跳舞，
飞行像大鹏。
雌雄如相爱，
终生成依靠。
若有一只死，
同伴撞山坳。

爱情鸟

鹤为爱情鸟，
爱时嘎嘎叫。
雏鹤爬出壳，
轮流去照料。
若有一只病，
同伴不飞高。
脖颈紧缠绕，
直到气脉消。

山石伴红豆

一石矗立千百年，
洒雨卧雪高山上；
一株红豆石边长，
谁先谁后史不详；
历尽春夏酷伏苦，
偿够秋冬冰雪霜；
风吹雨打不分离，
酸甜苦辣共分享。

野山菊

山旁野菊花，
黄白都美丽；
近观是菊开，
远看坡挂溪。

后 记

走进西藏这片雪域净土，转眼快40年了。从懵懂青年到两鬓白发，从商业工作者到国家公务员，领略了西藏的美丽风光，亲历了西藏近40年的沧桑巨变，感受到了西藏社会的巨大进步和祖国大家庭的温暖，共享了各族人民一步一层楼的幸福生活，触摸到了各族人民思稳定、盼和谐、谋发展、实现小康梦的新期盼，使我深受教育，倍受鼓舞，激情澎湃。

特别是走进政协这个大家庭以后，我利用视察调研的机会，走向名山大川，步入农村牧场，看到在党和政府领导及全国人民支援下，西藏各族人民共同团结奋斗，推动城乡面貌发生了巨大变化，更使我激动不已，有时昼夜难眠。于是，在工作之余，我像小学生做作业那样，埋头写了千余首小诗和数十篇散文。

说实在话，我不是诗人，也不是散文作家，只是一名经济工作者，随手写点小作品，而且以山水草木为主，只是一种爱好，从来不敢涉足大题材，也写不出大作品。随手写出来的这点小作品，原来想法也只是留作纪念，闲来取出自己看看，自娱自乐，从来没有想到出版发行，所以每年清理文件时就将大部分底稿焚烧了。临近退休时，几位好友劝我将留存的部分文稿出版发行，我思量很久答应了，目的是抛砖引玉，号召政协战线的同志们把自己的好作品拿出来出版发行，留给后人，献给这块难忘的雪域高原。再说啦，我一辈子在藏工作，是西藏人民的亲兄弟，离开西藏啦，也应该给西藏的兄弟姐妹留下一份情意；这本书虽不能代表全部真情，但起码可以算作一个真情的符号！

借《雪域情——乔元忠诗歌散文集》出版之际，真诚感谢罗松多吉同志为我的拙作写序,感谢西藏自治区文联和《西藏文学》编辑部的同志对我学习写作时给予的指导,并提前发表了部分散文作品,感谢西藏人民出版社领导和编辑领导对我出版这本拙作所作的大量工作,感谢陈海、仓青本同志为这本书的出版付出的辛勤劳动。由于时间仓促,本书在选编过程中漏误之处在所难免,加上本人水平有限,缺点错误也很多,敬请广大读者批评指正。

作者

2013 年 9 月 21 日